青少年通识文库

名著阅读旁批旁注版

镜花缘

〔清〕李汝珍 / 著

花山文艺出版社

河北·石家庄

图书在版编目（CIP）数据

镜花缘 /（清）李汝珍著 . -- 2 版 . -- 石家庄 : 花
山文艺出版社 , 2022.8（2024.3 重印）
ISBN 978-7-5511-6250-0

Ⅰ . ①镜… Ⅱ . ①李… Ⅲ . ①章回小说—中国—清代
Ⅳ . ① I242.4

中国版本图书馆 CIP 数据核字 (2022) 第 146042 号

书　　名：**镜花缘**
　　　　　JINGHUAYUAN
著　　者：〔清〕李汝珍

责任编辑：于怀新
封面设计：博文斯创
美术编辑：王爱芹
出版发行：花山文艺出版社（邮政编码：050061）
　　　　　（河北省石家庄市友谊北大街 330 号）

销售热线：0311-88643299/96/17
印　　刷：金世嘉元（唐山）印务有限公司
经　　销：新华书店
开　　本：720 毫米 ×1020 毫米　1/16
印　　张：16
字　　数：230 千字
版　　次：2022 年 8 月第 2 版
　　　　　2024 年 3 月第 2 次印刷
书　　号：ISBN 978-7-5511-6250-0
定　　价：39.80 元

镜花缘

JINGHUAYUAN

　　李汝珍的长篇小说《镜花缘》自嘉庆二十三年 (1818) 出版问世以来，一直受到各方关注。鲁迅、郑振铎、胡适、林语堂等大家对它都有研究，评价颇高。鲁迅在《中国小说史略》中称之为能"与万宝全书相邻比"的奇书，认为这是一部"以小说见才学"的"博物多识之作"。国外学者也致力于此书的研究，1959 年，苏联女汉学家费施曼在俄文全译本《镜花缘》的译后记中称赞该书是一部"熔幻想小说、历史小说、讽刺小说和游记小说于一炉的杰作"。1995 年，韩国汉学家郑荣豪《镜花缘研究——对于研究现况和分类问题的检讨》认为《镜花缘》从内容和表现手法来看是一部讽刺小说。《镜花缘》已被译成英、俄、德、日等文字。澳大利亚、韩国等国家的学者还相继来考察此书的写作背景和作者生平。

　　《镜花缘》是李汝珍晚年的作品，是他历时二十年在四十岁左右时写成的。故事讲述秀才唐敖和林之洋、多九公三人出海游历各国及唐小山寻父的故事：女皇武则天在严冬乘醉下诏要百花齐放，当时百花仙子不在洞府，众花神不敢违抗诏令，只得按期开放。因此，百花仙子同九十九位花神被罚贬到人世间。百花仙子托生为秀才唐敖之女唐小山。唐敖仕途不利，产生隐遁之志，抛妻别子跟随妻兄林之洋到海外经商游览。他们路经三十多个国家，见识了各种奇人异事、奇风异俗，并且结识了由花仙转世的十几名德才兼备、美貌妙龄的女子。后唐敖入小蓬莱山求仙不返。唐小山跟着林之洋寻父，直到小蓬莱山。遵父命改名唐闺臣，上船回国应考。

　　李汝珍凭借自己广博的学识，发挥奇特想象，借助神话传说，创造出一个超越现实又不脱离现实的神话幻想世界，成功地将博物幻想与异境游历相结合，使虚幻荒诞的理念得以显现。他继承了《山海经》中的《海外西经》《大荒西经》的一些材料，运用夸张、隐喻、反衬等手法，创造出了这一结构独特、思想新颖的长篇小说。书中写了君子国、女儿国、无肠国、犬封国、聂耳国、元股国等这些国家，或是以人们形体的奇异，或是以人们生活方式的奇异，或是以人们特有的才学技能，或是以地方风土的特点，或是以地方特有的古迹文物，从各方面表现出作者极力扩张古人的幻想，要向中国之外发现不同的国家和不同的人们的愿望。

作者通过唐敖、林之洋游历海外的几个国家风土人情的叙述，表达了自己的政治、社会、文化的理想，进而抒发自己改革社会的意见。在关于"君子国"的描写里，李汝珍展示了一个他心目中的理想社会的蓝图：在这里，人们诚实无欺，好让不争，对"漫天要价，就地还钱"的买卖原则来了一个完全颠倒，这里不仅有和谐的社会制度、良好的社会风气，而且有勤谨俭朴的官吏和开明礼贤的国君。在关于"大人国"的描写里，李汝珍虚构了"胸襟光明正大"的人"脚下登彩云"而"满腔奸私暗昧"的人"足下自生黑云"的奇特情节，并且宣称："所以富贵之人，往往竟登黑云；贫贱之人，反登彩云。"这就是说，人的价值不是取决于他的身份的高低，而是取决于他的品质的好坏。这种以人的品质而不是从财富地位来衡量人的观点，是与封建社会的传统观念相抵牾的，是一种新的价值观念。而那些被救的人鱼，虽不是人类，在恩人的船遇险时，却也懂得知恩图报。这些情节，都闪烁着民主思想的光彩，也是作者对理想社会的憧憬。

胡适曾对《镜花缘》一书做出概括的评价："李汝珍所见的是几千年来忽略了的妇女问题，他是中国最早提出这个妇女问题的人，他的《镜花缘》是一部讨论妇女问题的小说。他对于这个问题的答案是，男女应该受平等的待遇，平等的教育，平等的选举制度。"他又说："几千年来，中国的妇女问题，没有一个人能写得这样深刻，这样忠厚，这样怨而不怒，《镜花缘》里的女儿国一段是永远不朽的文学。"（胡适《中国章回小说考证》）李汝珍对妇女问题的巨大关注，对妇女才能品格的充分肯定，对妇女同男子一样接受教育、参加考试的热烈赞扬，不仅冲破了"女子无才便是德"的传统观念，而且具有更多的民主色彩。书中一些性格比较鲜明的女子，如学识渊博、心高气傲的卢亭亭，才思敏捷、宽厚豁达的黎红红，聪明活泼、诙谐多智的孟紫芝，开朗粗豪、颇似其父的林婉如等，都是小说史上新颖的形象，给读者留下了深刻的印象。从整部小说看来，前半部分是唐敖、林之洋等在海外巧遇奇女子。这些女子都年轻貌美、德才兼备、学识渊博、智勇双全，与堂堂男儿相比，可谓不让须眉。如东口山遇神箭射虎、孝心可嘉的骆红蕖；黑齿国遇小小年纪竟让见多识广的天朝大贤多九公难得"抓耳搔腮""满面青红，恨无地缝可钻"的卢紫萱、黎红薇；碧梧岭遇能施神枪的魏紫樱等。这一个个奇女子，虽年纪轻轻，却多才多艺，她们不输于男子。

《镜花缘》的讽刺手法也颇高。在或嬉笑怒骂，或调侃揶揄，或正话反说中，让人忍俊不禁却又笑而后思。作品借助异国社会风俗的描述，对当时社会许多腐朽、丑恶的现象和人们的恶劣品质进行了讽刺和批判，特别是对八股取士制度给予了大胆的怀疑、讽刺和嘲笑。李汝珍一反"读书就是为了应考，应考就是为了做官"的世俗观念，认为参加科举考试并不是知识分子唯一的出路。《镜花缘》中的主要人物唐敖早年"功名心胜"，屡赴科场，但即使在那时，他也并没有全力以赴，而是"秉性好游，每每一年倒有半年出游在外，因此学业分心，以致屡次赴试，仍是一领青衫"。当他好不容易考中探花，却又因人告发而仍旧降为秀才之后，更是幡然悔悟，看透了科举考试的无聊和无益，于是毅然与它一刀两断，到海外纵情漫游去了。书中另一个重要人物，同唐敖沾点儿亲的多九公，"幼年也曾入学，因不得中，弃了书本，作些海船生意。后来消折本钱，替人管船拿柁为生，儒巾久已不戴"。但他却是书中知识最为渊博的人物，而且他在唐敖这位中过探花的才士面前也绝无自卑之感。

《镜花缘》深受《红楼梦》的影响，蕴涵着人生空幻和哀悼女子不幸命运的意识。书的命名取意于"镜花水月"，百名花仙在蓬莱的居处称为"薄命岩""红颜洞"。但在小说情节的展开过程中，对于人生的空幻和女子不幸命运探索表现的力度还非常欠缺，百名花仙在人间考取女试后侧重于描写她们欢聚一堂的场面，其中没有突出一点儿悲哀的气氛。作者试图以荒诞离奇的情节来揭示现实生活中的不合理现象，但由于故事发生的场所虚无缥缈，情节又荒诞离奇，给读者的感受主要是滑稽可笑而不是严峻和可悲。

本版《镜花缘》依据清嘉庆二十三年(1818)苏州原刻本简化而成，适于学生阅读。为了让内容更加生动，本书采用清代版画插图，今人着色而成，古朴清简中增加新意。为尊重版画图文原貌，保留了原图中的文字。

作者小传

李汝珍

1763—1830

李汝珍，字松石，号松石道人，直隶（今属北京市）大兴人，清代小说家。家无恒产，是个普通城市居民家庭。弟兄三人，兄名汝璜，字佛云，监生；弟名汝琮，字宗玉。李汝珍自幼就非常聪颖，喜欢读书，什么书都涉猎，唯独不喜欢八股文章，讨厌科举，导致他终生不达。

1782年秋，李汝珍哥哥李汝璜从大兴移家到海州板浦。海州在江苏东北部，又叫东海，板浦是海州城东南的一个镇。十九岁的李汝珍随兄李汝璜来板浦，居住在板浦场盐保司大使衙门里。在此期间，著名的声韵学家凌廷堪（约1755—1809），应李汝璜聘请，教家中子弟。李汝珍成了凌廷堪的受业弟子，学习古代礼制、乐律、历算、疆域沿革，对疆域沿革特别感兴趣，他曾说"受益极多"。

李汝珍与乔绍傅、乔绍侨、许乔林是同窗。李汝珍前妻死后，续娶的是板浦许氏。李汝珍娶许乔林堂姐为妻，与板浦"二许"结成姻亲。许氏本家弟弟许乔林、许桂林和李汝珍过从甚密，既是亲戚又是研究学问的好友。李汝珍在他的《李氏音鉴》中说："月南（许桂林字）为珍内弟，撰《说音》一编；珍于南音之辨，得月南之益多矣！"

嘉庆六年，不知由谁举荐，李汝珍到河南东部某县做负责治水的县丞。在《镜花缘》中唐敖谈女儿国治河等描写，就反映了李汝珍在河南的见闻和治河经验。嘉庆九年，李汝珍从河南回到海州，后来又到淮南草堰。由于李汝珍学问渊博，并精通音韵，嘉庆十年，他的《李氏音鉴》基本成书。友人石文煃在《音鉴序》中说："今松石行将官中州矣。"说他将要再度去河南做官，究竟他去了没去，研究者说法不一，至于做什么官更无可查考。

嘉庆十年以后，他仍可能客居在淮南淮北一带。嘉庆十九年（1814），李汝珍住在海州，此后直到道光十年老死异乡这十六年间，他的行踪便无人知晓了。李汝珍的晚年相当贫困，孙吉昌在他的《镜花缘》卷首题词里说他"形骸将就衰。耕无负郭田，老大仍饥驱。可怜十数载，笔砚空相随。……穷愁始著书，其志良足悲"。李汝珍一生生性耿直，不阿权贵，不善钻营，始终没有谋到像样的官职。中年以后，他感到谋官无望，潜心钻研学问。李汝珍的著作，存留于世的有小说《镜花缘》、声韵学著作《李氏音鉴》（附《字母五声图》）、围棋谱《受子谱》。他还写了《广方言》一书，可惜没有写完。至于其他诗文多已散失。

李汝珍是个爽直坦荡的人，并且善饮。石文煃在《音鉴序》中说他"伉爽遇物，肝胆照人……花间月下，对酒征歌，兴至则一饮百觥，挥霍如志"。有这样性格和嗜好的人，当小官很容易触怒上司，所以许乔林在《送李松石县丞汝珍之官河南》一诗中曾告诫他说："吾子经世才，及时思自见（表现才能）。熟读河渠书，古方（治河之术）用宜善。下僚谈大计，侵官（侵犯上司的职权）亦近擅（擅自专权）。且须听堂鼓（古代官衙中公堂，用击鼓作为集散的号令，这里比喻上司的意见），循分（遵守下僚的本分）逐曹椽（追随属官之后）。"许乔林既希望李汝珍展示才华，又担心他为人坦直，固执己见，被上司认为侵官擅权。李汝珍不做县丞，是否是这个缘故，不得而知。

李汝珍是个于学无所不窥，博学多识的人。许乔林在《镜花缘序》里说他"枕经葄史（睡觉仍枕着经史书），子秀集华，兼贯九流，旁涉百戏，聪明绝世，异境天开"。石文煃《音鉴序》说他"平生工篆隶，猎图史，旁及星卜、弈戏诸事，靡不触手成趣"。余集的《音鉴序》里也说他的学问"旁及杂流，如壬遁、星卜、象纬、篆隶之类，靡不日涉以博其趣，而于音韵之学尤能穷源索隐，心领神悟"。李汝珍博学多才，不仅精通文学、音韵等，还精于围棋。乾隆六十年(1795)，曾于板浦举行公弈，与九位棋友对局。后又辑录当时名手对弈的二百余局棋谱，成书《受子谱》，于嘉庆二十二年(1817)刊行。许乔林在序言中称赞该书"为弈家最善之本"。

李汝珍平生最大成就是写成《镜花缘》。此书是他在海州地区采拾地方风物、乡土俚语及古迹史乘，"消磨三十多年层层心血"而写成的。据孙佳讯的考证，李汝珍在壮年三十五岁左右就开始了《镜花缘》的写作。嘉庆二十二年（1817），《镜花缘》经过三易其稿，最后定稿成书。这时李汝珍年在五十五岁上下。嘉庆二十三年（1818）最早刊行的《镜花缘》，是李汝珍亲自到苏州监刻的。李汝珍原计划《镜花缘》写二百回，刊行的仅百回，可能未来得及写，他就死了。

　　《镜花缘》的创作和李汝珍在板浦的生活有密切关系。李汝珍舅兄许某有《案头随录》一书，其中颇有一些与《镜花缘》有关的内容。许某是个醝商，有两只海船，常常出海做生意，他在《随录》中不止一次记李汝珍随着许某出海漂洋，谈天说地，讲些怪事奇闻，商讨编部书出来。《随录》中所录下来的游戏文章，有不少和《镜花缘》相同。还记载李汝珍和舅兄许某同游云台山。南云台山东磊，延福观东侧岩壁下有石刻"小蓬莱"三个篆字，和《镜花缘》中小蓬莱不无因缘。孙佳讯认为："《镜花缘》中的唐敖，有些地方是作者自况。第七回说唐敖妻子久已去世，继娶林氏，近似作者前妻去世，继娶许氏。海州现在有人认为，林之洋是唐敖的舅兄，影射许乔林、许桂林为李汝珍的舅兄，当然不足信；如他的舅兄名许某林，《镜花缘》中倒林为姓，以此影射，虽扑朔迷离，尚略可辨识。"

目 录

第一回　王母西池赐芳筵　武后上苑催百花

• 导读 •

王母寿宴，百花仙子对嫦娥立誓，若百花在不应齐放时违令齐放，自愿坠入凡尘。天降大雪，武则天醉下诏令，百花盛开，百花仙子因违犯天条被贬人间。

且说天下名山，除王母所住昆仑之外，海岛中有三座名山：一名蓬莱，二名方丈，三名瀛洲。都是道路弯远，其高异常。当日《史记》曾言这三座山都是神仙聚集之处①。后来《拾遗记》②同《博物志》③极言其中珍宝之盛，景致之佳。最可爱的，四时有不谢之花，八节④有长青之草。他如仙果、瑞木、嘉谷、祥禾之类，更难枚举。

内中单讲蓬莱山有个薄命岩，岩上有个红颜洞，洞内有位仙姑，总司天下名花，乃群芳之主，名百花仙子，在此修行多年。这日正值三月初三日王母圣诞，正要前去祝寿，有素日相契的百草仙子来约同赴"蟠桃胜会"。百花

> 作者在此介绍了百花仙子和她的司职，而地名和洞名都颇有神话传说的味道。

---

① 《史记·封禅书》："自威、宣、燕昭使人入海求蓬莱、方丈、瀛洲。"说是自从齐威王、齐宣王、燕昭王以来，就使人入海寻找蓬莱、方丈、瀛洲三神山。秦始皇统一天下后，也曾派人带着童男童女到海上寻找三神山。

② 《拾遗记》：志怪小说集。又称《王子年拾遗记》，东晋王嘉作，内容重在宣传神仙方术。

③ 《博物志》：神话书，西晋张华著。多取材于古书，分类记载异境奇物及古代琐闻杂事。

④ 八节：立春、立夏、立秋、立冬，春分、秋分，夏至、冬至八个节令的总称。

仙子即命女童捧了"百花酿";又约了百果、百谷二位仙子。四位仙姑,各驾云头,向西方昆仑而来。

　　只见福禄寿财喜五位星君,同著木公、老君、彭祖、张仙、月老、刘海蟾、和合二仙,也远远而来。后面还有红孩儿、金童儿、青女儿、玉女儿,都脚驾风火轮,并各洞许多仙翁仙姑。前前后后,到了昆仑。四位仙姑,也都跟着,齐上瑶池行礼,各献祝寿之物。侍从一一收了。留众仙筵宴。王母坐在中间;旁有元女、织女、麻姑、嫦娥及众女仙,左右相陪;其余各仙,俱列瑶台两旁,遥遥侍坐。王母各赐仙桃一枚,众仙拜谢,按次归坐。说不尽天庖盛馔,玉府仙醪。又闻仙乐和鸣,云停风静。

　　不多时,歌舞已罢。嫦娥向众仙道:"今日金母圣诞,难得天气清和,各洞仙长,诸位星君,莫不齐来祝寿。今年之会,可谓极盛!适才众仙女歌舞,虽然绝妙,但每逢桃筵,都曾见过。小仙偶然想起,素闻鸾凤能歌,百兽能舞,既有如此妙事,何不趁此良辰,请百鸟、百兽二位大仙,分付手下众仙童来此歌舞一番?诸位大仙以为何如?"众仙刚要答言,那百鸟、百兽二仙都躬身道:"蒙仙姑分付,小仙自当应命。但歌难悦耳,舞难娱目。兼恐众童儿卤莽性成,倘或失仪,王母见罪,小仙如何禁当得起!"王母笑道:"偶尔游戏,这有何妨。"百鸟仙同百兽仙听了,随即分付侍从传命。登时只见许多仙童,围着丹凤、青鸾两个童儿,脚踏祥云,到了瑶池,拜过王母,见了百鸟大仙,领了法旨,将身一转,变出丹凤、青鸾两个本相:一个是彩毫炫耀,一个是翠翼鲜明。那些随来的童儿,也都变出各色禽鸟。随后麒麟童儿带着许多仙童,也如飞而至,一个个参拜王母,见了百兽大仙,领了法旨,都变出本相,无非虎豹犀象、獐狍麋鹿之类。那边是众鸟围着鸾凤,歌喉宛转;这边是麒麟带着众兽,舞态盘旋。在琼阶玉砌之间,各献所长。连那瑶草琪花,也分外披拂

作者吸收借鉴上古神话故事传说内容,场景描写精彩纷呈,"琼楼玉宇,高处不胜寒"!

有致。王母此时不觉大悦，随命侍从把"百花酿"各赐众仙一杯。

嫦娥举杯向百花仙子道："仙姑既将仙酿祝寿，此时鸾凤和鸣，百兽率舞，仙姑何不趁此也发个号令，使百花一齐开放，同来称祝？既可助他歌舞声容，又可添些酒兴，岂不更觉有趣？"众仙听了，齐声说"妙"，都催百花仙子即刻施行，以成千秋未有一场胜会。百花仙子连忙说道："小仙所司各花，开放各有一定时序，非比歌舞，随时皆可发令。"

嫦娥道："适才百花仙姑说，惟有上帝敕旨，才能群花齐放；纵让下界帝王有令，也不能应命。此去千百年后，倘下界有位高兴帝王，使出回天手段，出此一令，那时竟是百花齐开，却如何受罚？今趁王母并诸位仙长做个证见，倒要预先说明。"麻姑戏说道："据小仙愚见：将来如有此事，即罚百花仙子在广寒殿打扫落花三年。月姊以为何如？"百花仙子道："那人王乃四海九州之主，代天宣化，岂肯颠倒阴阳，强人所难。要便是嫦娥仙子临凡，做了女皇帝，出这无道之令；别个再不肯的。那时我果糊涂，竟任百花齐放，情愿堕落红尘，受孽海无边之苦，永无翻悔！"话言未毕，那边女魁星早已执笔过来，把百花仙子顶上点了一笔，驾着红光，离了瑶池，竟奔小蓬莱保护玉碑去了。

登时歌停舞罢，王母都赏赐果品琼浆，叩领而去。众仙宴毕，也就拜谢四散。百花仙子与百草、百果、百谷，四位仙姑，共坐云，一同回洞。百谷仙子在路说道："今日是庆寿良辰，争奈这嫦娥恃强倚宠，卖弄新鲜题目，平白惹这场闲气，我至今还觉不平！幸亏百花姐姐有情有理，说得他满面羞惭，无言可答。"谈笑间，已至蓬莱，各自归洞。每逢闲暇，无非敲枰相聚。日复一日，年复一年，也不知人间岁月几何。

百花仙子在嫦娥逼迫之下，立下誓言。"天上方一日，人间已千年"，因这一段前缘，才有日后人间一则镜花水月故事。作者妙笔生花，让故事富有趣味。

武则天，唐朝功臣武士彠次女，十四岁入后宫为唐太宗的才人，唐太宗赐号"武媚"，唐高宗时初为昭仪，后为皇后，尊号为天后

一日，百花仙子因时值残冬，群芳暂息，既少稽查之役，又无号令之烦。消闲静摄，颐养天和。一时忽然静中思动，因命牡丹、兰花众仙子看守洞府。去访百草仙子，不意适值外出。又访百果、百谷二仙，亦皆不遇。忽见阴云四合，飘下几点雪花。正要回洞，偶然想起麻姑久未会面，于是来到麻姑洞府。彼此见面，各道久阔。麻姑道："今日这般寒冷，满天雪片飘扬，仙姑忽来下顾，真是意想不到。如果消闲，趁此六出纷霏之际，我们虽不必学人间暖阁围炉那些俗态，何妨清吟联句，遣此长宵？现在家酿初熟，先请共饮数杯，好助诗兴。"百花仙子道："佳酿延龄，乃不易得的，一定遵命拜领。至于联句，乃冷淡生涯，有何趣味！不如以黑白双丸，赌个胜负，倒还有些意思。——莫要偷棋摸着，施出狡狯伎俩，我就不敢请教了。"

百花仙子只顾在此着棋，那知下界帝王忽有御旨命他百花齐放。

原来这位帝王并非须眉男子，系由太后而登大宝。乃唐中宗之母，姓武，名曌，自号则天。按天星心月狐临凡。当日太祖、太宗本是隋朝臣子，后来篡了炀帝江山。虽是天命，但杀戮过重，且涉于淫私，伤残手足；所以炀帝并各路烟尘，趁他这个亏处，都在阴曹控告唐家父子种种暴戾荼毒之苦。冥官具奏。幸亏众神条陈：与其令杨氏出世报仇，又结来生不了之案，莫若令一天魔下界，扰乱唐室，任其自兴自灭，以彰报施。适有心月狐思凡获谴，即请敕令投胎为唐家天子，错乱阴阳，消此罪案。心月狐得了此信，欢喜非常，日盼下凡吉期。

这日来到广寒，与太阴告辞。嫦娥触动前事，因悄悄说道："星君此去下界为帝，享受玉食万方皆不足道。倘能于一日之中，使四季名花莫不齐放，普天之下尽是万紫千红，那才称得锦绣乾坤，花团世界。不独名传千古，也显

徐英公傳檄
起義兵駱
主簿修書
寄良友

得星君通天手段。"心月狐笑道:"这有何难! 我既为帝,莫讲百花教他齐放,他不敢不遵;就是那从不开花的铁树,也要开朵花儿给我看看哩。此时说来无凭,日后便见明白。"说罢作别。——后来下凡,托生为则天皇帝,即唐中宗之母。

当时中宗在位,一切谨守彝训,天下虽然太平,无如做人仁慈,不合武太后之意。未及一载,废为庐陵王,贬在房州。武后自立为帝,改国号周,年号光宅。自中宗嗣圣元年甲申即位,赖唐家一点庇荫,天下倒也无事。

无奈武后一味尊崇武氏弟兄,荼毒唐家子孙。那时恼了一位豪杰,是英国公徐勋之孙徐敬业,在外聚集英雄,同骆宾王做了一道檄文,布告天下,以讨武后。武后即发强兵三十万,命李孝逸率领众将征剿。徐敬业手下虽有兵十万,究竟寡不敌众;兼之不听魏思温之言,误从薛仲璋之计,以致大败亏输。后来被周兵追到至急之际,手下只剩千余人。彼时徐敬业、骆宾王各有一子,跟在军前,都不满十岁。徐敬业见事机万无挽回,即同骆宾王商议,选了四名精壮偏将,保护两位公子,暗暗奔逃。

后来徐敬业被偏将王那相刺死,即持敬业首级投降;余党俱被擒捕;其兄徐敬功带领家眷,逃在外洋。骆宾王竟无下落;其父骆龙带领孙女,亦逃海外。余如唐之奇、杜求仁、魏思温、薛仲璋诸人,悉皆奔逃。

武后剿灭徐敬业,惟恐城池不固,日与武氏弟兄计议,大兴土木,于长城外,另起东西南北四座高关,把个长安团团围在居中,真是水泄不通。

一日,正值残冬,同太平公主在暖阁饮酒,推窗赏雪,并与宫娥上官婉儿唱和吟诗。

话说武后赏雪心欢,趁着酒兴,又同上官婉儿赌酒吟诗。上官婉儿每做"雪兆丰年"诗一首,武后即饮一杯。

起初是一首诗一杯酒，后来从两首诗一杯酒，慢慢加到十首诗一杯酒。上官婉儿刚把诗机做的略略活了，诗兴还未一分，武后酒已十分。正饮得高兴，只觉阵阵清香扑鼻，武后朝外一望，原来庭前有几株蜡梅开了。不觉赞道："这样寒天，蜡梅忽然大放，岂非知朕饮酒，特来助兴？如此殷勤，自应懋赏！"分付挂红、赏金牌。宫娥答应，登时俱挂红绫、金牌。

蜡梅，别名然黄梅、黄梅花，12－3月开花

武后醉眼朦胧，又分付宫人道："此地蜡梅既来伺候，想来园中各花素知朕有爱花之癖，自然也都大放。即刻备辇，朕同公主往群芳圃、上林苑赏花去。"众宫娥只得答应，传旨备辇。公主道："蜡梅本系冬花，此时得了雪气滋润，所以大放。至别的花卉，开放各有其时，此刻离春令虽近，天气甚寒，焉能都开呢？"武后道：<u>"各花都是一样草木：蜡梅既不畏寒，与朕陶情；别的花卉，自然也都讨朕欢喜。古人云：'圣天子百灵相助。'我以妇人而登大宝，自古能有几人？</u>将来真可上得《无双谱》[1]的。此时朕又岂止百灵相助；这些花卉小事，安有不遂朕心所欲？即便朕要挽回造化，命他百花齐放，他又焉能违拗！你们且随朕去，只怕园内各花早已伺候开了。"公主再三谏阻；武后那里肯听，随即乘辇，命公主、上官婉儿同去赏花。

到了群芳圃，下得辇来，四处一望，各样花木，除蜡梅、水仙、天竺、迎春之外，尽是一派枯枝，莫讲赏花，要求赏个青叶也是难的。<u>看了一遍，不觉面红过耳，真是众目之下，羞愧难当，几乎把酒都羞醒了。</u>正要到上林苑去，只见有个小太监走来奏道："奴婢才到上苑看过，那边也同这边一样。据奴婢看来：大约众位花仙还不晓得万岁

---

①《无双谱》：清金古良所著书，记录从汉张良起到宋文天祥止这一时期四十个"独一无二"的人的事迹。武则天是历史上唯一的女皇帝，所以也被编入。

要来赏花，所以未来伺候。刚才奴婢已向各花宣过圣意，倘万岁亲自再下一道御旨，明日自然都来开花了。"武后听罢，心中忽然动了一动，倒像触起从前一件事来。再四寻思，却又无从捉摸。不觉把头点了两点道："也罢！今日已晚，权且施恩，限他明日开罢。"分付预备金笺笔砚，提起笔来，想了一想，在那笺纸上，醉笔草草写了四句：

明朝游上苑，火速报春知；花须连夜发，莫待晓风催！

写罢，分付太监拿去用了御宝①，即发上林苑张挂。并命御膳房，明早预备赏花酒宴。公主同上官婉儿听了，都不觉暗笑。武后酒醉难支，即带众人乘辇回宫。太监遵旨，把金笺用了御宝，张挂上林苑内。

那上林苑蜡梅仙子同水仙仙子见了这道御旨，忙到洞中送信。谁知这日百花仙子正同麻姑着棋，因天晚落雪，尚未回洞。当时牡丹仙子得了此信，不知洞主下落，即同兰花仙子冒雪分头到百草、百果各位仙姑洞中寻访，毫无踪迹。天已夜晚，雪仍不止，只得回洞。

武后自从上林苑回宫，睡到黎明，宿酒已消。猛然想起昨日写诏之事，连忙起来，心内着实懊悔：酒后举动，过于孟浪，倘群花竟不开放，将来传扬出去，这场羞愧，如何遮掩？正在寻思，早有上林苑、群芳圃司花太监来报，各处群花大放。武后这一喜非同小可！登时把公主宣来，用过早膳，齐到上林苑。只见满园青翠夺目，红紫迎

人，真是锦绣乾坤，花花世界。天时甚觉和暖，池沼都已解冻，陡然变成初春光景。正是：

池鱼戏叶仍含冻，谷鸟啼花乍报春。

那百花仙子那日同麻姑着棋，因落雪无事，足足着到天明。及至五盘着完，已有辰时光景。只见女童来报："外

---

① 御宝：皇帝的印信、图章。

面众花齐放，甚觉可爱，请二位仙姑出去赏花。"

百花仙子看了，甚觉骇异，连忙推算，只吓的惊疑不止道："昨日我们着棋时，仙姑无意中曾有'终局后悔'之话，彼时小仙听了就觉生疑，不意今日果然生出一事。刚才我见众花开的甚奇，细细推算，谁知下界帝王昨日偶尔高兴，命我群花齐放。小仙只顾在此着棋，不知其详，未去奏明上帝，以致数百年前同嫦娥所定那个罚约，竟自输了。"

到了下晚，只见百草、百果、百谷三位仙子，满面愁容，来至洞中。匆匆行礼，按次归坐。百草仙子道："适闻有位尊神上了弹章，把仙姑参了一本。小仙同他二位侦听真实，特来探望。不知仙姑可曾得信？"百花仙子道："小仙身获重谴，今被参谪，固罪所应得；第拖累多人，于心何安！此后一别，不惟天南地北，后会无期；而风流云散，绿暗红稀，回首仙山，能毋惨目！"说罢，叹息不止。

一盘棋局无胜负，一句良言道输赢。百花仙子恍然大悟，原来仙姑话中有玄机。

百花仙子追悔莫及，自知因自己的过失而牵累别人，所以深感不安。表现出她内心的善良与纯洁。

赏析 ▶

作者有着丰富的想象力，借鉴民间传说和神话故事，从王母寿宴开始说起，场面描写别具特色。百花仙子的遭遇更是令人动容。而且作者善于运用幽默的笔调，以及夸张、比喻等修辞手法，创作出结构独特、思想超越的小说，这在当时的封建时代是有着积极而进步的意义的。在书中我们也可以感受到作者的学识十分渊博，引经据典，出口成章，下笔成文。读书在于用心，这是值得现代人学习的。

第二回 唐敖弃尘游寰海
同道觅迹越远山

·导读·

百花仙子托生为秀才唐敖之女唐小山。唐敖赴京赶考中得探花，却被奸人陷害，革去功名，降为秀才。他心灰意冷，随妻兄林之洋出海游历。

秀才是中国古代选拔官吏的科目，亦曾作为学校生员的专称。汉武帝改革选官制度，令地方官府考察和推举人才，即为察举

从年幼的小山身上看到了百花仙子的芳踪。作者文笔简洁，颇具心意。

话说这位唐秀才，名敖，表字以亭。祖籍岭南循州海丰郡河源县。妻子久已去世，继娶林氏。兄弟名唐敏，也是本郡秀士。弟妇史氏。至亲四口，上无父母。喜得祖上留下良田数顷，尽可度日。唐敏自进学后，无志功名，专以课读为业。唐敖素日虽功名心胜，无如秉性好游，每每一年倒有半年出游在外，因此学业分心，以致屡次赴试，仍是一领青衫[①]。

恰喜这年林氏生了一女。将产时，异香满室，既非冰麝，又非旃檀，似花香而非花香，三日之中，时刻变换，竟有百种香气，邻舍莫不传以为奇，因此都将此地唤作"百香衢"。未生之先，林氏梦登五彩峭壁，醒来即生此女，所以取名小山。隔了两年，又生一子，就从姐姐小山之意，取名小峰。小山生成美貌端庄，天姿聪俊。到了四五岁，就喜读书，凡有书籍，一经过目，即能不忘。且喜家中书籍最富，又得父亲、叔叔指点，不上几年，文义早已清通。兼之胆量极大，识见过人，不但喜文，并且好武，时常舞枪耍棒，父母也禁他不住。

① 青衫：青领的长衫，原是古时读书人的服装，这里却是指的科举时代秀才的服装。"仍是一领青衫"，表示仍然是个秀才的意思。

这年唐敖又去赴试。一日，正值皓月当空，小山同唐敏坐在檐下，玩月谈文。小山问道："爹爹屡赴科场；叔叔也是秀才，为何不去应试？"唐敏道："我素日功名心淡；且学业未精，去也无用。与其奔驰辛苦，莫若在家课读，倒觉自在。况命中不能发达，也强求不来的。"小山道："请问叔叔：当今既开科考文，自然男有男科，女有女科了。不知我们女科几年一考？求叔叔说明，侄女也好用功，早作准备。"

谁知唐敖前去赴试，虽然连捷中了探花①，不意有位言官，上了一本，言："唐敖于宏道年间，曾在长安同徐敬业、骆宾王、魏思温、薛仲璋等，结拜异姓弟兄。后来徐、骆诸人谋为不轨，唐敖虽不在内，但昔日既与叛逆结盟，究非安分之辈。今名登黄榜，将来出仕，恐不免结党营私。请旨谪为庶人②，以为结交匪类者戒。"本章上去，武后密访，唐敖并无劣迹，因此施恩，仍旧降为秀才。唐敖这番气恼，非同小可，终日思思想想，遂有弃绝红尘之意。

唐敏得了连捷喜音，恐哥哥需用，早已差人送了许多银两。唐敖有了路费，更觉放心，即把仆从遣回，自己带着行囊，且到各处游玩，暂解愁烦。一路上逢山起旱，遇水登舟，游来游去，业已半载，转瞬腊尽春初。这日，不知不觉到了岭南，前面已是妻舅林之洋门首，相隔自己家内不过二三十里。路途虽近，但意懒心灰，羞见兄弟妻子之面，意欲另寻胜境畅游，又不知走那一路才好。一时无聊，因命船户把船拢岸。上得岸来，走未数步，远远有一古庙，前进观看，上写"梦神观"三个大字。不觉叹道：

小山的问话可谓后续故事的序幕。设置女科考试，在封建时代如同天方夜谭，但这也表现出作者内心的进步思想。

唐敖被降为秀才，仕途无望，心灰意冷，才有了弃绝红尘之意。这为后续出海游历、入山不归埋下了伏笔。

---

① 探花：唐时称进士及第后杏园初宴时采折名花的人，常以同榜中最年少的进士二人为"探花郎/使"。后来以"探花"作殿试录取的第一甲第三名的专称。

② 庶人：没有功名和官职的平民。

小才女月下論文
科老書生夢中嘗善果

"我唐敖年已半百，历来所做之事，如今想起，真如梦境一般。从前好梦歹梦，俱已做过；今看破红尘，意欲求仙访道，未卜此后何如，何不叩求神明指示？"于是走进神殿，暗暗祷告，拜了神像，就在神座旁席地而坐。恍惚间，有个垂髫童子走来道："我家主人奉请处士①，有话面谈。"唐敖跟着来至后殿，有一老者迎出。随即上前行礼，分宾主坐下道："请问老丈尊姓？不知见召有何台命？"老者道："老夫姓孟，向在如是观居住。适因处士有求仙访道之意，所以奉屈一谈。请问处士：向来有何根基？如今所恃何术？毕竟如何修为，去求仙道？"唐敖道："我虽无甚根基，至求仙一事，无非远离红尘，断绝七情六欲，一意静修，自然可入仙道了。"老者笑道："此事谈何容易！处士所说清心寡欲，不过略延寿算，身无疾病而已。若讲仙道，那葛仙翁说的最好，他道：'要求仙者，当以忠、孝、和、顺、仁、信为本。若德行不修，务求元道，终归无益。要成地仙，当立三百善；要成天仙，当立一千三百善。'今处士既未立功，又未立言，而又无善可立；一无根基，忽要求仙，岂非'缘木求鱼'，枉自费力么？"唐敖道："贱性庸愚，今承指教，嗣后自当众善奉行，以求正果。但小子初意，原想努力上进，恢复唐业，以解生灵涂炭，立功于朝。无如甫得登第，忽有意外之灾。境遇如此，莫可若何。老丈何以教我？"那老者道："处士有志未遂，甚为可惜。然'塞翁失马，安知非福'②。此后如弃浮幻，另结良缘，四海之大，岂无际遇？现闻百花获愆，俱降红尘，将来虽可团聚一方，内有名花十二，不幸飘零外洋。倘处士悯其凋零，不辞劳瘁，遍历海外，或在名山，

老者的话返璞归真，十分中肯。唐敖在游历途中心存善念，逢凶化吉，这与老者的良言忠告不无关系。

有心人，志在四方，老者一番话点醒梦中人，也坚定了唐敖出海游历的信心。

---

① 处士：有学问而没有出去做官的人。
② 塞翁失马，安知非福：比喻看起来像倒霉，也许是很走运的事情。意思是，事情还在继续发展之中，不要过早地就做结论。

或在异域，将各花力加培植，俾归福地，与群芳同得返本还原，不至沦落海外，冥冥之中，岂无功德？再能众善奉行，始终不懈，一经步入小蓬莱，自能名登宝箓，位列仙班。此中造化，处士本有宿缘，即此前进，自有不期然而然者。今承下问，故述梗概，亟须勉力行之！"唐敖听罢，正要朝下追问，那个老者忽然不见。连忙把眼揉了一揉，四处观看，谁知自己仍坐神座之旁。仔细一想，原来却是一梦。将身立起，再看神像，就是梦中所见老者。因又叩拜一番。

回到船上，随即开船。细想梦中光景，暗暗忖道："此番若到海外，其中必有奇缘。第百花不知因何获愆？毕竟都降何处？为何却又飘流外洋？此事虚虚实实，令人费解。好在我生性好游，今功名无望，业已看破红尘，正想海外畅游，以求善果，恰喜又得此梦，可谓天从人愿。适才梦神所说名花十二，不知都唤何名，可惜未曾问得详细。将来到了海外，惟有处处留神，但遇好花，即加培植，倘逢仙缘，亦未可知。此时且去寻访妻舅。他常出外飘洋，倘能结伴同行，那更好了。"

于是把船拢到妻舅林之洋门首。只见里面挑发货物，匆匆忙忙，倒像远出样子。原来林之洋乃河北德州平原郡人氏，寄居岭南，素日作些海船生意。父母久已去世。妻子吕氏。跟前一女名唤婉如，年方十三，生得品貌秀丽，聪慧异常，向日常在海船跟着父母飘洋。如今林之洋又去贩货，把家务托丈母江氏照应。正要起身，忽见唐敖到他家来。彼此道了久阔，让至内室，同吕氏见礼。婉如也来拜见，唐敖还礼道："侄女向未读书，今两年未见，为何满面书卷秀气？大约近来也学小山不做针黹、一味读书了？"林之洋道："他心心念念原想读书。俺也知道读书是件好事，平时俺也替他买了许多书。奈俺近年多病穷忙，那有工夫教他！"唐敖道："舅兄可知近来女子读书，如果

精通，比男子登科发甲还妙哩！”林之洋道：“为甚有这好处？”唐敖道：“这个好处，你道从何而起？却是宫娥上官婉儿起的根苗。此话已有十余年了。舅兄既不知道，待小弟慢慢讲来。”

唐敖道：“小弟因内地山水连年游玩殆遍，近来毫无消遣。而且自从都中回来，郁闷多病，正想到大洋看看海岛山水之胜，解解愁烦。舅兄恰有此行，真是天缘凑巧。万望携带携带！小弟带有路费数百金，途中断不有累。至于饭食舟资，悉听分付，无不遵命。”林之洋道：“妹夫同俺骨肉至亲，怎说船钱饭食来了！”因向妻子道：“大娘：你听妹夫这是甚话！”

唐敖一面修书央人寄去；一面开发船钱，把行李发来。取了一封银子以作舟资饭食之费，林之洋执意不收，只好给了婉如为纸笔之用。林之洋道：“姑夫给他这多银子，若买纸笔，写一世还写不清哩！俺想妹夫既到海外，为甚不买些货物碰碰机会？”唐敖道：“小弟才拿了银子，正要去置货，恰被舅兄道著，可谓意见相同。”于是带了水手，走到市上，买了许多花盆并几担生铁回来。林之洋道：“妹丈带这花盆，已是冷货，难以出脱；这生铁，俺见海外到处都有，带这许多，有甚用处？”唐敖道：“花盆虽系冷货，安知海外无惜花之人。倘乏主顾，那海岛中奇花异草，谅也不少，就以此盆栽植数种，沿途玩赏，亦可陶情。至于生铁，如遇买主固好；设难出脱，舟中得此，亦压许多风浪，纵放数年，亦无朽坏：小弟熟思许久，惟此最妙，因而买来。好在所费无多，舅兄不必在意。”林之洋听了，明知此物难以退回，只得点头道：“妹夫这话也是。”不多时，收拾完毕，大家另坐小船，到了海口。众水手把货发完，都上三板渡上海船，趁着顺风，扬帆而去。

此时正是正月中旬，天气甚好，行了几日，到了大

海岛上有奇花异草

洋。唐敖四围眺望，眼界为之一宽，真是"观于海者难为水"，心中甚喜。走了多日，绕出门户山，不知不觉顺风飘来，也不知走出若干路程。唐敖一心记挂梦神所说名花，每逢崇山峻岭，必要泊船，上去望望。林之洋因唐敖是读书君子，素本敬重；又知他秉性好游，但可停泊，必令妹夫上去。就是茶饭一切，吕氏也甚照应。唐敖得他夫妻如此相待，十分畅意。

　　这日正行之际，迎面又有一座大岭。唐敖道："请教舅兄：此山较别处甚觉雄壮，不知何名？"林之洋道："这岭名叫东口山，是东荒第一大岭。闻得上面景致甚好。俺路过几次，从未上去。今日妹夫如高兴，少刻停船，俺也奉陪走走。"唐敖听见"东口"二字，甚觉耳熟，偶然想起道："此山既名东口，那君子国、大人国，自然都在邻近了？"林之洋道："这山东连君子，北连大人，果然邻近。妹夫怎么得知？"唐敖道："小弟闻得海外东口山有君子国，其人衣冠带剑，好让不争。又闻大人国在其北，只能乘云而不能走。不知此话可确？"林之洋道："当日俺到大人国，曾见他们国人都有云雾把脚托住，走路并不费力。那君子国无论甚人，都是一派文气。这两国过去，就是黑齿国，浑身上下，无处不黑。其余如劳民、聂耳、无肠、犬封、元股、毛民、毗骞、无䏶、深目等国，莫不奇形怪状，都在前面。将来到彼，妹夫去看看就晓得了。"

　　说话间，船已泊在山脚下。郎舅两个下船上了山坡。林之洋提着鸟枪火绳，唐敖身佩宝剑，曲曲弯弯，越过前面山头，四处一看，果是无穷美景，一望无际。唐敖忙道："如此崇山，岂无名花在内？不知机缘如何。"只见远远山峰上走出一个怪兽，其形如猪，身长六尺，高四尺，浑身青色，两只大耳，口中伸出四个长牙，如象牙一般，拖在外面。唐敖道："这兽如此长牙，却也罕见。舅兄可知其名么？"林之洋道："这个俺不知道。俺们船上有位柁工，刚才未邀他同来。他久惯飘洋，海外山水，全能透彻，那些异草奇花，野鸟怪兽，无有不知。将来如再游玩，俺把他邀来。"唐敖道："船上既有如此能人，将来游玩，倒是不可缺的。此人姓甚？也还识字么？"林之洋道："这人姓多，排行第九，因他年老，俺们都称多九公，他就以此为名。那些水手，因他无一不知，都同他取笑，替他起个反面绰号，叫作'多不识'。幼年也曾入学①，因不得中，弃了书本，作些海船生意。后来消折本钱，替人管船拿柁为生，儒巾久已不戴。为人老诚，满腹才学。今年八旬向外，精神最好，走路如飞。平素与俺性情相投，又是内亲，特地邀来相帮照应。"恰好多九公从山下走来，林之洋连忙点手相招。唐敖迎上拱手道："前与九公会面，尚未深谈。刚才舅兄说起，才知都是至亲，又是学中先辈。小弟向日疏忽失敬，尚求恕罪。"多九公连道："岂敢！……"林之洋道："九公想因船上拘束，也来舒畅舒畅？俺们正在盼望，来的恰好。"因指道："请问九公：那个怪兽，满嘴长牙，唤作甚名？"多九公道："此兽名叫'当康'。其鸣自叫。每逢盛世，始露其形。今忽出现，必主天下太平。"话未说完，此兽果然口呼"当康"，鸣了几声，跳舞而去。

当康，又称牙豚，是中国古代神话传说中的神兽之一，是一种兆丰穰的瑞兽

唐敖正在眺望，只觉从空落一小石块，把头打了一下，不由吃惊道："此石从何而来？"林之洋道："妹夫：你看那边一群黑鸟，都在山坡啄取石块。刚才落石打你的，就是这鸟。"唐敖进前细看，只见其形似鸦，身黑如墨，嘴白如玉，两只红足，头上斑斑点点，有许多花文，都在那里啄石，来往飞腾。林之洋道："九公可知这鸟搬取石块有甚用处？"多九公道："当日炎帝有个少女，偶游东

> 多九公有此绰号也是名副其实。有这样一位同行者，也让唐敖的寻花之旅少走许多弯路。

> 作者借用林之洋的问话来引发大家思考。想想看，这鸟有何出处呢？

---

① 入学：明、清两代，科举考试中取得秀才资格的，被准许进到府、州、县学里读书；因此，童生考取了秀才叫入学，也叫进学。

介绍了鸟的前世今生，颇为离奇。故事构思巧妙，情节奇幻有趣。

海，落水而死，其魂不散，变为此鸟。因怀生前落水之恨，每日衔石吐入海中，意欲把海填平，以消此恨。那知此鸟年深日久，竟有匹偶，日渐滋生，如今竟成一类了。"唐敖听了，不觉叹息不止。

未知如何，下回分解。

赏析

百花仙子托生为秀才唐敖之女唐小山。作者妙笔生花，刻画了一位活泼可爱、聪明伶俐的女子。唐敖赴京赶考中得探花，这本来是一件喜事，不料却被人陷害，革去了功名，降为秀才。对仕途心灰意冷的唐敖，有了出尘之念，唐敖随妻兄林之洋出海经商、游历，一路上经历颇为稀奇。作者构思巧妙，独具匠心，吸收古代奇书、神话内容精华，又加以创作，故事情节生动、奇幻，人物个性鲜明，各有特点。

第三回　服肉芝延年益寿
食朱草入圣超凡

·导读·

唐敖等人在游历路上饱览奇花异草，唐敖更是亲自服食肉芝，身姿娇健，神清气爽。众人还遇到奇异猛兽，幸得猎户搭救，得以脱险。唐敖身在他乡，遇故知，得义女。

话说唐敖闻多九公之言，不觉叹道："小弟向来以为衔石填海，失之过痴，必是后人附会。今日目睹，才知当日妄议，可谓'少所见多所怪'了。据小弟看来：此鸟秉性虽痴，但如此难为之事，并不畏难，其志可嘉。每见世人明明放着易为之事，他却畏难偷安，一味蹉跎；及至老大，一无所能，追悔无及。如果都像精卫这样立志，何患无成！——请问九公：小弟闻得此鸟生在发鸠山①，为何此处也有呢？"多九公笑道："此鸟虽有衔石填海之异，无非是个禽鸟，近海之地，何处不可生，何必定在发鸠一山。况老夫只闻鹣鹡不踰济，至精卫不踰发鸠，这却未曾听过。"

林之洋道："九公：你看前面一带树林，那些树木又高又大，不知甚树？俺们前去看看。如有鲜果，摘取几个，岂不是好？"登时都至崇林。迎面有株大树，长有五丈，大有五围；上面并无枝节，惟有无数稻须，如禾穗一般，每穗一个，约长丈余。唐敖道："古有'木禾'之说，今看

> 唐敖的话发自肺腑，启发人心。作者以此提醒世人：天下难事行于易，一分耕耘自有一分收获。

木禾，古代中国传说中一种高大的谷类植物

---

① 发鸠山：在山西境内，是太行山的分支。《山海经》说："发鸠之山，……有鸟焉，……名曰精卫。"所以这里有"此鸟生在发鸠山"的话。

此树形状，莫非木禾么？"多九公点头道："可惜此时稻还未熟。若带几粒大米回去，倒是罕见之物。"唐敖道："往年所结之稻，大约都被野兽吃去，竟无一颗在地。"林之洋道："这些野兽就让嘴馋好吃，也不能吃得颗粒无存。俺们且在草内搜寻，务要找出，长长见识。"说罢，各处寻觅。不多时，拿着一颗大米道："俺找着了。"二人进前观看，只见那米有三寸宽，五寸长。唐敖道："这米若煮成饭，岂不有一尺长么？"多九公道："此米何足为奇！老夫向在海外，曾吃一个大米，足足饱了一年。"林之洋道："这等说，那米定有两丈长了？当日怎样煮他？这话俺不信。"多九公道："那米宽五寸，长一尺。煮出饭来，虽无两丈，吃过后满口清香，精神陡长，一年总不思食。此话不但林兄不信，就是当时老夫自己也觉疑惑。后来因闻当年宣帝时背阴国来献方物，内有'清肠稻'，每食一粒，终年不饥，才知当日所食大约就是清肠稻了。"林之洋道："怪不得今人射鹄①，每每所发的箭离那鹄子还有一二尺远，他却大为可惜，只说'差得一米'，俺听了着实疑惑，以为世上那有那样大米。今听九公这话，才知他说'差得一米'，却是煮熟的清肠稻！"唐敖笑道："'煮熟'二字，未免过刻。舅兄此话被好射歪箭的听见，只怕把嘴还要打歪哩！"

忽见远远有一小人，骑着一匹小马，约长七八寸，在那里走跳。多九公一眼瞥见，早已如飞奔去。林之洋只顾找米，未曾理会。唐敖一见，那敢怠慢，慌忙追赶。那个小人也朝前奔走。多九公腿脚虽便，究竟筋力不及，兼之山路崎岖，刚离小人不远，不防路上有一石块，一脚绊倒。及至起来，腿上转筋，寸步难移。唐敖得空，飞忙越

作者想象丰富，夸张的语言，颇具神话色彩，故事情节更生动，更有趣味。

林之洋借用射箭之事来说明米的大小，比喻生动形象，具有讽刺意味。

唐宣宗是唐朝第十七位皇帝，唐宪宗李纯第十三子，唐穆宗李恒异母弟。会昌六年，唐武宗死，李忱为宦官马元贽等拥立，登基为帝

———————————
① 射鹄：鹄是一种小鸟，很难射中。古人把鹄的形象画在布上，作为箭靶；射箭靶就叫"射鹄"。后来一般把射箭的目标物都称作"鹄"。

服肉芝延年
益壽食朱艸
入聖超凡

过，赶有半里之遥，这才赶上，随即捉住，吃入腹内。多九公手扶林之洋，气喘嘘嘘走来，望着唐敖叹道："'一饮一酌，莫非前定。'何况此等大事！这是唐兄仙缘凑巧，所以毫不费事，竟被得着了。"林之洋道："俺闻九公说有个小人小马被妹夫赶来。俺们远远见你放在嘴边，难道连人带马都吃了？俺甚不明，倒要请问：有甚仙缘？"唐敖道："这个小人小马，名叫'肉芝'。当日小弟原不晓得。今年从都中回来，无志功名，时常看看古人养气服食等法，内有一条，言：'行山中如见小人乘着车马，长五七寸的，名叫"肉芝"，有人吃了，延年益寿，并可了道成仙。'此话虽不知真假，谅不致有害，因此把他捉住，有偏二兄吃了。"林之洋笑道："果真这样，妹夫竟是活神仙了。你今吃了肉芝，自然不饥，只顾游玩；俺倒饿了。刚才那个小人小马，妹夫吃时，可还剩条腿儿，给俺解解馋么？"

多九公道："林兄如饿，恰好此地有个充饥之物。"随向碧草丛中摘了几枝青草道："林兄把他吃了，不但不饥，并且头目还觉清爽。"林之洋接过，只见这草宛如韭菜，内有嫩茎，开著几朵青花。即放口内。不觉点头道："这草一股清香，倒也好吃。请问九公：他叫甚么名号？以后俺若游山饿时，好把他来充饥。"唐敖道："小弟闻得海外鹊山有草，青花如韭，名'祝余'，可以疗饥。大约就是此物了？"多九公连连点头。于是又朝前走。林之洋道："好奇怪！果真饱了！这草有这好处，俺要多找两担，放在船上，如遇缺粮，把他充饥，比当年妹夫所传辟谷① 方子，岂不省事？"多九公道："此草海外甚少，何能找得许多。况一经离土，其叶即枯。若要充饥，必须嫩茎，枯即无用了。"

---

① 辟谷：不需要吃粮食的意思。道家迷信说法：人能修炼得不需要吃粮食，就可以成仙。

只见唐敖忽在路旁折了一枝青草，其叶如松，青翠异常。叶上生着一子，大如芥子。把子取下，手执青草道："舅兄才吃祝余，小弟只好以此奉陪了。"说罢，吃入腹内。又把那个芥子，放在掌中，吹气一口，登时从那子中生出一枝青草，也如松叶，约长一尺；再吹一口，又长一尺；一连吹气三口，共有三尺之长。放在口边，随又吃了。林之洋笑道："妹夫要这样狠嚼，只怕这里青草都被你吃尽哩。这芥子忽变青草，这是甚故？"多九公道："此是'蹑空草'，又名'掌中芥'。取子放在掌中，一吹长一尺，再吹又长一尺，至三尺止。人若吃了，能立空中，所以叫作'蹑空草'。"林之洋道："有这好处，俺也吃他几枝，久后回家，倘房上有贼，俺撺空捉他，岂不省事？"于是各处寻了多时，并无踪影。多九公道："林兄不必找了。此草不吹不生，这空山中有谁吹气栽他？刚才唐兄所吃的，大约此子因鸟雀啄食，受了呼吸之气，因此落地而生，并非常见之物，你却从何寻找？老夫在海外多年，今日也是初次才见。若非唐兄吹他，老夫还不知就是蹑空草哩。"林之洋道："吃了这草，就能站在空中，俺想这话到底古怪。要求妹夫试试，果能平空站住，俺才信哩。"唐敖道："此草才吃未久，如何就有效验。——也罢，小弟权且试试。"随即将身一纵，就如飞舞一般，撺将上去，离地约有五六丈。果然两脚登空，犹如脚踹实地，将身立住，动也不动。林之洋拍手笑道："妹夫如今竟是'平步青云'了。果真吃了这草就能撺空，倒也好顽。妹夫何不再走几步？若走的灵便，将来行路，你就空中行走，两脚并不沾土，岂不省些鞋袜？"唐敖听了，果真就要空中行走，谁知方才举足，随即坠下。

林之洋道："恰好那边有棵枣树，上面有几个大枣，妹夫既会撺高，为甚不去摘他几个？解解口渴，也是好的。"都至树下，仔细一看，并非枣树。多九公道："此果名叫

枣树木质坚硬，耐旱，果实别称枣子，有大枣、刺枣、贯枣等

‘刀味核’，其味全无定准，随刀而变，所以叫作‘刀味核’。有人吃了，可成地仙。我们今日如得此核，即不能成仙，也可延年益寿。无如此核生在树杪，其高十数丈，唐兄纵会撺高，相去悬远，何能到手？”林之洋道：“妹夫只管撺去，设或够着，也不可定。”唐敖道：“小弟撺空离地不过五六丈，此树高不可攀，何能摘他？这是‘癞虾蟆想吃天鹅肉’了。’林之洋听了，那肯甘心，因低头忖了一忖，不觉喜道：‘俺才想个主意：妹夫撺在空中，略停片时，随又朝上一撺，就如登梯一般，慢慢撺去，不怕这核不能到手。”唐敖听了，仍是不肯。无奈林之洋再三催逼，唐敖只得将身一纵，撺在空中。停了片刻，静气宁神，将身立定，复又用力朝上一撺，只觉身如蝉翼，悠悠扬扬，飘飘荡荡，登时间不知不觉，倒像断线风筝一般，落了下来。林之洋顿足道：“妹夫怎么不朝上撺，倒朝下坠？这是甚意？”唐敖道：“小弟刚才明明朝上撺去，谁知并不由我作主，何尝是我有意落下。”多九公笑道：“你在空中要朝上撺，两脚势必用力，又非脚踹实地，焉有不坠？若依林兄所说，慢慢一层一层撺去，倘撺千百遍，岂不撺上天么？安有此理！”

唐敖道：“此时忽觉一阵清香，莫非此核还有香味么？”多九公道：‘这股香气，细细闻去，倒像别处随风刮来。我们何不顺着香味，各处看看？”大家于是分路找寻。唐敖穿过树林，走过峭壁，各处探望。只见路旁石缝内生出一枝红草，约长二尺，赤若涂朱，甚觉可爱。端详多时，猛然想起：“服食方内言：‘朱草’状如小桑，茎似珊瑚，汁流如血；以金玉投之，立刻如泥。——投金名叫‘金浆’，投玉名叫‘玉浆’。——人若服了，皆能入圣超凡。且喜多、林二人俱未同来，今我得遇仙草，可谓有缘。奈身边并无金器，这却怎好？……”因想了一想：“头巾上有个小小玉牌，何不试试？”想罢，取下玉牌，把朱

蝉翼，就是知了的翅膀，非常薄，甚至有些是透明的

在唐敖自嘲的话语中，可以看出他求仙若渴的心情。同时又有些无可奈何。

心理描写，唐敖内心信念坚定，想尽办法服食仙草，希望自己可以早些超凡入圣。

草从根折断，齐放掌中，连揉带搓，果然玉已成泥，其色甚红。随即放入口内，只觉芳馨透脑。方才吃完，陡然精神百倍。不觉喜道："朱草才吃未久，就觉神清气爽，可见仙家之物，果非小可。此后如能断谷，其余别的工夫更好做了。今日吃了许多仙品，不知膂力可能加增？"只见路旁有一残碑，倒在地下，约有五七百斤。随即走进，弯下腰去，毫不费力，轻轻用手捧起；借着蹑空草之术，乘势将身一纵，撺在空中，略停片刻，慢慢落下。走了两步，将碑放下道："此时服了朱草，只觉耳聪目明；谁知回想幼年所读经书，不但丝毫不忘，就是平时所作诗文，也都如在目前。不意朱草竟有如许妙处！"只见多九公携着林之洋走来道："唐兄忽然满口通红，是何缘故？"唐敖道："不瞒九公说：小弟才得一枝朱草，却又有偏二位吃了。"林之洋道："妹夫吃他有甚好处？"多九公道："此草乃天地精华凝结而生，人若服了，有根基的，即可了道成仙。老夫向在海外，虽然留心，无如从未一见。今日又被唐兄遇着，真是天缘凑巧。将来优游世外，名列仙班，已可概见。那知这阵香气，却成就了唐兄一段仙缘！"林之洋道："妹夫不久就要成仙，为甚忽然愁眉苦脸？难道舍不得家乡，怕做神仙么？"唐敖道："小弟吃了朱草，此时只觉腹痛，不知何故。"话言未了，只听腹中响了一阵，登时浊气下降，微微有声。林之洋用手掩鼻道："好了！这草把妹夫浊气赶出，身上想必畅快？不知腹中可觉空疏？旧日所作诗文可还依旧在腹么？"唐敖低头想了一想，口中只说"奇怪"。因向多九公道："小弟起初吃了朱草，细想幼年所作诗文，明明全都记得。不意此刻腹痛之后，再想旧作，十分中不过记得一分，其余九分再也想不出，不解何意？"多九公道："却也奇怪。"林之洋道："这事有甚奇怪！据俺看来：妹夫想不出的那九分，就是刚才那股浊气；朱草嫌他有些气味，把他赶出；他已露出本相，钻入

朱草，一种红色的草。古人以为祥端之物

唐敖服食了朱草，亲身体验到了它的妙处。这也坚定了他成仙得道的信心。

语言生动，情节有趣。看来天上不会掉馅儿饼，好事岂能这么容易被唐敖一人全占？

俺的鼻内，你却那里寻他？其余一分，并无气味，朱草容他在内，如今好好在你腹中，自然一想就有了。——俺只记挂妹夫中探花那本卷子，不知朱草可肯留点情儿？——妹夫平日所作窗稿，将来如要发刻，据俺主意：不须托人去选，就把今日想不出的那九分全都删去，只刻想得出的那一分，包你必是好的。若不论好歹，一概发刻，在你自己刻的是诗，那知朱草却大为不然。可惜这草甚少，若带些回去给人吃了，岂不省些刻工？朱草有这好处，九公为甚不吃两枝？难道你无窗稿要刻么？"多九公笑道："老夫虽有窗稿要刻，但恐赶出浊气，只怕连一分还想不出哩。林兄为何不吃两枝，赶赶浊气？"林之洋道："俺又不刻'酒经'，又不刻'食谱'，吃他作甚？"唐敖道："此话怎讲？"林之洋道："俺这肚腹不过是酒囊饭袋，若要刻书，无非酒经食谱，何能比得二位。怪不得妹夫最好游山玩水，今日俺见这些奇禽怪兽，异草仙花，果然解闷。"

多九公道："林兄刚说果然，巧巧竟有'果然'来了。"只见山坡上有个异兽，——形象如猿，浑身白毛，上有许多黑文；其体不过四尺，后面一条长尾，由身子盘至顶上，还长二尺有余；毛长而细，颊下许多黑髯。——守着一个死兽在那里恸哭。林之洋道："看这模样，竟像一个络腮胡子。不知为甚这样啼哭？难道他就叫作'果然'么？"多九公道："此兽就是'果然'，又名'兽'。其性最义，最爱其类。猎户取皮作褥，货卖获利。往往捉住一个打死放在山坡，如有路过之，一经看见，即守住啼哭，任人捉获，并不逃窜。此时在那里守着死戚恸哭，想来又是猎户下的臬子。少刻猎户看见，毫不费力，就捉住了。"

忽见山上起一阵大风，刮的树木刷刷乱响。三人见风来的古怪，慌忙躲入树林。风头过去，有只斑毛大虫，从空撺了下来。

话说三人躲入树林。风头过去，有只斑毛大虫，从高

斑毛大虫即老虎，毛色浅黄或棕黄，有黑色横纹；头圆、耳短，中间有一白斑甚显著；四肢健壮有力；尾粗长，具黑色环纹，尾端黑色

林之洋的话不仅安慰了唐敖，也打开了众人的思路。这里也可以看出作者对于文字书稿发刻的谨慎态度。

作者构思巧妙，想象丰富，内容新奇，隐喻深刻。无巧不成书，奇花异草中，果然藏着危险。

峰撺至果然面前。果然一见，吓的虽然发抖，还是守着死獤不肯远离。那大虫撺下，如山崩地裂一般，吼了一声，张开血盆大口，把死獤咬住。只见山坡旁隐隐跃跃，倒像撺出一箭，直向大虫面上射去。大虫着箭，口中落下死獤，大吼一声，将身纵起，离地数丈，随即落下，四脚朝天。眼中插着一箭，竟自不动。多九公喝彩道："真好神箭！果然'见血封喉'！"唐敖道："此话怎讲？"多九公道："此箭乃猎户放的药箭，系用毒草所制。凡猛兽着了此箭，任他凶勇，登时血脉凝结，气嗓紧闭，所以叫作'见血封喉'。但虎皮甚厚，箭最难入，这人把箭从虎目射入，因此药性行的更快。若非本领高强，何能有此神箭！不意此处竟有如此能人！少刻出来，倒要会他一会。"

忽见山旁又走出一只小虎，行至山坡，把虎皮揭去，却是一个美貌少女。身穿白布箭衣，头上束着白布渔婆巾，臂上跨着一张珋弓。走至大虫跟前，腰中取出利刃，把大虫胸膛剖开，取出血淋淋斗大一颗心，提在手中。收了利刃，卷了虎皮，走下山来。林之洋道："原来是个女猎户。这样小年纪，竟有恁般胆量！俺且吓他一吓。"说罢，举起火绳，迎着女子放了一声空枪。那女子叫道："我非歹人！诸位暂停贵手，婢子有话告禀。"登时下来万福①道："请教三位长者上姓？从何至此？"唐敖道："他二人一位姓多，一位姓林；老夫姓唐。都从中原来。"女子道："岭南有位姓唐的，号叫以亭，可是长者一家？"唐敖道："以亭就是贱字。不知何以得知？"女子听了，慌忙下拜道："原来唐伯伯在此。侄女不知，望求恕罪。"唐敖还礼道："请问小姐尊姓？为何如此称呼？府上还有何人？适才取

射箭人的功力令人惊叹，唐敖心中对于射箭人感到好奇。此句引出下文和人物。

外貌描写，从来人的衣着装扮进行描写，把人物的英姿飒爽的英武气概表现出来。动作描写，猎户的动作干净利落，看出这是一位身怀绝技、经验老到的猎手。

---

① 万福：从前妇女敬礼时，双手在襟前合拜，口里说着"万福"。后来就用"万福"作为这种敬礼的代词。

红蒌姑娘诉说自己的身世，以及来此隐居的缘由。可以看出她是一个经历过苦难且性格坚毅的人。

了虎心，有何用处？"女子道："侄女天朝①人氏，姓骆名红蒌。父亲曾任长安主簿，后降临海丞，因同敬业伯伯获罪，不知去向。官差缉捕家属，母亲无处存身，同祖父带了侄女，逃至海外，在此古庙中敷衍度日。此山向无人烟，尽可藏身。不意去年大虫赶逐野兽，将住房压倒，母亲肢体折伤，疼痛而死。侄女立誓杀尽此山之虎，替母报仇。适用药箭射伤大虫，取了虎心，正要回去祭母，不想得遇伯伯。侄女常闻祖父说伯伯与父亲向来结拜，所以才敢如此相称。"

唐敖叹道："原来你是宾王兄弟之女。幸逃海外，未遭毒手。不知老伯现在何处？身体可安？望侄女带去一见。"骆红蒌道："祖父现在前面庙内。伯伯既要前去，侄女在前引路。"说罢，四人走不多时，来至庙前，上写"莲花庵"三字。四面墙壁俱已朽坏，并无僧道，惟剩神殿一座，厢房两间。光景虽然颓败，喜得怪石纵横，碧树丛杂，把这古庙围在居中，倒也清雅。进了庙门，骆红蒌提着虎心，先去通知；三人随后进了大殿。只见有个须发皆白的老翁迎出，唐敖认得是骆龙，连忙抢进行礼；多、林二人也见了礼。一同让坐献茶。

骆龙向唐敖倾吐往事，诉说自己多年来的艰辛与无奈。由此可见骆龙一家与唐敖的关系非常好，彼此信任，志同道合。

骆龙问了多、林二人名姓，略谈两句，因向唐敖叹道："吾儿宾王不听贤侄之言，轻举妄动，以致合家离散。孙儿跟在军前，存亡未卜。老夫自从得了凶信，即带家口奔逃。偏偏媳妇身怀六甲，好容易逃至海外，生下红蒌孙女，就在此处敷衍度日。屈指算来，已一十四载。不意去岁大虫压倒房屋，媳妇受伤而亡。孙女怃恨，因此弃了书本，终日搬弓弄箭，操练武艺，要替母亲报仇。自制白布箭衣一件，誓要杀尽此山猛虎，方肯除去孝衣。果然有志

---

① 天朝：从前附属、藩属国对宗主国的尊称；本书用作任何外国对中国的尊称，而且中国人在外国时也用以自称或互称。

竟成，上月被他打死一个；今日又去打虎，谁知恰好遇见贤侄。邂逅相逢，真是'万里他乡遇故知'，可谓三生有幸！惟是老夫年已八旬，时常多病。现在此处，除孙女外，还有乳母、老苍头二人。老夫为痴儿宾王所累，万不能复回故土，自投罗网；况已老迈，时光有限。红蕖孙女，正在少年，困守在此，终非长策。老夫意欲拜恳贤侄，俯念当日结义之情，将红蕖作为己女，带回故乡，俟他年长，代为择配，完其终身。老夫了此心愿，虽死九泉，亦必衔感①！"说着，落下泪来。唐敖道："老伯说那里话来！小侄与宾王兄弟情同骨肉，侄女红蕖就如自己女儿一般。今蒙慈命带回家乡，自应好好代他择配，何须相托。若论子侄之分，原当奉请老伯同回故乡，侍奉余年，稍尽孝心，庶不负当日结拜之情。奈近日武后纯以杀戮为事，唐家子孙，诛戮殆尽，何况其余。且老伯昔日出仕多年，非比他们妇女可以隐藏，倘走露风声，不独小侄受累，兼恐老伯受惊，因此不敢冒昧劝驾。小侄初意原想努力上进，约会几家忠良，共为勤王之计，以复唐业。无如功名未遂，鬓已如霜。既不能显亲扬名，又不能兴邦定业，碌碌人世，殊愧老大无成，所以浪游海外。今虽看破红尘，归期未卜；家中尚有兄弟妻子，此女带回故乡，断不有负慈命。老伯只管放心！"骆龙道："蒙贤侄慷慨不弃，真令人感激涕零！但你们贸易不能耽搁，有误程途。老夫寓此枯庙，也不能屈留。"因向红蕖道："孙女就此拜认义父，带着乳母，跟随前去，以了我的心愿。"骆红蕖听了，不由大放悲声。一面哭着，走到唐敖面前，四双八拜，认了义父。又与多、林二人行礼。因向唐敖泣道："侄

---

① 衔感：汉杨宝幼年时候，救过一只被蚂蚁所困的黄雀，夜里梦见黄雀变作一个黄衣童子，衔着四只白环来拜谢，祝福他的子孙将如白环一样的洁白，而且世世发达。"衔感"，像衔环一样的感激，表示必要报恩的意思。后文"衔恩""雀衔"，都是这个意思。

女蒙义父天高地厚之情，自应随归故土。奈女儿有两桩心事：一者，祖父年高，无人侍奉，何忍远离；二者，此山尚有两虎，大仇未报，岂能舍之而去。义父如念苦情，即将岭南住址留下，他年倘遇皇恩大赦，那时再同祖父投奔岭南，庶免两下牵挂。此时若教抛撒祖父，一人独去，即使女儿心如铁石，亦不能忍心害理至此。"骆龙听了，复又再三解劝。无奈红蕖意在言外，总要侍奉祖父百年后方肯远离。任凭苦劝，执意不从。多九公道："小姐既如此立志，看来一时也难挽回。据老夫愚见：与其此时同到海外，莫若日后回来，唐兄再将小姐带回家乡，岂不更便？"唐敖道："小弟日后设或不归，却将如何？"林之洋道："妹夫这是甚话！今日俺们一同去，将来自然一同来，怎么叫作'设或不归'？俺倒不懂！"唐敖道："这是小弟偶尔失言，舅兄为何如此认真。"因向骆龙道："寄女具此孝心，将来自有好处，老伯倒不可强他所难。况他立志甚坚，劝也无益。"说罢，取过纸笔，开了地名。

骆红蕖道："义父此去，可由巫咸国路过？当日薛仲璋伯伯被难，家眷也逃海外。数年前在此路过，女儿曾与薛蘅香姐姐拜为异姓姊妹，并在神前立誓：'无论何人，倘有机缘得归故土，总要携带同行。'去岁有丝货客人带来一信，才知现在寄居巫咸。女儿有书一封，如系便路，求义父寄去。"多九公道："巫咸乃必由之路，将来林兄亦要在彼卖货，带去甚便。"当时骆红蕖去写书信。唐敖即托林之洋上船取了两封银子，给骆龙以为贴补薪水之用。不多时，骆红蕖书信写完。唐敖把信接过，不觉叹道："原来仲璋哥哥家眷也在海外！当日敬业兄弟若听思温哥哥之言，不从仲璋哥哥之计，唐业久已恢复，此时天下何至属周！彼此又何至离散！这是气数如此，莫可如何！"说罢叩辞。大家互相嘱付一番，洒泪而别。骆红蕖送至庙外，自去祭母、侍奉祖父。

语言描写充满人性温度。唐敖自知说多了，故说自己是失言。作者借此隐喻，故事情节耐人寻味。

毛笔是一种源于中国的传统书写工具，也逐渐成为传统绘画工具。毛笔是中国古代人民在生产实践中发明的

红蕖姑娘托义父唐敖送信，由此可以看出她的重情重义，且是个心有家国的人。

唐敖三人因天色已晚，回归旧路。

登时扬帆。

不多几日，到了君子国，将船泊岸。林之洋上去卖货。唐敖因素闻君子国好让不争，想来必是礼乐之邦，所以约了多九公上岸，要去瞻仰。走了数里，离城不远，只见城门上写着"惟善为宝"四个大字。

未知如何，下回分解。

扬帆海上

君子国城门上的字，象征着此地人情风貌，也是作者内心的人生观与价值观的体现，这也是一个人的立足之本。

赏析 ▶

在这一回，作者为我们讲述了唐敖等人在游历路途中的一些奇遇。故事情节充满奇幻，人物处境险象环生。唐敖身在他乡，遇故知、得义女，这些情节又充满了人性温度。字里行间，透露着作者内心对于自由的向往。可以看出作者内心对于善恶是非的分辨，处处启发人心，充满正义感。

第四回 雅化闲游君子邦
儒士登山失路途

·导读·

唐敖等人游历君子国、劳民国、聂耳国、无肠国，看到双头鸟等奇异鸟兽。唐敖搭救落难女子廉锦枫，得知她的身世，内心感慨，为锦枫的至孝精神所感动。

"好让不争"与"不说话"显然不是一回事。老翁的默然让唐敖等人内心诧异，看来这好让不争另有玄机。作者的描写含而不露，耐人寻味，在不知不觉中引发人们思考。

耕者在种田耕作

话说唐、多二人把匾看了，随即进城。只见人烟辏集，作买作卖，接连不断。衣冠言谈，都与天朝一样。唐敖见言语可通，因向一位老翁问其何以"好让不争"之故。谁知老翁听了，一毫不懂。又问国以"君子"为名是何缘故，老翁也回不知。一连问了几个，都是如此。多九公道："据老夫看来：他这国名以及'好让不争'四字，大约都是邻邦替他取的，所以他们都回不知。刚才我们一路看来，那些'耕者让畔，行者让路'光景，已是不争之意。而且士庶人等，无论富贵贫贱，举止言谈，莫不恭而有礼，也不愧'君子'二字。"唐敖道："话虽如此，仍须慢慢观玩，方能得其详细。"

只见路旁走过两个老者，都是鹤发童颜，满面春风，举止大雅。唐敖看罢，知非下等之人，忙侍立一旁。四人登时拱手见礼，问了名姓。原来这两个老者都姓吴，乃同胞弟兄：一名吴之和，一名吴之祥。唐敖道："不意二位老丈都是泰伯[1]之后，失敬，失敬！"吴之和道："请教二位

---

[1] 泰伯：古公亶父（周太王）的长子，姬昌（周文王）的伯父。他知道古公亶父希望姬昌能继承王位，因而跑到南方，自号"句吴"。

贵乡何处？来此有何贵干？"多九公将乡贯来意说了。吴之祥躬身道："原来贵邦天朝！小子向闻天朝乃圣人之国，二位大贤荣列胶庠①，为天朝清贵，今得幸遇，尤其难得。第不知驾到，有失迎迓，尚求海涵！"唐、多二人连道："岂敢！……"吴之和道："二位大贤由天朝至此，小子谊属地主，意欲略展杯茗之敬，少叙片时，不知可肯枉驾？如蒙赏光，寒舍就在咫尺，敢劳玉趾一行。"二人听了，甚觉欣然，于是随着吴氏弟兄一路行来。不多时，到了门前。只见两扇柴扉，周围篱墙，上面盘着许多青藤薜荔；门前一道池塘，塘内俱是菱莲。进了柴扉，让至一间敞厅，四人重复行礼让坐。厅中悬着国王赐的小额，写着"渭川别墅"。再向厅外一看，四面都是翠竹，把这敞厅团团围住，甚觉清雅。小童献茶。唐敖问起吴氏昆仲事业，原来都是闲散进士②。多九公忖道："他两个既非公卿大宦，为何国王却替他题额？看来此人也就不凡了。"唐敖道："小弟才同敝友瞻仰贵处风景，果然名不虚传，真不愧'君子'二字！"吴之和躬身道："敝乡僻处海隅，略有知识，莫非天朝文章教化所致，得能不致陨越，已属草野之幸，何敢遽当'君子'二字。至于天朝乃圣人之邦，自古圣圣相传，礼乐教化，久为八荒景仰，无须小子再为称颂。但贵处向有数事，愚弟兄草野固陋，似多未解。今日虽得二位大贤到此，意欲请示，不知可肯赐教？"唐敖道："老丈所问，还是国家之事，还是我们世俗之事？"吴之和道："如今天朝圣人在位，政治纯美，中外久被其泽，国家之事，小子僻处海滨，毫无知识，不惟不敢言，亦无可言。今日所问，却是世俗之事。"唐敖道："既如此，请

君子国人居住的环境十分幽雅，充满文化气息。作者通过这样的描写，营造一种文化气氛，也让唐敖等人眼前的君子国多了一些人文景致。

"君子"一词广见于先秦典籍，而后"君子"一词被赋予了道德的含义。《周易·乾卦》："九三，君子终日乾乾，夕惕若厉，无咎。"

---

① 胶庠：古时学校的名称。科举时代称考取秀才进学的人为"名列胶庠"。
② 进士：明、清两代科举制度，举人会试录取后，再经过殿试录取的，称进士。

清儿别野

夔宰辅畅
谈俗弊两书
生敉服良箴

道其详。倘有所知，无不尽言。"吴之和听罢，随即说出一番话来。

"天下事非大善不能转祸为福，非大恶亦不能转福为祸。《易经》'余庆'、'余殃'之言，即是明证。今以阴地，意欲挽回造化，别有希冀，岂非'缘木求鱼'？与其选择徒多浪费，何不遵着《易经》'积善之家，必有余庆'之意，替父母多做好事，广积阴功，日后安享余庆之福？较之阴地渺渺茫茫，岂不胜如万万？据小子愚见：殡葬一事，无力之家，自应急办，不可蹉跎；至有力之家，亦惟择高阜之处，得免水患，即是美地。父母瞑目无恨，人子扪心亦安。"

吴之和道："吾闻贵处向有争讼之说。小子读古人书，虽于'讼'字之义略知梗概，但敝地从无此事，不知究竟从何而起。细访贵乡兴讼之由，始知其端不一：或因口角不睦，不能容忍；或因财产较量，以致相争。偶因一时尚气，鸣之于官。讼端既起，彼此控告无休。据小子看来：争讼一事，任你百般强横，万种机巧，久而久之，究竟不利于己。所以《易经》说：'讼则终凶。'世人若明此义，共臻美俗，又何争讼之有！再闻贵处世俗，每每屠宰耕牛，小子以为必是祭祀之用。及细为探听，却是市井小人，为获利起见，因而饕餮口馋之辈，竞相购买，以为口食。全不想人非五谷不生，五谷非耕牛不长。牛为世人养命之源，不思所以酬报，反去把他饱餐，岂非恩将仇报？孟子云：'鱼我所欲，熊掌亦我所欲。'鱼则取其味鲜，熊掌取其肥美。今贵处以燕窝为美，不知何所取义：若取其味淡，何如嚼蜡？如取其滋补，宴会非滋补之时；况荤腥满腹，些须燕窝，岂能补人？天朝士大夫曾作'五簋论'一篇，戒世俗宴会不可过奢，菜以五样为度，故曰'五簋'。其中所言，不丰不俭，酌乎其中，可为千古定论，后世最宜效法。敝处至今敬谨遵守。无如流传不广。倘惜

牛是勤奋和奉献精神的象征

簋，是古代中国用于盛放煮熟饭食的器皿，也用作礼器，圆口，双耳，流行于商朝至东周

福君子，将'五簋论'刊刻流传，并于乡党中不时劝诫，宴会不致奢华，居家饮食自亦节俭，一归纯朴，何患家室不能充足。此话虽近迂拙，不合时宜，后之君子，岂无采取？"

吴之祥道："小子向闻贵地世俗最尚奢华，即如嫁娶、殡葬、饮食、衣服以及居家用度，莫不失之过侈。此在富贵家不知惜福，妄自浪费，已属造孽；何况无力下民，只图目前适意，不顾日后饥寒。倘惜福君子于乡党中不时开导，毋得奢华，各留余地，所谓：'常将有日思无日，莫待无时思有时。'如此剀切劝谕，奢侈之风，自可渐息，一归俭朴，何患家无盖藏。即偶遇饥岁，亦可无虞。况世道俭朴，愚民稍可口，即不致流为奸匪；奸匪既少，盗风不禁自息；盗风既息，天下自更太平。可见'俭朴'二字，所关也非细事。……"

正说的高兴，有一老仆，慌慌张张进来道："禀二位相爷：适才官吏来报，国主因各处国王约赴轩辕祝寿，有军国大事，面与二位相爷相商，少刻就到。"多九公听了，暗暗忖道："我们家乡每每有人会客，因客坐久不走，又不好催他动身，只好暗向仆人丢个眼色。仆人会意，登时就来回话，不是'某大老即刻来拜'，就是'某大老立等说话'。如此一说，客人自然动身。谁知此处也有这个风气，并且还以相爷吓人。——即或就是相爷，又待如何？未免可笑。"因同唐敖打躬告别。吴氏弟兄忙还礼道："蒙二位大贤光降，不意国主就临敝宅，不能屈留大驾，殊觉抱歉。倘大贤尚有耽搁，愚弟兄俟送过国主，再至宝舟奉拜。"

唐、多二人匆匆告别，离了吴氏相府。只见外面洒道清尘，那些庶民都远远回避。二人看了，这才明白果是实情。于是回归旧路。多九公道："老夫看那吴氏弟兄举止大雅，器宇轩昂，以为若非高人，必是隐士。及至见了国王那块匾额，老夫就觉疑惑：这二人不过是个进士，何能就得国王替他题额？那知却是两位宰辅！如此谦恭和蔼，可谓脱尽仕途习气。若令器小易盈、妄自尊大那些骄傲俗吏看见，真要愧死！"唐敖道："听他那番议论，却也不愧'君子'二字。"不多时，回到船上。林之洋业已回来，大家谈起货物之事。原来此地连年商贩甚多，各色货物，无不充足，一切价钱，均不得利。

正要开船，吴氏弟兄差家人拿着名帖，送了许多点心、果品，并赏众水手倭瓜十担、燕窝十担。名帖写着："同学教弟吴之和、吴之祥顿首拜。"唐敖同多九公商量把礼收了，因吴氏弟兄位尊，回帖上写的是："天朝后学教弟多某、唐某顿首拜。"来人刚去，吴之和随即来拜。让至船上，见礼让坐。唐、多二人，再三道谢。吴之和道："舍弟因国主现在敝宅，不能过来奉候。小弟适将二位光降之话奏明，国主闻系天朝大贤到此，特命前来奉拜。小弟理应恭候解缆，因要伺候国主，只得暂且失陪。倘宝舟尚缓开行，容日再来领教。"即匆匆去了。

倭瓜，即是窝瓜，耐旱，果实营养丰富

众水手把倭瓜、燕窝搬到后梢，到晚吃饭，煮了许多倭瓜燕窝汤。都欢喜道："我们向日只听人说燕窝贵重，却未吃过；今日倭瓜叨了燕窝的光，口味自然另有不同。连日辛辛苦苦，开开胃口，也是好的。"彼此用箸，都把燕窝夹一整瓢，放在嘴里嚼了一嚼，不觉皱眉道："好奇怪！为何这样好东西，到了我们嘴里把味都走了！"内中有几个咂嘴道："这明明是粉条子，怎么把他混充燕窝？我们被他骗了！"及至把饭吃完，倭瓜早已干干净净，还剩许多燕窝。林之洋闻知，暗暗欢喜，即托多九公照粉条子价钱给了几贯钱向众人买了，收在舱里道："怪不得连日喜鹊只管朝俺叫，原来却有这股财气！"

这日收口，正要停泊，忽听有人喊叫救命。

话说林之洋船只方才收口，忽听有人喊叫救命。唐敖连忙出舱，原来岸旁拢着一只极大渔船，因命水手将船拢靠渔船之旁。多九公、林之洋也都过来。只见渔船上站着一个少年女子，浑身水湿，生得齿白唇红，极其美貌。头上束着青绉包头，身上披着一件皮衣，内穿一件银红小袄，腰中系着丝绦，下面套着一条皮裤，胸前斜插一口宝剑，丝绦上挂着一个小小口袋，项上扣着一条草绳，拴在船桅上。旁边立着一个渔翁、渔婆。三人看了，不解何意。唐敖道："请教渔翁：这个女子是你何人？为何把他扣在船上？你是何方人氏？此处是何地名？"渔翁道："此系君子国境内。小子乃青邱国人，专以打鱼为业。素知此处庶民，都是正人君子，所为不肯攻其不备，暗下毒手取鱼，历来产鱼甚多，所以小子时常来此打鱼。此番局运不好，来了数日，竟未网着大鱼。今日正在烦恼，恰好网着这个女子。将来回去多卖几贯钱，也不枉辛苦一场。谁知这女子只管求我放他。不瞒三位客人说：我从数百里到此，吃了若干辛苦，花了许多盘费，若将落在网的仍旧放去，小子只好喝风了。"唐敖向女子道："你是何方人氏？为何这样打扮？还是失足落水，还是有意倾生？快把实情讲来，以便设法救你。"女子听了，满眼垂泪道："婢子即本地君子国人氏，家住水仙村。现年十四岁，幼读诗书。父亲廉礼，曾任上大夫之职。三年前，邻邦被兵，遣使求救，国主因念邻国之谊，发兵救应，命我父参谋军机。不意至彼失算，误入重地，兵马折损；以致发遣远戍，死于异乡。家产因此耗散，仆婢亦皆流亡。母亲良氏，素有阴虚之症，服药即吐，惟以海参煮食，始能稍安。此物本国无人货卖，向来买自邻邦。自从父亲获罪，母病又发，点金无术，惟有焦愁。后闻此物产自大海，如熟水性，入海可取。婢子因思：人生同一血肉之躯，他人既能熟谙水性，将身入海，我亦人身，何以不能？因置大缸一口，内中贮水，日日伏在其中，习其水性，久而久之，竟能在水一日之久。得了此技，随即入海取参，母病始能脱体。今因母病又来取参，不意忽遭罗网。婢子一身如同蒿草；上有寡母，无人侍奉。惟求大德拯救，倘得重见母面，来生当变犬马，以报大恩！"说着，不觉放声恸哭。唐敖听罢，甚觉诧异道："女子且慢伤悲。刚才你说幼读诗书，自然该会写字了？"女子听了，连连点头。唐敖因命水手把纸笔取来，送至女子面前道："小姐请把名姓写来赐我一看。"女子提笔在手，略想一想，匆匆写了几字。水手拿来，唐敖接过，原来是首七言绝句：

　　　　不是波臣暂水居，竟同涸鲋困行车。愿开
　　一面仁人网，可念儿鱼是孝鱼。

　　诗后写着："君子国水仙村虎口难女廉锦枫和泪拜题。"唐敖看罢，忖道："刚才我因此女话语过于离奇，所以教他写几个字，试他可真读书；谁知他不假思索，举笔成文。可见取参奉母，并非虚言。真可算得才德兼全！"因向渔翁道："据这诗句看来，此女实是千金小姐。我今给你十贯酒资，你也发个善心，把这小姐放了，积些阴功。"林之洋道："你果放了，以后包你网不虚发，生意兴隆。"渔翁摇头道："我得这股财气，后半世全要指他过日，岂是十贯钱就能放的。奉劝客人：何必管这闲事。"多九公不悦道："我们好意出钱给你，为何倒说不必管闲事？难道好好千金小姐，落在网里，就由你主张么？"林之洋道："俺对你说：鱼落网里，由你做主；如今他是人，不是鱼，你莫眼睛认差了！你教俺们莫管闲事，你也莫想分文！你不放这女子，俺偏要你放！俺就跟着你，看你把他怎样！"说罢，将身一纵，跳过船去。那个渔婆大哭大喊道："青天白日，你们这些强盗敢来打劫！我将老命拼了罢！"登时就要跳过船来。众水手连忙拦住。唐敖道："渔翁，你究竟须得几贯钱方肯放这小姐？"渔翁道："多也不要。只须百金，也就够了。"唐敖进舱，即取一百银子，付给渔翁。

渔翁把银收过，这才解去草绳。廉锦枫同林之洋走过大船，除去皮衣皮裤，就在船头向唐敖拜谢，问了三人名姓。渔船随即开去。

银元宝

唐敖道："请问小姐：贵府离此多远？"廉锦枫道："婢子住在前面水仙村，此去不过数里。村内向来水仙花最盛，所以以此为名。"唐敖道："离此既近，我们就送小姐回去。"廉锦枫道："婢子刚才所取之参，都被渔翁拿去。我家虽然临海，彼处水浅，无处可取。婢子意欲就此下去，再取几条，带回奉母。不知恩人可肯稍等片时？"唐敖道："小姐只管请便，就候片时何妨。"锦枫听罢，把皮衣皮裤穿好，随即将身一纵，撺入水中。林之洋道："妹夫不该放这女子下去！这样小年纪，入这大海，据俺看来：不是淹死，就被鱼吞，枉送性命。"多九公道："他时常下海，熟谙水性，如鱼入水，焉能淹死。况有宝剑在身，谅那随常鱼鳖，也不足惧。林兄放心！少刻得参，自然上来。"三人闲谈，等了多时，竟无踪影。林之洋道："妹夫：你看俺的话灵不灵！这女子总不上来，谅被大鱼吞了。俺们不能下去探信，这便怎处？"多九公道："老夫闻得我们船上有个水手，下得海去，可以换得五口水。何不教他下去，看是怎样？"只见有个水手，答应一声，撺下海去。不多时，回报道："那女子同一大蚌相争，业已杀了大蚌，顷刻就要上来。"说话间，廉锦枫身带血迹，撺上船来，除去皮衣皮裤，手捧明珠一颗，向唐敖下拜道："婢子蒙恩人救命，无以报德。适在海中取参，见一大蚌，特取其珠，以为'黄雀衔环'之报，望恩人笑纳。"唐敖还礼道："小姐得此至宝，何不敬献国王？或可沾沐殊恩，稍助萱堂甘旨①。何必拘拘以图报为念。况老夫非望报之人。请将

黄雀衔环，指黄雀衔着银环以报答恩人。出自南朝吴均《续齐谐记》："吾西王母使者，蒙君拯救，实感仁恩。今赠白环四枚，令君子孙洁白，位登三公，一如此环。"

---

① 萱堂甘旨：古来将萱草种在北堂，北堂是妇女住的地方，后来就用萱堂、萱室作母亲的代词。甘旨，即美味，一般指儿子养亲的食物。

语言描写生动活泼，把林之洋内心的焦虑以及略为悲观的个性表现出来。

宝珠收回，献之国王，自有好处。"廉锦枫道："国主向有严谕：臣民如将珠宝进献，除将本物烧毁，并问典刑。国门大书'惟善为宝'，就是此意。此珠婢子拿去无用，求恩人收了，愚心庶可稍安。"唐敖见他出于至诚，只得把珠收下，随命水手扬帆，望水仙村进发。大家进舱，锦枫拜了吕氏，并与婉如见礼，彼此一见如故，十分亲爱。

　　登时到了水仙村，将船停泊。锦枫别了婉如、吕氏，取了参袋、皮衣。唐敖因念廉锦枫寒苦，随身带了银子，携了多、林二人，一同渡到岸上。锦枫在前引路，不多时，到了廉家门首。锦枫敲门，里面走出一个老嬷，把门开了，接过皮衣道："小姐为何回来恁晚？夫人比前略觉好些。可曾取得参来？"廉锦枫不及答话，把唐敖三人让至书房，随即进内，搀扶良氏夫人出来，拜谢唐敖救命之恩，并与多、林二人见礼。谈起世业，原来廉锦枫曾祖向居岭南，因避南北朝之乱，逃至海外，就在君子国成家立业。唐敖曾祖乃廉家女婿。细细叙起，唐敖同夫人是平辈表亲。良氏不觉喜道："难得恩人却是中表至亲！寒家在此虽住了三代，究系寄居，亲友甚少；兼之丈夫去世，并无弟兄，又无产业；跟前一子，尚在年幼；贱妾母家，久已雕零，一切更无倚靠。现在岭南尚有嫡亲支派。贱妾久有回乡之愿，奈迢迢数万里，寡妇孤儿，带着弱女，何能前往。今幸得遇恩人，又属亲谊，将来回府，倘蒙垂念孤寡，携带母子得归故乡，不致做了海外饿殍，生生世世，永感不忘！"唐敖道："表嫂既有回乡之意，他日小弟如回家乡，自然奉请同往。但我们各处卖货，归期迟早未定，贵体有恙，断不可时常牵挂。表侄现年几岁？何不请出一见？"良氏即将公子廉亮唤出，与唐敖三人行礼。唐敖道："表侄生得眉目清秀，器宇轩昂，日后定成大器。今年贵庚多少？所读何书？"廉亮答道："小侄今年十三岁。因家寒无力延师，跟随姐姐念书。九经业已读完，现读

叙述了唐敖与廉家的亲缘。在漂泊生涯遇到至亲故人，让众人都觉得喜出望外。

器宇轩昂，形容人精力充沛，风度不凡。

庄子，战国中期哲学家，庄氏，名周，字子休，汉族，蒙城人。我国先秦时期伟大思想家、哲学家、文学家。他的代表作为《庄子》，名篇有《逍遥游》《齐物论》等

《老》《庄》子书之类。"良氏道："贱妾这所住宅虽已倒败，尚有空房三间。去岁有一秀士来此开馆，小儿跟随肄业，以房资作为脩金[1]，彼此都便。无如此人今岁另就他馆，以致小儿又复蹉跎。"唐敖道："表兄去世，既未留下产业，表嫂何以度日？表侄如在外面读书，每岁脩金约须若干？"良氏道："小儿外面附馆，每年不过一二十金。至于家中用度，亏得连年米粮甚贱，母女每日作些针黹货卖，衣食尚可敷衍。"唐敖听罢，从怀中取出两封银子递给廉亮，向夫人道："此银留为表侄读书并贴补薪水之用。表侄乃极美之材，读书一事，万万不可耽搁。如果努力用功，将来到了故乡，自必科名联捷，家道复兴。表嫂有此佳儿，日后福分不小。"良氏拜谢，垂泪道："恩人大德，今生谅难图报。贱妾之恙，虽得女儿取参略延残喘，奈病入膏肓，不啻风中之烛。将来无论或存或亡，恩人如回故土，所有儿女一切终身大事，尚望留意代为主张。"唐敖道："既蒙表嫂见委，又属至亲，小弟自当在意。只管放心！"当时辞别回船。唐敖谈起廉锦枫如此至孝，颇有要将此女聘为儿媳之意。

走了几时，到了劳民国，收口上岸。只见人来人往，面如黑墨，身子都是摇摆而行。三人看了，以为行路匆忙，身子自然乱动；再看那些并不行路的，无论坐立，身子也是摇摇摆摆，无片刻之停。唐敖道："这个'劳'字，果然用的切当。无怪古人说他'躁扰不定'。看这形状，真是举动浮躁，坐立不安。"林之洋道："俺看他们倒像都患羊角风。身子这样乱动，不知晚上怎样睡觉？幸亏俺生天朝；倘生这国，也教俺这样，不过两天，身子就摇散了。"唐敖道："他们终日忙忙碌碌，举止不宁，如此操劳，不知寿相如何？"多九公道："老夫向闻海外传说，劳民同

作者构思巧妙，想象丰富，劳民国的人始终劳碌，一刻也不得闲暇。可见，唐敖游历的地方，名字也多有心意。

---

[1] 脩金：学生送给教书先生的报酬，就是学费。

智佳国有两句口号，叫作：'劳民永寿，智佳短年。'原来此处虽然忙碌，不过劳动筋骨，并不操心；兼之本地不产五谷，都以果木为食，煎炒烹调之物，从不入口：因此莫不长寿。但老夫向有头目眩晕之症，今见这些摇摆样子，只觉头晕眼花，只好失陪，先走一步。你们二位各处走走，随后来罢。"唐敖道："此处街市既小，又无可观。九公既怕头晕，莫若一同回去。"登时齐归旧路。

只见那些国人提着许多双头鸟儿货卖。那鸟立在笼中，百般鸣噪，极其好听。林之洋道："若把这鸟买去，到了歧舌国，有人见了，倘或要买，包管赚他几坛酒吃。"于是买了两个，又买许多雀食，回到船上。

走了数日，到了聂耳国。其人形体面貌与人无异，惟耳垂至腰，行路时两手捧耳而行。唐敖道："小弟闻得相书言：'两耳垂肩，必主大寿。'他这聂耳国一定都是长寿了？"多九公道："老夫当日见他这个长耳，也曾打听。谁知此国自古以来，从无寿享古稀①之人。"唐敖道："这是何意？"多九公道："据老夫看来：这是'过犹不及'。大约两耳过长，反觉没用。当日汉武帝问东方朔道：'朕闻相书言：人中长至一寸，必主百岁之寿。今朕人中约长寸余，似可寿享百年之外，将来可能如此？'东方朔道：'当日彭祖寿享八百。若这样说来，他的人中自然比脸还长了。——恐无此事。'"林之洋道："若以人中比寿，只怕彭祖到了末年，脸上只长人中，把鼻子、眼睛挤的都没地方了。"多九公道："其实聂耳国之耳还不甚长。当日老夫曾在海外见一附庸小国，其人两耳下垂至足，就像两片蛤蜊壳，恰恰将人夹在其中。到了睡时，可以一耳作褥，一耳作被。还有两耳极大的，生下儿女，都可睡在其内。若说大耳主寿，这个竟可长生不老了！"大家说笑。

---

① 古稀：杜甫诗"人生七十古来稀"，后来就用"古稀"作七十岁的代词。

蛤蜊，软体动物，壳卵圆形，淡褐色，边缘紫色，生活在浅海底

那日到了无肠国，唐敖意欲上去。多九公道："此地并无可观。兼之今日风顺，船行甚快，莫若赶到元股、深目等国，再去望望罢。"唐敖道："如此，遵命。但小弟向闻无肠之人，食物皆直通过，此事可确？"多九公道："老夫当日也因此说，费了许多工夫，方知其详。原来他们未曾吃物，先找大解之处；若吃过再去大解，就如饮酒太过一般，登时下面就要还席。问其所以，才知吃下物去，腹中并不停留，一面吃了，随即一直通过。所以他们但凡吃物，不肯大大方方，总是贼头贼脑，躲躲藏藏，背人而食。"唐敖道："既不停留，自然不能充饥，吃他何用？"多九公道："此话老夫也曾问过。谁知他们所吃之物，虽不停留，只要腹中略略一过，就如我们吃饭一般，也就饱了。你看他腹中虽是空的，在他自己光景却是充足的。这是苦于不自知，却也无足为怪。就只可笑那不曾吃物的，明明晓得腹中一无所有，他偏装作充足样子；此等人未免脸厚了。

正自闲谈，忽觉一股酒肉之香。唐敖道："这股香味，令人闻之好不垂涎！茫茫大海，从何而来？"多九公道："此地乃犬封境内，所以有这酒肉之香。'犬封'，按古书又名'狗头民'，生就人身狗头。过了此处，就是元股，乃产鱼之地了。"唐敖道："'犬封'二字，小弟素日虽知，为何却有如此美味，直达境外？这是何故？"

未知如何，下回分解。

作者借无肠国人怪异的饮食习惯，来讽刺那些装腔作势、徒有虚名之辈，说明这种人的可笑与无知。

赏 析 ▶▶

　　唐敖一行人游历很多地方，异域风情，各不相同，鸟兽怪异，令人称奇。唐敖行侠仗义，搭救落难女子廉锦枫，为她的至孝精神而感动。作者文笔细腻流畅，充满人性温度。

第五回 喜相逢师生谈故旧
巧遇合宾主结新亲

·导读·

唐敖等人路过元股国、毛民国时的所见所闻。唐敖得见自己的老师尹元，叙旧谈论，十分感慨。作者对人鱼、毛人的描写充满奇幻色彩。

话说唐敖道："为何此地却有如此美味直达境外？莫非这些'狗头民'都善烹调么？"多九公道："你看他虽是狗头狗脑，谁知他于'吃喝'二字却甚讲究。每日伤害无数生灵，想着方儿，变着样儿，只在饮食用功。除吃喝之外，一无所能，因此海外把他又叫'酒囊、饭袋'。"唐敖道："我们何不上去看看？"多九公吐舌道："闻得他们都是有眼无珠，不识好人。设或上去被他狂吠乱咬起来，那还了得！"唐敖道："小弟闻犬封之旁，有个鬼国，其人可有形像？"多九公道："《易》有'伐鬼方'之说。若无形像，岂能空伐。"林之洋道："他既有形，为甚把他叫鬼？"多九公道："只因他终夜不眠，以夜作昼，阴阳颠倒，行为似鬼，故有'鬼国'之称。"

这日路过元股国。那些国人，头戴斗笠，身披坎肩，下穿一条鱼皮裤，并无鞋袜。上身皮色与常人一样，惟腿脚以下黑如锅底。都在海边取鱼。唐敖道："原来元股却这样荒凉！"正与多九公商量可以不去，因众水手都要买鱼，将船泊岸。林之洋道："这里鱼虾又多又贱，他们买鱼，俺们为甚不去望望？"唐敖道："如此甚好。"

三人于是上去，沿着海边，看国人取鱼。只见有一渔人，网起一个怪鱼，一个鱼头，十个鱼身。众人都不认

此段话颇具讽刺，作者借此批评那些饱食终日而无所用心的人，无益于自己和社会。

斗笠，遮阳挡雨，有很宽的边，用竹篾夹油纸或竹叶棕丝编织而成

识。唐敖道："请教九公：这鱼莫非就是泚水所产'妣鱼'么？言还未毕，那鱼忽然鸣了几声，果如犬吠一般。唐敖猛然想起道："九公：此鱼想是'何罗鱼'了？"林之洋道："此鱼既不是妣鱼，妹夫为甚不早说，却教俺闻他臭气？"多九公道："何罗鱼同妣鱼形状都是一首十身，其所分的，一是香如蘼芜，一是音如犬吠。这怪他鸣的迟了，并非唐兄有意骗你。"只见那边又网起几个大鱼，才撂岸上，转眼间，一齐腾空而去。唐敖道："小弟向闻飞鱼善能疗痔，可是此类？"多九公连连点头。林之洋道："这鱼若不飞去，俺们带几条替人医痔疮也是好的。"多九公道："当日黄帝时，仙人宁封吃了飞鱼，死了二百年复又重生。岂但医痔，还能成仙哩！"林之洋道："吃了这鱼，成了神仙，虽是快活，就只当中死的二百年，糊里糊涂，令人难熬。"忽见海面远远冒出一个鱼背，金光闪闪，上面许多鳞甲，其背竖在那里，就如一座山峰。唐敖道："海中竟有如此大鱼！无怪古人言：大鱼行海，一日逢鱼头，七日才逢鱼尾。"

只见有个白发渔翁走来拱手道："唐兄请了！可认得老夫么？"唐敖看时，其人头戴竹篾斗笠，身披鱼皮坎肩，两腿黑如锅底，赤着一双黑脚，并无鞋袜，也是本处打扮。再把面貌仔细一看，只吓的惊疑不止。原来却是原任御史、业师尹元。看了这宗光景，忍不住一阵心酸，连忙深深打躬道："老师何日到此？为何如此打扮？莫非门生做梦么？"尹元叹道："此话提起甚长。今日难得海外幸遇。此间说话不便，寒舍离此不远，贤契①如不弃嫌，就请过去略略一叙。"唐敖道："门生多年未见老师，无日不思，今日得瞻慈颜，不胜欣慰，自应登堂叩谒。"当时尹元同多、林二人见礼，问了名姓。一齐来至尹元住处。只见两

---

① 贤契：亲友中长辈对晚辈和先生对学生亲切而客气的称呼。

语言描写生动活泼，人物对话充满神话色彩。究竟是成仙好，还是做人好？几人各有看法。作者引用神话传说，写作手法不拘一格，引人入胜。

唐敖在海外游历，半路遇见自己的老师，自然喜出望外。唐敖看到老师身处荒僻，不禁伤感，由此可以感受到唐敖尊师重道的思想品质。

扇柴门，里面两间草屋，十分矮小，屋上茅草俱已朽坏，景象甚觉清寒。四人进了草屋，重复行礼。因无桌椅，就在下面席地而坐。尹元道："老夫自从嗣圣元年因主上被废，武后临朝，心中郁闷，曾三上封章①，劝其谨守妇道，迎主还朝，武后俱留中不发。嗣因谗奸当道，朝政日非，老夫勤王无计，耻食周禄，随即挂冠而归。在家数载，足不出户。此贤契所深知的。不意前岁忽有新进谗臣，在武后面前提起当年英公敬业之事，言起事之由，俱系老夫代为主谋。老夫闻知，惟恐被害，逃至外洋。无奈囊橐萧瑟，衣食甚难。飘流到此，因见渔人谋食尚易，原想打鱼为生，无如土人向来不准外人来分其业。幸亏小女结得好网，卖给渔人，可以稍获其利。后来邻舍怜我异乡寒苦，命老夫暗将腿足用漆涂黑，假冒土人，邻舍认为亲谊，众人这才听我取鱼，因此尚可糊口。

低矮的茅草屋

尹元叹道："拙妻久已去世。儿名尹玉，现年十二；女名红蕖，现年十三。贤契既要相见，好在多、林二兄都是令亲，并非外人。"因大声叫道："红蕖女儿同尹玉都过来见见世兄。"只听外面答应，姐弟二人，登时进来。大家连忙立起。尹元引着二人，都见了礼。唐敖看那尹玉生得文质彬彬，极其清秀；尹红蕖眼含秋水，唇似涂朱，体度端庄，十分艳丽。身上衣服虽然褴褛，举止甚是大雅。二人见礼退出，大家仍旧归坐。唐敖道："门生当年见世妹、世弟时，俱在年幼；今日都生得端庄福相，将来老师后福不小。"尹元道："老夫年已花甲，如今已做海外渔人，还讲甚么后福！喜得他们还肯用心读书，因此稍觉自慰。"

唐敖道："连年谗臣参奏当日与徐、骆同谋之人，武后每每察访，因事隔多年，并无实在劣迹，亦多置之不问。

---

① 封章：臣子呈皇帝的文书叫作"章奏"；呈递的章奏要封口，以免泄露机密，所以叫作封章。

老师之事，大约久已消灭。据门生愚见：老师年高，此间举目无亲，在此久居，终非良策，莫若急归故乡。不独世弟趁此青年可以应试，就是两位婚姻之事，故乡亲友也易于凑合。"尹元道："老夫因年纪日渐衰迈，未尝不虑及此。奈现在衣食尚费张罗，何能计及数万里路费。况被害一事，据贤契之言，虽可消灭，究竟吉凶未卜，岂可冒昧钻入罗网。"唐敖道："老师慎重固是。第久住在此，日与这些渔人为伍，所谓'语言无味，面目可憎'。兼之世妹、世弟俱在年轻，以老师之家教，固不在乎'择邻'，但海外之大，何处不可栖身，——即如君子、大人等国，都是民风淳厚，礼义传家，——何必定居于此？"尹元叹道："老夫岂愿处此恶劣之地。左思右想，舍此无可为生，莫可如何。今幸遇贤契，快慰非常。倘蒙垂念衰残，替我筹一善地，脱此火坑，得免饥寒，老夫又岂甘为渔人。无如贤契亦在客中，此时说来恐亦无用，惟望在意。他日归来，路过此地，尚望上来一看。倘老夫别有不测，贤契俯念师生之情，提携孤儿弱女，同归故乡，不致飘流海外，就是贤契莫大之德了。"

唐敖听罢，思忖多时，忽然想起廉家西席[①]一事，因说道："此时虽然有一安身之处，但系西宾，老师可肯俯就？"尹元道："离此多远？是何地名？"唐敖把救廉锦枫之事告知，因又说道："现在其母极要儿女读书，因无力延师，是以蹉跎。其家现有空房三间，去岁本有西宾在彼设帐，以房租作为脩金；今岁西宾另就他席，廉家尚未延师。莫若门生写一信去，老师就在他家处馆，再招几个蒙童，又有世妹作些针黹，大约足可口。惟恐别有缺乏，门生再备百金，老师带去，以备不虞。日后门生如果回来，

---

① 西席：指教书先生。古人坐席以西边为大，为了尊师，先生的座位坐西朝东，所以叫作西席，也叫西宾。

自然要到水仙村，彼时再议同回故乡，也是一举两便。"尹元听了，不觉大悦道："倘得如此，老夫以渔人忽升西宾之尊，不独免了风霜劳苦，兼且儿女亦可专心读书；将来回乡亦便；又得贤契慨赠，得免饥寒：如此成全，求之师生中实为罕有！第恨老夫业已衰迈，只好来世再为图报了。"

　　唐敖道："老师言重！门生如何禁当得起！刚才门生偶然想起廉锦枫入海行孝一事，自古少有。兼之品貌端正，举笔成文，可谓才、德、貌三全。门生本欲聘为儿妇，适因他们姐弟同世妹、世弟比较，不独年貌相当，而且门第相对，真是绝好两对良姻。门生意欲作伐①，成此好事。就是老师在彼，彼此都有照应，门生也好放心。老师意下如何？"尹元道："如此孝女佳儿，得能一为儿妇，一为东床，仍有何言！奈老夫现在境界如此，彼处焉肯俯就？只怕有负贤契这番美意。"唐敖道："老师如携门生信去，此事断无不谐。就只事成后，世妹、世弟做了晚亲，门生未免叨长，这却于理不顺。"尹元道："这有何妨。但只何以贤契信去，此事就能必成？"唐敖就把良氏嘱托儿女婚姻之事告诉一遍。尹元不觉喜道："当日既有此话，贤契如有信去，此事必有八九。第如此孝女，贤契不替令郎纳采，今反舍己从人，教老夫心中如何能安！"唐敖道："门生犬子定婚尚可从缓。且此女之外，还有一个孝女，亦可与犬子联姻。将来尚望老师留意。"于是就把东口山遇见骆红蕖打虎认为义女之事，说了一遍。尹元道："东口山既在君子国境内，将来到了廉家，略为消停，老夫必当至彼，以成这段良姻。况骆年伯当日与我同朝，最为相契，此事一说必成。贤契只管放心！"唐敖道："倘蒙老师作伐，门生

言语之间，足见老师对于唐敖的感激之情，师生情义令人欣赏。作者笔下常有对于人的善良品质的赞颂。

故事中的女子多为孝女，由此看出作者对于孝道的颂扬。这也是为人的根本所在。

①作伐：为人做媒。因为《诗经》上有"伐柯如何？匪斧不克。取妻如何？匪媒不得"这几句譬喻的话。

感激不浅！此时诸事既已酌定，门生就此回船，把书信写来，以便老师作速起身，恐廉家一时请了西宾，未免又有许多不便。"尹元连连点头。唐敖即同多、林二人告辞回船，把信写好。带了两封银子，又取几件衣服上来，送交尹元。师生洒泪而别。

尹元置了鞋袜，洗去腿上黑漆，换了衣服，带着儿女，由水路到了水仙村，投了书信。良氏见了尹家姐弟，十分心欢；尹元见了廉亮，也甚喜爱。于是互相纳聘，结为良姻，一同居住，俟回故乡再议合卺①。过了几日，尹元到了东口山，见了骆龙，把骆红蕖姻事替唐小峰说定。回到水仙村，就在廉家课读儿子女婿，并又招了几个蒙童，兼有女儿红蕖作些针黹，一家三口，颇可度日。

尹元因念骆宾王两代同僚之谊，见骆龙年老多病，时常前去探望。未几，骆龙去世。骆红蕖自唐敖去后，又杀二虎，大仇已报，即将唐敖留存银两，置了棺椁，把骆龙葬在庙旁。良氏闻骆红蕖是唐敖儿媳，既系至亲，兼感唐敖周济之德，即恳尹元把骆红蕖并乳母、苍头接来，一同居住。隔了两年，因唐敖杳无音信，恐其另由别路回家，大家只得商酌同回家乡，投奔唐敖去了。

唐敖那日别了尹元，来到海边，离船不远，忽听许多婴儿啼哭。顺着声音望去，原来有个渔人网起许多怪鱼。恰好多、林二人也在那里观看。唐敖进前，只见那鱼鸣如儿啼，腹下四只长足，上身宛似妇人，下身仍是鱼形。多九公道："此是海外'人鱼'。唐兄来到海外，大约初次才见，何不买两个带回船去？"唐敖道："小弟因此鱼鸣声甚惨，不觉可怜，何忍带上船去！莫若把他买了放生，倒是

没有语言，胜过万语千言，情到深处却无言，文笔的留白往往更有唤醒内心力量的作用。如苏轼的词"相顾无言，唯有泪千行"，也同此理。

棺椁泛指棺材。红色棺椁亦作"棺郭"，指的是装殓尸体的器具。椁，套在棺外的外棺

唐敖闻人鱼哭，而生恻隐之心，表现出他宅心仁厚的善良品质。唐敖一路上处处积累德行，令人感动。

①合卺(jǐn)：举行婚礼的意思。古人把瓠剖开，做成两个瓢，新郎新娘，各取一瓢吃酒，叫作"合卺"；是婚礼中的一个节目。后来用杯不用瓢，就叫作"吃交杯酒"。

好事。"因向渔人尽数买了，放入海内。这些人鱼撺在水中，登时又都浮起，朝着岸上，将头点了几点，倒像叩谢一般，于是攸然而逝。三人上船，付了鱼钱，众水手也都买鱼登舟。

行了两日，过了毛民国。林之洋道："好端端的人，为甚生这一身长毛？"多九公道："向日老夫也因此事上去打听。原来他们当日也同常人一样，后来因他生性鄙吝，一毛不拔，死后冥官投其所好，所以给他一身长毛。那知久而久之，别处凡有鄙吝一毛不拔的，也托生此地，因此日见其多。"

未知如何，下回分解。

虽是笑谈，但却有其深意。作者借此讽刺吝啬、贪婪之人，提倡乐善好施、乐于助人的品质。

赏析 ▶

　　在这一回里，作者讲述了唐敖等人的奇幻旅程。他们来到元股国，看到生活习惯与众不同的国民，还有吃了便可以成仙的怪鱼。唐敖身在他乡，遇到自己的老师尹元，人物对话充满感情。随后，唐敖等人路遇人鱼，发善心放生，情节令人感动。当众人路过毛民国时，看到这里人们满身长毛，十分惊奇。作者借此讽刺内心悭吝、一毛不拔的人，读来颇有趣味。

第六回 受女辱潜逃黑齿邦
观民风联步小人国

·导读·

唐敖一行人路过深目国、黑齿国、小人国，见到奇异景象。在黑齿国，因与二女论学倍感受辱，情节生动有趣，让人回味。

到了深目国。其人面上无目，高高举着一手，手上生出一只大眼：如朝上看，手掌朝天；如朝下看，手掌朝地；任凭左右前后，极其灵便。林之洋道："幸亏眼生手上，若嘴生手上，吃东西时，随你会抢也抢他不过。不知深目国眼睛可有近视？若将眼镜戴在手上，倒也好看。请问九公：他们把眼生在手上，是甚缘故？"多九公道："据老夫看来：大约他因近来人心不测，非上古可比，正面看人，竟难捉摸，所以把眼生手上，取其四路八方都可察看，易于防范，就如'眼观六路，耳听八方'，无非小心谨慎之意。"唐敖道："古人书上虽有'眼生手掌'之说，却未言其所以然之故。今听九公这番妙论，真可补得古书之不足了。"

> 林之洋的幽默，多九公的睿智，两个人配合默契，谈话生动有趣，内涵深刻。

这日到了黑齿国。其人不但通身如墨，连牙齿也是黑的，再映着一点朱唇，两道红眉，一身红衣，更觉其黑无比。唐敖因他黑的过甚，面貌想必丑陋，奈相离过远，看不明白，因约多九公要去走走。林之洋见他们要去游玩，自己携了许多脂粉，先货卖去了。唐、多二人随后也就登岸。唐敖道："他们形状如此，不知其国风俗是何光景？"多九公道："此地水路离君子国虽远，旱路却是紧邻，大约其国风俗还不过于草野。老夫屡过此地，因他生的面貌可

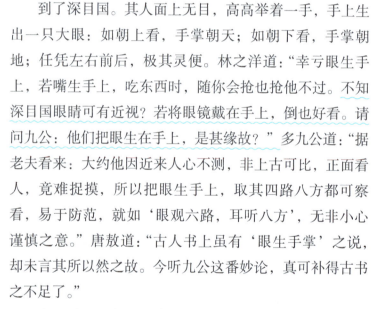

脂粉即胭脂，花朵、花瓣色素染料

憎，想来语言也就无味，因此从未上来。今蒙唐兄携带，却是初次瞻仰。大约我们不过借此上来舒舒筋骨，要想有甚可观可谈之处，只怕未必。唐兄只看其人，其余就可想见。"唐敖连连点头。

不知不觉进了城。作买作卖，倒也热闹。语言也还易懂。市中也有妇女行走，男女却不混杂，因市中有条大街，行路时，男人俱由右边行走，妇人都向左边行走，虽系一条街，其中大有分别。唐敖起初不知，误向左边走去，只听右边有人招呼道："二位贵客，请向这边走来。"二人连忙走过。细细打听，才知那边是妇人所行之路。唐敖笑道："我倒看不出，他们生的虽黑，于男女礼节倒分的明白。九公，你看：他们来来往往，男女并不交言，都是目不邪视，俯首而行。不意此地竟能如此，可见君子国风气感化也不为不远了。"

谈论间，迎面到了十字路口，旁有一条小巷。二人信步进了小巷。走了几步，只见有一家门首贴着一张红纸，写着"女学塾"三个大字。唐敖因立住道："九公，你看：此地既有女学塾，自然男子也会读书了。不知他们女子所读何书？"只见门内走出一个龙钟老者，把唐、多二人看了一看，见衣服面貌不同，知是异乡来的，因拱手道："二位贵客，想由邻邦至此。若不嫌草野，何不请进献茶？"唐敖正要问问风俗，听了此话，忙拱手道："初次识荆[1]，就来打搅，未免造次。"于是拉了多九公，一同进去。三人重复行礼。里面有两个女学生，都有十四五岁；一个穿着红衫，一个穿着紫衫；面貌虽黑，但弯弯两道朱眉，盈盈一双秀目，再衬着万缕青丝，樱桃小口，底下露着三寸金莲，倒也不俗。

所谓"窥一斑而知全豹"，目睹过黑齿人的面目之后，更引发了唐敖等人走进他们生活的兴致。

以国观国，以乡观乡，可见唐敖的判断是正确的。也说明地域之间民风相互影响深远。

草野：乡野，粗俗鄙陋之地。

---

[1] 识荆：唐李白写信给荆州刺史韩朝宗说：我听到许多人说，生不愿封万户侯，但愿一识"韩荆州"。后人就引用"识荆"作为初次见面的敬辞。

《礼记》成书于汉代，是中国古代一部重要的典章制度选集，共二十卷四十九篇

多九公道："不知二位才女可有见教？老夫于学问一道，虽未十分精通，至于眼前文义，粗枝大叶，也还略知一二。"紫衣女子听了，因欠身道："婢子向闻天朝为人文渊薮，人才之广，自古皆然。大贤世居大邦，见多识广，而且荣列胶庠，自然才贯二酉，学富五车了。婢子僻处海隅，赋性既钝，兼少见闻，于先圣先贤经书之旨，每每未能窥寻其端。蕴疑既久，问字无由。今欲上质高贤，又恐语涉浅陋，未免'以莛叩钟①'，自觉唐突，何敢冒昧请教！"多九公忖道："据这女子言谈倒也不俗，看来书是读过几年的。"

话说多九公道："老夫闻《周易》一书，外邦见者甚少。贵处人文极盛，兼之二位才女博览广读，于此书自能得其精奥。第自秦、汉以来，注解各家，较之说《礼》，尤为歧途叠出。才女识见过人，此中善本，当以某家为最，想高明自有卓见定其优劣了？"紫衣女子道："自汉、晋以来，至于隋季，讲《易》各家，据婢子所知的，除子夏《周易传》二卷，尚有九十三家。若论优劣，以上各家，莫非先儒注疏，婢子见闻既寡，何敢以井蛙之见，妄发议论。尚求指示。"

多九公忖道：《周易》一书，素日耳之所闻，目之所见，至多不过五六十种；适听此女所说，竟有九十余种。但他并无一字评论。大约腹中并无此书，不过略略记得几种，他就大言不惭，以为吓人地步。我且考他一考，教他出出丑，就是唐兄看着，也觉欢喜。"因说道："老夫向日所见，解《易》各家，约有百余种，不意此地竟有九十三种，也算难得了。至某人注疏若干卷，某人章句若干卷，才女也还记得么？"紫衣女子笑道："各书精微，虽未十分

① 以莛叩钟：比喻没有学问的人在有学问的人面前问话。莛，草茎。用草茎去撞钟，是发不出什么声音来的。语出《汉书》。

閨清談幼女講義
經紫玉論書生尊孟子

精熟，至注家名姓、卷帙，还略略记得。"多九公吃惊道："才女何不道其一二？其卷帙、名姓，可与天朝一样？"紫衣女子就把当时天下所传的《周易》九十三种，某人若干卷，由汉至隋，说了一遍，道："大贤才言《周易》有一百余种，不知就是才说这几种，还是另有百余种？请大贤略述一二，以广闻见。"多九公见紫衣女子所说书名倒像素日读熟一般，口中滔滔不绝。细细听去，内中竟有大半所言卷帙、姓名，丝毫不错。其余或知其名，未见其书；或知其书，不记其名；还有连姓名、卷帙一概不知的。登时惊的目瞪神呆，惟恐他们盘问，就要出丑。正在发慌，适听紫衣女子问他书名，连忙答道："老夫向日见的，无非都是才女所说之类，奈年迈善忘，此时都已模模糊糊，记不清了。"紫衣女子道："书中大旨，或大贤记不明白，婢子也不敢请教，苦人所难。但卷帙、姓名，乃书坊中三尺之童所能道的，大贤何必吝教？"多九公道："实是记不清楚，并非有意推辞。"紫衣女子道："大贤若不说出几个书名，那原谅的不过说是吝教，那不原谅的就要疑心大贤竟是妄造狂言欺骗人了。"多九公听罢，只急的汗如雨下，无言可答。紫衣女子道："刚才大贤曾言百余种之多，此刻只求大贤除婢子所言九十三种，再说七个，共凑一百之数。此事极其容易，难道还吝教么？"多九公只急的抓耳搔腮，不知怎样才好。紫衣女子道："如此易事，谁知还是吝教！刚才婢子费了唇舌，说了许多书名，原是抛砖引玉，以为借此长长见识，不意竟是如此！但除我们所说之外，大贤若不加增，未免太觉空疏了！"红衣女子道："倘大贤七个凑不出，就说五个；五个不能，就是两个也是好的。"紫衣女子接着道："如两个不能，就是一个；一个不能，就是半个也可解嘲了。"红衣女子笑道："请教姐姐：何为半个？难道是半卷书么？"紫衣女子道："妹子惟恐大贤善忘，或记卷帙，忘其姓名；或记姓名，忘其卷帙：皆可谓之半个，——并非半卷。我们不可闲谈，请大贤或说一个，或半个罢。"多九公被两个女子冷言冷语，只管催逼，急的满面青红，恨无地缝可钻。莫讲所有之书，俱被紫衣女子说过；即或尚未说过，此时心内一急，也就想不出了。

多九公被两女子问昏了头。作者的描写恰到好处，把多九公焦急又无奈的心情表现出来。

那个老者坐在下面，看了几篇书，见他们你一言、我一语，不知说些甚么。后来看见多九公面上红一阵、白一阵，头上只管出汗，只当怕热，因取一把扇子，道："天朝时令交了初夏，大约凉爽不用凉扇。今到敝处，未免受热，所以只管出汗。请大贤扇扇，略为凉爽，慢慢再谈。莫要受热，生出别的病来。你们都是异乡人，身子务要保重。"

多九公听了，满脸是汗，走又走不得，坐又坐不得，只管发，无言可答。正想脱身，那个老者又献两杯茶道："斗室屈尊，致令大贤受热，殊抱不安。但汗为人之津液，也须忍耐少出才好。大约大贤素日喜吃麻黄，所以如此。今出这场痛汗，虽痢疟之症，可以放心，以后如麻黄发汗之物，究以少吃为是。"二人欠身接过茶杯。多九公自言自语道："他说我吃麻黄，那知我在这里吃黄连哩！"

黄连，中药名，有清热燥湿、泻火解毒功效

红衣女子道："据我看来：大约此中亦有贤愚不等，或者这位先生同我们一样，也是常在三等、四等的亦未可知。"紫衣女子道："大家幸会谈文，原是一件雅事，即使学问渊博，亦应处处虚心，庶不失谦谦君子之道。谁知腹中虽离渊博尚远，那目空一切，旁若无人光景，却处处摆在脸上。可谓'螳臂当车，自不量力'！"两个女子，你一言，我一语，把多九公说的脸上青一阵、黄一阵。身如针刺，无计可施。唐敖在旁，甚觉无趣。

比喻精妙，多九公无可奈何，身心煎熬，唐敖觉得无趣，表现出他的超脱与冷静。

正在为难之际，只听外面喊道："请问女学生可买脂粉么？"一面说着，手中提着包袱进来。唐敖一看，不是别人，却是林之洋。多九公趁势立起道："林兄为何此时才来？惟恐船上众人候久，我们回去罢。"即同唐敖拜辞老者。老者仍要挽留献茶。林之洋因走的口渴，正想歇息，无奈二人执意要走。老者送出门处，自去课读。

三人匆匆出了小巷，来至大街。林之洋见他二人举动怆惶，面色如土，不觉诧异道："俺看你们这等惊慌，必定古怪。毕竟为着甚事？"二人略略喘息，将神定了一定，把汗揩了，慢慢走着。多九公把前后各话，略略告诉一遍。唐敖道："小弟从未见过世上竟有这等渊博才女！而且伶牙俐齿，能言善辩！"多九公道："渊博倒也罢了，可恨他丝毫不肯放松，竟将老夫骂的要死。这个亏吃的不小！老夫活了八十多岁，今日这个闷气却是头一次！此时想起，惟有怨恨自己！"林之洋道："九公：你恨甚么？"多九公道："恨老夫从前少读十年书；又恨自己既知学问未深，不该冒昧同人谈文。"

说话间，又到人烟辏集处。唐敖道："刚才小弟因这国人过黑，未将他的面目十分留神，此时一路看来，只觉个个美貌无比。而且无论男妇，都是满脸书卷秀气，那种风流儒雅光景，倒像都从这个黑气中透出来的。细细看去，不但面上这股黑气万不可少，并且回想那些脂粉之流，反觉其丑。小弟看来看去，只觉自惭形秽。如今我们杂在众人中，被这书卷秀气四面一衬，只觉面目可憎，俗气逼人。与其教他们看着耻笑，莫若趁早走罢！"三人于是躲躲闪闪，联步而行。一面走着，看那国人都是端方大雅；再看自己，只觉无穷丑态。相形之下，走也不好，不走也不好；紧走也不好，慢走也不好，不紧不慢也不好：不知怎样才好！只好叠着精神，稳着步儿，探着腰儿，挺着胸儿，直着颈儿，一步一趋，望前而行。好容易走出城外，喜得人烟稀少，这才把腰伸了一伸，颈项摇了两摇，嘘了一口气，略为松动松动。林之洋道："刚才被妹夫说破，细看他们，果都大大方方，见那样子，不怕你不好好行走。

俺素日散诞惯了，今被二位拘住，少不得也装斯文混充儒雅。谁知只顾拿架子，腰也酸了，腿也直了，颈也痛了，脚也麻了，头也晕了，眼也花了，舌也燥了，口也干了，受也受不得了，支也支不住了。再要拿架子，俺就瘫了！快逃命罢！"

多九公道："两个黑女既如此善书而又能文，馆中自然该是诗书满架，为何却自寥寥？不意腹中虽然渊博，案上倒是空疏，竟与别处不同。他们如果诗书满架，我们见了，自然另有准备，岂肯冒昧，自讨苦吃？"林之洋接过扇子掮着道："这样说，日后回家，俺要多买几担书摆在桌上作陈设了。"唐敖道："奉劝舅兄：断断不要竖这文人招牌！请看我们今日光景，就是榜样。小弟足足够了！今日过了黑齿，将来所到各国，不知那几处文风最盛？倒要请教，好作准备，免得又去'太岁头上动土'。"林之洋道："俺们向日来往，只知卖货，那里管他文风、武风。据俺看来：将来路过的，如靖人、跂踵、长人、穿胸、厌火各国，大约同俺一样，都是文墨不通；就只可怕的前面有个白民国，倒像有些道理；还有两面、轩辕各国，出来人物，也就不凡。这几处才学好丑，想来九公必知，妹夫问他就知道了。"唐敖道："请教九公：……"说了一句，再回头一看，不觉诧异道："怎么九公不见？又到何处去了？"林之洋道："俺们只顾说话，那知他又跑开。莫非九公恨那黑女，又去同他讲理么？俺们且等一等，少不得就要回来。"二人闲谈，候了多时，只见多九公从城内走来道："唐兄，你道他们案上并无多书，却是为何？其中有个缘故。"唐敖笑道："原来九公为这小事又去打听。如此高年，还是这等兴致，可见遇事留心，自然无所不知。我们慢慢走着，请九公把这缘故谈谈。"多九公举步道："老夫才去问问风俗，原来此地读书人虽多，书籍甚少。历年天朝虽有人贩卖，无如刚到君子、大人境内，就被二国买

林之洋浑身上下一连串的难受，都是因为拿架子、做表面功夫所致。作者借此讽刺那些徒有其表而内在修养不够的人。

扇子，夏天必备之物。中国传统扇文化有着深厚的文化底蕴

唐敖笑看多九公的"好问"。也说明在唐敖心里成仙得道才要紧，学习知识是为了充实自我，而不是为了装饰门面。

去。此地之书，大约都从彼二国以重价买的。至于古书，往往出了重价，亦不可得，惟访亲友家，如有此书，方能借来抄写。要求一书，真是种种费事。并且无论男妇，都是绝顶聪明，日读万言的不计其数，因此，那书更不够他读了。本地向无盗贼，从不偷窃，就是遗金在地，也无拾取之人。他们见了无义之财，叫作'临财毋苟得'。就只有个毛病：若见了书籍，登时就把'毋苟得'三字撇在九霄云外，不是借去不还，就是设法偷骗，那作贼的心肠也由不得自己了。所以此地把窃物之人叫作'偷儿'，把偷书之人却叫作'窃儿'；借物不还的叫作'拐儿'，借书不还的叫作'骗儿'。因有这些名号，那藏书之家，见了这些窃儿、骗儿，莫不害怕，都将书籍深藏内室，非至亲好友，不能借观。家家如此。我们只知以他案上之书定他腹中学问，无怪要受累了。"

说话间，不觉来到船上。林之洋道："俺们快逃罢！"分付水手，起锚扬帆。若非俺去相救，怎出他门？这样大情，二位怎样报俺？"唐敖道："九公才说恐女儿国将舅兄留下，日后倘有此事，我们就去救你出来，也算'以德报德'了。"多九公道："据老夫看来：这不是'以德报德'，倒是'以怨报德'。"唐敖道："此话怎讲？"多九公道："林兄如被女儿国留下，他在那里，何等有趣，你却把他救出，岂非'以怨报德'么？"林之洋道："九公既说那里有趣，将来到了女儿国，俺去通知国王，就请九公住他国中。"

唐敖道："今日受了此女耻笑，将来务要学会韵学，才能歇心。好在九公已得此中三昧，何不略将大概指教？小弟赋性虽愚，如果专心，大约还可领略。"

走了几日，到了靖人国。唐敖道："请教九公：小弟闻得靖人，古人谓之净人，身长八九寸，大约就是小人国。

作者讲述了此地书籍缺乏的现状，但人们都十分喜爱读书，自觉性极高，而且能学以致用。反问我们自己，有没有这样的学习心境？

唐敖的话看似不经意，实则已为后面的故事情节埋下伏笔。

不知国内是何风景？”多九公道：“此地风俗硗薄①，人最寡情，所说之话，处处与人相反。即如此物，明是甜的，他偏说苦的；明是咸的，他偏说淡的：教你无从捉摸。此是小人国历来风气如此，也不足怪。”二人于是登岸，到了城郭。城门甚矮，弯腰而进。里面街市极窄，竟难并行。走到城内，才见国人，都是身长不满一尺；那些儿童，只得四寸之长。行路时，恐为大鸟所害，无论老少，都是三五成群，手执器械防身；满口说的都是相反的话，诡诈异常。唐敖道：“世间竟有如此小人，倒也少见。”游了片时，遇见林之洋卖货回来，一同回船。

介绍了此地风俗特点，以及人们的爱说反话的习惯。说明这个小人国与众不同。

桑树林里，果实成熟

　　走了几日，大家正在闲谈，路过一个桑林，一望无际，内有许多妇人，都生得娇艳异常。

　　未知如何，下回分解。

赏析 ▶▶

　　　在这一回，作者为我们讲述了唐敖一行人在深目国、黑齿国、小人国时的奇遇。作者奇思妙想，故事充满奇幻，情节曲折离奇，常常给人出乎意料之感。尤其是众人在黑齿国中，因与两位才女谈书论道而受辱，最后落荒而逃，十分狼狈。场景描写十分生动，让人过目难忘，从文笔来看，足见作者的学识广博。

---

① 硗（qiāo）薄：本意指土地瘠瘦不适宜于耕种，一般借作风俗人情“不厚道”解释。

第七回 逢恶兽唐生被难
施神枪魏女解围

导读

唐敖等人路遇蚕人，到跂踵国，论长人国，听怪鸟鸣。种种怪异，处处奇观，妙趣横生。唐敖偶遇侄女紫樱，甚为欣喜。随后来到白民国，看见学塾，心有余悸。

蚕，是蚕蛾的幼虫，丝绸原料的主要来源，在人类经济生活及文化历史上有重要地位

奇谈怪论，妙趣横生。人物对话幽默风趣，让人捧腹。在近乎神话、寓言、童话的文字中，心境豁然开阔。

话说那些妇人俱以丝绵缠身，栖在林内，也有吃桑叶的，也有口中吐丝的。唐敖道："请教九公：这些妇人，是何种类？"多九公道："此处近于北海，名叫'呕丝之野'。古人言这妇人都是蚕类。此地既无城郭，这些妇人都以桑林为居，以桑为食，又能吐丝，倒像'鲛人泣珠①'光景。据老夫愚见：就仿鲛人之意，把他叫作'蚕人'。鲛人泣珠，蚕人吐丝，其义倒也相合。"林之洋道："这些女子都生的娇娇滴滴，俺们带几个回去作妾，又会吐丝，又能生子，岂不好么？"多九公道："你把他作妾，倘他性子发作，吐出丝来，把你身子缠住，你摆脱不开，还把性命送了哩！你去问问，那些男子，那个不是死在他们手里！"

这日到了跂踵国。有几个国人在海边取鱼。一个个身长八尺，身宽也是八尺，竟是一个方人。赤发蓬头。两只大脚，有一尺厚、二尺长，行动时以脚指行走，脚跟并不着地，一步三摇，斯斯文文，竟有"宁可湿衣，不可乱步"光景。唐敖因这方人过于拘板，无甚可观，不曾

---

① 鲛（jiāo）人泣珠：传说南海有一种"鲛人"，同鱼一样住在水里，哭出的眼泪能变成珠子；善于纺织，织出的东西是丝质，名"鲛绡"。

上去。

这日到了一个大邦，远远望见一座城池，就如峻岭一般，好不巍峨。原来却是长人国。林之洋自去卖货。唐敖同多九公上去，见了几个长人，吓的飞忙走回道："九公！吓杀小弟了！当日我见古人书中，言长人身长一二十丈，以为必无之事，那知今日见的，竟有七八丈高，半空中晃晃荡荡，他的脚面比我们肚腹还高，令人望着好不害怕！幸亏早早逃走；他若看见，将我们用手提起，放在面前望望，我们身子已在数丈之外了！"

多九公道："今日所见长人并不算长。若以极长的比较，他也只好算个脚面。老夫向在外洋同几位老翁闲谈，各说生平所见长人。内中有位老翁道：'当日我在海外，曾见一个长人，身长千余里，腰宽百余里；好饮天酒，每日一饮五百斗。当时看了，甚觉诧异。后来因见古书，才知名叫无路。'又一老翁道：'老朽向在丁零之北，见一长人，卧在地下，其高如山，顿脚成谷，横身塞川，其长万余里。'又一老翁道：'我曾见一极长之人，若将无路比较，那无路只好算他脚面。莫讲别的，单讲他身上这件长衫，当日做时，不但天下的布都被他买绝，连天下的裁缝也都雇完，做了数年才能做成。那时布的行情也长了，裁缝工价也贵了，人人发财。所以布店同裁缝铺至今还在那里祷告，但愿长人再做一件长衫，他们又好齐行① 了。彼时有一个裁缝，在那长衫底襟上偷了一块布，后来就将这布开了一个大布店，因此弃了本行，另做布行交易。你道这个长人身长若干？原来这人连头带脚，不长不短，恰恰十九万三千五百里！'众老翁都问道：'为何算的这样详细？'老翁道：'古人言由天至地有如此之高，此人恰恰头顶天、脚踹地，所以才知就是这个里数。他不独身子长的

---

① 齐行（háng）：商人为了牟取暴利相约共同抬高市价。

恁高，并且那张大嘴还爱说大话，倒是身口相应。'众老翁道：'闻得天上刚风最硬，每每飞鸟过高，都被吹的化为天丝。这位长人头既顶天，他的脸上岂不吹坏么？'老翁道：'这人极其脸厚，所以不怕风吹。'众老翁道：'怎晓他的脸厚？'老翁道：'他脸如果不厚，为何满嘴只管说大话，总不怕人耻笑呢？'旁边有位老翁道：'老兄以为这人头顶天、脚踹地就算极长了，那知老汉见过一个长人，较之刚才所说还长五百里。'众老翁道：'这人比天还大，不知怎能抬起头来？'老翁道：'他只顾大了，那知上面有天，因此只好低头混了一世。'又一老翁道：'你们所说这些长人，何足为奇！当年我见一人，睡在地下就有十九万三千五百里之高，脊背在地，肚腹顶天，这才大哩！'众老翁道：'此人肚腹业已顶天，毕竟怎样立起？倒要请教。'老翁道：'他睡在那里，两眼望着天，真是目空一切，旁若无人。如此之大，莫讲不能立起，并且翻身还不能哩！'"

说着闲话，回到船上。林之洋卖了两样货物，并替唐敖卖了许多花盆，甚觉得利。郎舅两个，不免又是一番痛饮。林之洋笑道："俺看天下事只要凑巧：素日俺同妹夫饮酒存的空坛，还有向年旧坛，俺因弃了可惜，随他撂在舱中，那知今日倒将这个出脱；前在小人国，也是无意卖了许多蚕茧。这两样都是并不值钱的，不想他们视如至宝，倒会获利；俺带的正经货物，倒不得价。人说买卖生意，全要机会，若不凑巧，随你会卖也不中用。"唐敖道："他们买这蚕茧、酒坛，有何用处？"林之洋未曾回答，先发笑道："若要说起，真是笑话！……"正要讲这缘故，因国人又来买货，足足忙了一日，到晚方才开船。

这日到了白民国交界。迎面有一危峰，一派清光，甚觉可爱。唐敖忖道："如此峻岭，岂无名花？"于是请问多九公是何名山？多九公道："此岭总名麟凤山，自东至西，

老翁的夸夸其谈，实则也在讽刺那些骄傲自大、目空一切的人。作者借此提醒人们待人处事、为学都要谦虚才好。

酒坛，储藏酒水的器具

约长千余里，乃西海第一大岭。内中果木极盛，鸟兽极繁。但岭东要求一禽也不可得，岭西要求一兽也不可得。"唐敖道："这却为何？"多九公道："此山茂林深处，向有一麟一凤。麟在东山，凤在西山。所以东面五百里有兽无禽，西面五百里有禽无兽，倒像各守疆界光景。因而东山名叫麒山，上面桂花甚多，又名丹桂岩；西山名叫凤凰山，上面梧桐甚多，又名碧梧岭。此事不知始于何时，相安已久。谁知东山旁有条小岭名叫狻猊[1]岭，西山旁有条小岭名叫鹔鹴岭。狻猊岭上有一恶兽，其名就叫'狻猊'，常带许多怪兽来至东山骚扰；鹔鹴岭上有个恶鸟，其名就叫'鹔鹴'，常带许多怪鸟来至西山骚扰。"唐敖道："东山有麟，麟为兽长；西山有凤，凤为禽长。难道狻猊也不畏麟，鹔鹴也不怕凤么？"多九公道："当日老夫也甚疑惑。后来因见古书，才知鹔鹴乃西方神鸟，狻猊亦可算得毛群之长，无怪要来抗横了。大约略为骚扰，麟凤也不同他计较；若干犯过甚，也就不免争斗。数年前老夫从此路过，曾见凤凰与鹔鹴争斗，都是各发手下之鸟，或一个两个，彼此剥啄撕打，倒也爽目。后来又遇麒麟同狻猊争斗，也是各发手下之兽，那撕打迸跳形状，真可山摇地动，看之令人心惊。毕竟邪不胜正，闹来闹去，往往狻猊、鹔鹴大败而归。"

凤凰，亦作"凤皇"，古代传说中的百鸟之王。雄的叫"凤"，雌的叫"凰"，总称为凤凰。凤凰齐飞，是吉祥和谐的象征，《山海经》："有鸟焉，其状如鸡，五采而文，名曰凤皇。"

正在谈论，半空中倒像人喊马嘶，闹闹吵吵。连忙出舱仰观，只见无数大鸟，密密层层，飞向山中去了。唐敖道："看这光景，莫非鹔又来骚扰？我们何不前去望望？"多九公道："如此甚好。"于是通知林之洋，把船拢在山脚下，三人带了器械，弃舟登岸，上了山坡。唐敖道："今日之游，别的景致还在其次，第一凤凰不可不看：他既做了一山之主，自然另是一种气概。"多九公道："唐兄要看凤

由此可以看出唐敖的情思寄于山水，他内心有着对于成仙得道的强烈愿望。

---

① 狻（suān）猊（ní）：传说中的一种猛兽。

凰，我们越过前面峰头，只检梧桐多处游去，倘缘分凑巧，不过略走几步，就可遇见。"大家穿过峻岭，寻找桐林，不知不觉，走了数里。林之洋道："俺们今日见的都是小鸟，并无一只大鸟，不知甚故？难道果真都去伺候凤凰么？"唐敖道："今日所见各鸟，毛色或紫或碧，五彩灿烂，兼之各种娇啼，不啻笙簧，已足悦耳娱目，如此美景，也算难得了。"

忽听一阵鸟鸣之声，宛转嘹亮，甚觉爽耳，三人一闻此音，陡然神清气爽。唐敖道："《诗》言：'鹤鸣于九皋，声闻于天。'今听此声，真可上彻霄汉。"大家顺着声音望去，只当必是鹤鹭之类。看了半晌，并无踪影，只觉其音渐渐相近，较之鹤鸣尤其洪亮。多九公道："这又奇了！安有如此大声，不见形象之理？"唐敖道："九公，你看：那边有颗大树，树旁围着许多飞蝇，上下盘旋，这个声音好像树中发出的。"说话间，离树不远，其声更觉震耳。三人朝着树上望了一望，何尝有个禽鸟。林之洋忽然把头抱住，乱跳起来，口内只说："震死俺了！"二人都吃一吓，问其所以。林之洋道："俺正看大树，只觉有个苍蝇，飞在耳边。俺用手将他按住，谁知他在耳边大喊一声，就如雷鸣一般，把俺震的头晕眼花。俺趁势把他捉在手内。"话未说完，那蝇大喊大叫，鸣的更觉震耳。林之洋把手乱摇道："俺将你摇的发昏，看你可叫！"那蝇被摇，旋即住声。唐、多二人随向那群飞蝇侧耳细听，那个大声果然竟是"不啻若自其口出"。多九公笑道："若非此鸟飞入林兄耳内，我们何能想到如此大声，却出这群小鸟之口。老夫目力不佳，不能辨其颜色。林兄把那小鸟取出，看看可是红嘴绿毛？如果状如鹦鹉，老夫就知其名了。"林之洋道："这个小鸟，从未见过，俺要带回船去给众人见识见识。设或取出飞了，岂不可惜？"于是卷了一个纸桶，把纸桶对着手缝，轻轻将小鸟放了进去。唐敖起初见这小鸟，以

《诗经》是我国最早的一部诗歌总集，收集了西周初年至春秋中叶的诗歌，反映了周初至周晚期约五百年间的社会面貌

为无非苍蝇、蜜蜂之类，今听多九公之话，轻轻过去一看，果然都是红嘴绿毛，状如鹦鹉。忙走回道："他的形状，小弟才去细看，果真不错。请教何名？"多九公道："此鸟名叫'细鸟'。元封五年，勒毕国曾用玉笼以数百进贡，形如大蝇，状似鹦鹉，声闻数里。国人常以此鸟候日，又名'候日虫'。那知如此小鸟，其声竟如洪钟，倒也罕见！"

林之洋道："妹夫要看凤凰，走来走去，遍山并无一鸟。如今细鸟飞散，静悄悄连声也不闻。这里只有树木，没甚好顽，俺们另向别处去罢。"多九公道："此刻忽然鸦雀无闻，却也奇怪。"只见有个牧童，身穿白衣，手拿器械，从路旁走来。唐敖上前拱手道："请问小哥：此处是何地名？"牧童道："此地叫作碧梧岭，岭旁就是丹桂岩，乃白民国所属。过了此岭，野兽最多，往往出来伤人，三位客人须要仔细！"说罢去了。

多九公道："此处既名碧梧岭，大约梧桐必多，或者凤凰在这岭上也未可知。我们且把对面山峰越过，看是如何。"不多时，越过高峰，只见西边山头无数梧桐，桐林内立着一只凤凰：毛分五彩，赤若丹霞；身高六尺，尾长丈余；蛇颈鸡喙，一身花文。两旁密密层层，列着无数奇禽：或身高一丈，或身高八尺；青黄赤白黑，各种颜色，不能枚举。对面东边山头桂树林中也有一个大鸟：浑身碧绿，长颈鼠足，身高六尺，其形如雁。两旁围着许多怪鸟：也有三首六足的，也有四翼双尾的，奇形怪状，不一而足。多九公道："东边这只绿鸟就是鹪鹩。大约今日又来骚扰，所以凤凰带着众鸟把去路拦住，看来又要争斗了。"忽听鹪鹩连鸣两声，身旁飞出一鸟，其状如凤，尾长丈余，毛分五彩；撺至丹桂岩，抖擞翎毛，舒翅展尾，上下飞舞，如同一片锦绣；恰好旁边有块云母石，就如一面大镜，照的那个影儿，五彩相映，分外鲜明。林之洋道："这鸟倒像凤

梧桐，锦葵目梧桐属，一种落叶乔木。木材可制乐器；种子可食或榨油；叶、花、根、种子入药，有清热解毒、去湿健脾之效

看似轻描淡写，实则内涵深刻。山鸡照水顾影而死，实在可笑。作者也在开导人们要经常自我反省，沉下心来。

孔雀，头上有羽冠，雄的尾巴的羽毛很长，颜色绚丽，展开时像扇子。常见的有绿孔雀和白孔雀两种

凰，就只身材短小，莫非母凤凰么？"多九公道："此鸟名'山鸡'，最爱其毛，每每照水顾影，眼花坠水而死。古人因他有凤之色，无凤之德，呼作'哑凤'。大约鹔鹴以为此鸟具如许彩色，可以压倒凤凰手下众鸟，因此命他出来当场卖弄。"忽见西林飞出一只孔雀，走至碧梧岭，展开七尺长尾，舒张两翅，朝着丹桂岩盼睐起舞；不独金翠萦目，兼且那个长尾排着许多圆文，陡然或红或黄，变出无穷颜色，宛如锦屏一般。山鸡起初也还勉强飞舞，后来因见孔雀这条长尾变出五颜六色，华彩夺目，金碧辉煌，未免自惭形秽；鸣了两声，朝着云母石一头撞去，竟自身亡。唐敖道："这只山鸡因毛色比不上孔雀，所以羞忿轻生。以禽鸟之微，尚有如此血性，何以世人明知己不如人，反颜无愧？殊不可解。"林之洋道："世人都像山鸡这般烈性，那里死得许多！据俺看来：只好把脸一老，也就混过去了。"孔雀得胜退回本林。东林又飞出一鸟，一身苍毛，尖嘴黄足，跳至山坡，口中唧唧咋咋，鸣出各种声音。此鸟鸣未数声，西林也飞出一只五彩鸟，尖嘴短尾，走到山冈，展翅摇翎，口中鸣的娇娇滴滴，悠扬宛转，甚觉可耳。唐敖道："小弟闻得'鸣鸟'毛分五彩，有百乐歌舞之风，大约就是此类了。那苍鸟不知何名？"多九公道："此即'反舌'，一名'百舌'。《月令》'仲夏反舌无声'，就是此鸟。"林之洋道："如今正是仲夏，这个反舌与众不同，他不按月令，只管乱叫了。"忽听东林无数鸟鸣，从中撺出一只怪鸟，其形如鹅，身高二丈，翼广丈余，九条长尾，十颈环簇，只得九头。撺至山冈，鼓翼作势，霎时九头齐鸣。多九公道："原来'九头鸟'出来了。"

话说多九公指着九头鸟道："此鸟古人谓之'鸧鸹'，一身逆毛，甚是凶恶。不知凤凰手下那个出来招架？"登时西林飞出一只小鸟，白颈红嘴，一身青翠，走至山冈，望着九头鸟鸣了几声，宛如狗吠。九头鸟一闻此声，早已抱头鼠窜，腾空而去。此鸟退入西林。林之洋道："这鸟为甚不是禽鸣，倒学狗叫？俺看他油嘴滑舌，南腔北调，到底算个甚么！可笑这九头鸟杆自又高又大，听得一声狗叫，他就跑了。原来小鸟这等利害！"多九公道："此禽名叫'鸟'，又名'天狗'。这九头鸟本有十首，不知何时被犬咬去一个，其项至今流血。血滴人家，最为不祥。如闻其声，须令狗叫，他即逃走。因其畏犬，所以古人有'捩狗耳禳之'之法。"只见鹬林内撺出一只驼鸟，身高八尺，状似橐驼，其色苍黑，翅广丈余，两只驼蹄，奔至山冈，吼叫连声。西林也飞出一鸟，赤眼红嘴，一身白毛，尾长丈二，身高四尺，尾上有勺，其大如斗，走至山冈，与驼鸟斗在一处。林之洋道："这尾上有勺的倒也异样。俺们捉几个送给无肠国，他必欢喜。"唐敖道："何以见得？"林之洋道："他们得了这鸟，既可当菜大嚼，再把尾子取下作为盛饭盛粪的勺子，岂不好？"唐敖道："怪不得古人言：'驼鸟之卵，其大如瓮。'原来其形竟有如许之大！这尾上有勺的，他比驼鸟，一个身高八尺，一个身高四尺，大小悬殊，何能争斗？岂非自讨苦么？"多九公道："此鸟名唤'鹦勺'。他既敢与驼鸟相斗，自然也就非凡。"鹦勺斗未数合，竖起长尾，一连几勺，打的驼鸟前撺后跳，声如牛吼。东林又跳出一只秃鹙，身高八尺，长颈身青，头秃无毛，撺至山冈。西边林内也飞出一鸟，浑身碧绿，一条猪尾，长有丈六，身高四尺，一只长足，跳跃而出，撺至山冈，抡起猪尾，如皮鞭一般，对着秃鹙一连几尾，把个秃头打的鲜血淋漓，吼叫连声。那边百舌敌不住鸣鸟，早已飞回东林；秃鹙被打不过，腾空而去；驼鸟两翅受伤，逃回本林。只听鹦鹘大叫几声，带着无数怪鸟，奔至山冈；西林也有许多大鸟飞出：登时斗成一团。那鹦勺抡起大勺，趷蹼舞起猪尾，一起一落，打的落花流水。正在难解难分，忽听东边山上，犹如千军万马之声，尘土飞

古代陶瓮

麒麟，中国古代神话瑞兽，是由岁星散开而生成，五大瑞兽之一。《说文解字》记载:麒麟身体像麝鹿，尾巴似牛尾状，还长着龙鳞和一对角。据《瑞应图》记载:麒麟长着羊头，狼的蹄子，头圆，身为彩色

危难时刻还不忘自嘲，林之洋的性情实不一般。透过作者描写唐敖等人游历路上的重重艰险，我们也可以感受到封建时代的环境有多恶劣。

空，山摇地动，密密层层，不知一群甚么，狂奔而来。登时众鸟飞腾，凤凰鹓鶵，也都逃窜。

三人听了，忙躲桐林深处，细细偷看。原来是群野兽，从东奔来:为首其状如虎，一身青毛，钩爪锯牙，弭耳昂鼻，目光如电，声吼如雷;一条长尾，尾上茸毛，其大如斗;走至凤凰所栖林内，吼了两声，带着许多怪兽，浑身血迹，撺了进去。随后一群怪兽赶来，也是血迹淋漓，走至鹓鶵所栖林内，也都撺入。为首一兽:浑身青黄，其体似麕，其尾似牛，其足似马，头生一角。唐敖道:"请教九公:这个独角兽自然是麒麟;西边那个青兽可是狻猊?"多九公道:"西林正是狻猊，大约又来骚扰，所以麒麟带着众兽赶来。"只见狻猊喘息片时，将身立起，口中叫了两声。旁边撺出一只野猪，搧着两耳，一步三摇，倒像奉令一般，走到跟前，将头伸出，送到狻猊口边;狻猊嗅了一嗅，吼了一声，把嘴一张，咬下猪头，随将野猪吃入腹中。林之洋道:"这个野猪，据俺看来:生的甚觉悭吝，那肯真心请客;他的意思，不过虚让一让，那知狻猊并不推辞，竟自啖了。原来狻猊腹饥，大约吃饱就要争斗了。"正自指手画脚，谈论狻猊，不意手中那个细鸟，忽又鸣声震耳，连忙用手乱摇，那肯住声。狻猊听了，把头扬起，顺着声音望了一望，只听大吼一声，带着许多怪兽，一齐奔来。三人吓的四处奔逃。多九公喊道:"林兄! 还不放枪救命，等待何时!"林之洋跑的气喘嘘嘘，弃了细鸟，迎着众兽放了一枪。虽然打倒两个，无奈众兽密密层层，毫不畏惧，仍旧奔来。多九公道:"我的林兄! 难道放不得第二枪么!"林之洋战战兢兢，又放一枪;好像火上浇油，众兽更都如飞而至。林之洋不觉放声哭道:"只顾要看撕斗，那知狻猊腹饥，要吃俺肉! 无国以土当饭，他是以人当饭! 俺闻秀才最酸，狻猊如怕酸物倒牙，九公同妹夫还可躲这灾难，就只苦杀俺了! 顷刻就

到跟前，只要把口一张，就吞到腹中！这狻猊肚肠不知可像无肠国？但愿吞了随即通过，俺还有命；若不通过，存在里面，就要闷杀了！"唐敖正朝前奔，只觉身后鸣声震耳，回头一看，狻猊相离不远，竟向身后扑来。不由手慌脚乱，无计可施，说声"不好"，一时着急，将身一纵，就如飞舞一般，撺在空中。众兽都向多、林二人扑去。二人惟有叫苦，左右乱跑。忽听山冈上呱剌剌如雷鸣一般，响了一声，一道黑烟，比箭还急，直奔狻猊；狻猊将身纵起，方才躲过；转眼间，又是一声响亮，狻猊躲避不及，登时打落山上。众兽撇了多、林二人，都来围护狻猊。只听呱剌剌、呱剌剌……响亮连声，黑烟乱冒，尘土飞空，满山响声不绝，四处烟雾迷漫。那个响声，如雨点一般，滚将出来，把些怪兽打的尸横遍地，四处奔逃，霎时无踪。麒麟带着众兽，也都逃窜。

唐敖落下。林之洋跑来道："妹夫当日吃了蹑空草，撺的高高的，有处躲避；竟把俺们撇了！幸亏俺有枪神救命；若不遇着枪神，只怕俺同九公久已变成狻猊的浊气了。"唐敖道："当日小弟在东口山，手捧石碑，还能撺空，今日若将二位驮在肩上，大约也可撺高；无奈你们相离过远，狻猊紧跟身后，那里还敢迟延。舅兄只顾要将细鸟带回船去，刚才被他这阵乱叫，以致众兽闻风而至，几乎性命不保。"多九公也走来道："这阵连珠枪好不利害！若非打倒狻猊，众兽岂能散去。此时烟雾渐散，我们前去找那放枪之人，以便拜谢。"只见山冈走下一个猎户，身穿青布箭衣，肩上担着鸟枪。生得眉清目秀，齿白唇红，年纪不过十四五岁。虽是猎户打扮，举止甚觉秀雅。三人忙上前下拜道："多谢壮士救命之恩！请教尊姓？贵乡何处？"猎户还礼道："小子姓魏，天朝人氏，因避难寄居于此。请教三位老丈尊姓？从何到此？"多、林二人把名姓说了。唐敖忖道："当初魏思温、薛仲璋二位哥哥都以连珠枪出

动作描写，唐敖逃到空中，躲避险情，由此可见他吃了仙草之后的功力非常，不同于凡俗之体。

透过外貌及形象描写，表现出这位猎户的不同寻常，也预示着唐敖等人此番奇遇中藏着新的故事。

名。自从敬业兄弟兵败，闻得俱逃海外。此人莫非思温哥哥之子？——待我问他一声。"因说道："当日天朝有位姓魏的，官名思温，惯用连珠枪，天下驰名，壮士可是一家？"猎户道："这是先父。老丈何以得知？"唐敖道："谁知壮士却是思温哥哥之子！不意竟于此处相会！"于是将名姓说明，又把当日结盟及被参各话细说一遍。猎户忙下拜道："原来却是唐叔叔到此，侄女不知，万望恕罪！"唐敖还礼道："贤侄请起。为何自称侄女？这是何故？"猎户道："侄女名唤紫樱，哥哥名魏武。因敬业叔叔遇难，父亲无处存身，带领家眷，逃至此地。本山向有狻猊，常与麒麟争斗，伤损田苗，甚至出来伤人，附近居民，屡受其害。向来虽有猎户，奈此兽极其狡猾，目力甚远，一闻枪声，即撺高逃避，非连珠枪不能捉获。因此聘请父亲，在此驱除野兽。历来打死狻猊不计其数。前岁父亲去世，虽将哥哥照旧延请，奈身弱多病，不能辛苦；若将此业弃了，无以为生。幸侄女幼年学得此枪，只得男装，权承此业，以养寡母。连日因众兽争斗，惟恐伤人，正要擒拿狻猊，不想得遇叔叔。刚才狻猊紧在叔叔身后，我看着只管着急，不敢动手。亏得叔叔朝上一撺，这才得空，放了一枪；若再稍迟一步，只怕叔叔性命难保。但是将身一纵，就能撺高，若非神灵护佑，何能如此？真是吉人天相！当日父亲临危有遗书一封，命我兄妹日后投奔岭南托叔叔照应，此书现在家中，就请叔叔过去一看，以便献茶。"唐敖道："多年未见万氏嫂嫂之面，今在海外，自应前去拜见。不意思温哥哥今已去世，竟不能一见，好不令人心酸！"当时三人同魏紫樱越过山头，向魏家而来。唐敖忖道："我自到海外，凡遇名山异域，莫不上去流览。原想遵着梦神之话，寻访名花；谁知至今一无所见，倒与这些女子有缘，每每歧路相逢，却也奇怪。"不多时，到了魏家，只见四处安设强弓弩箭。齐进客厅，魏紫樱进内

弓箭，一种威力大、射程远的远射兵器。古时候，弓箭是军队与猎人使用的重要武器之一

通知万氏夫人同魏武出来，彼此见礼。唐敖看那魏武，虽然满面病容，生的倒也清秀。魏紫樱把父亲遗书呈出。唐敖拆开，上面写的无非丁嘱"俯念结义之情，诸事照应"的话。看罢，叹息一番，将书收过。万氏道："贱妾自从丈夫去世，原想携了遗书，带着儿女，投奔叔叔。因本地乡邻惧怕野兽，再三挽留；兼之家乡近来不知可还缉捕余党，惟恐被害，不敢前去。今幸叔叔到此。我家现在六亲无靠，故乡举目无亲，除叔叔外，别无可托之人。将来尚恳俯推丈夫结义之情，务望携带，倘能仍回故土，就是我丈夫在九泉之下，也感大德了。"唐敖道："缉捕之事，相隔十余年，久已淡了。日后小弟海外回来，自然奉请嫂嫂并侄儿侄女同回故乡；况今日侄女如此大德，岂敢相忘！嫂嫂只管放心！"于是又问问日用薪水。原来此处民人因魏家父子驱除野兽，感念其德，供应极厚，每年除衣食外，颇有盈余。唐敖听了，这才放心。随将身边带着散碎银子，送给魏紫樱为脂粉之用。又嘱魏武带至魏思温灵前，拈香下拜，恸哭一场，辞别回船。

次日，到了白民国。林之洋发了许多绸缎海菜去卖。唐敖来邀九公上去游玩。多九公道："此处人烟甚广，地方富厚，语言也与我们相同。无如老夫与他无缘，每到此地，不是有事，就是抱病。今日叨光同去走走，却也难得。"一齐登岸，走了数里，只见各处俱是白壤；远远有几座小岭，都是一色矾石；田中种着荞麦，遍地开着白花；虽有几个农人在那里耕田，因离的过远，面貌看不明白，惟见一色白衣。不多时，进了玉城，步过银桥，四处房舍店面接连不断，俱是粉壁高墙；人来人往，作买作卖，热闹非凡。那些国人，无老无少，个个面白如玉，唇似涂朱，再映着两道弯眉，一双俊目，莫不美貌异常。而且俱是白衣白帽，一概绫罗，打扮极其素净；腕上都戴着金镯，手中拿着香珠；身上挂着玳瑁小刀、戳纱荷包、打

翡翠是玉的一种。在古代翡翠是一种生活在南方的鸟，毛色十分美丽，通常有蓝、绿、红、棕等颜色。雄性的为红色，谓之"翡"；雌性的为绿色，谓之"翠"

子儿的扇套、双飞燕的汗巾，还有许多翡翠玛瑙玩器。所穿衣服，大约都用异香薰过，远远就觉芳馨扑鼻。唐敖此时如入山阴道上，目不暇给①。一面看着，一面赞不绝口道："如此美貌，再配这些穿戴，真是风流盖世！海外各国人物，大约以此为最了。"再看两边店面，接接连连，都是酒肆、饭馆、香店、银局。绸缎绫罗，堆积如山；衣冠鞋袜，摆列无数。其余羊牛猪犬，鸡鸭鱼虾，诸般海菜，各种点心，不一而足。真是：吃的，喝的，穿的，戴的，无一不精，无一不备。满街满巷，那股酒肉之香，竟可上彻霄汉。

只见林之洋同一水手从绸缎店出来。多九公迎着问道："林兄货物可曾得利？"林之洋满面欢容道："俺今日托二位福气，卖了许多货物，利息也好。少刻回去，多买酒肉奉请。如今还有几样腰巾、荷包零星货物，要到前面巷内找个大户人家卖去。俺们何不一同走走？"唐敖道："如此甚好。"林之洋随命水手把所卖银钱先送上船，顺便买些酒肉带去；自己提了包袱，同唐、多二人进了前面巷子。林之洋道："好了，前面那个高大门楼，想是大户人家。"走到门前，适值里面走出一个绝美后生。林之洋说知来意。那后生道："既有宝货，何不请进，我家先生正要买哩。"三人刚要举步，只见门旁贴着一张白纸，上写"学塾"两个大字。唐敖一见，不觉吃了一吓道："九公！原来此处却是学馆！"多九公看了，也吓一跳，又不好退回，只得走进。那后生见他们进来，先到里面通信去了。唐敖向多九公道："此处国人生的清俊，其天姿聪慧，博览群书，可想而知。我们进去，须比黑齿国加倍留神才好。"

九公因之前谈学受辱，所以现在才谈学色变。九公勉强进了学馆，也预示着一出好戏即将上演。

---

① 山阴道上，目不暇给：山阴就是现在的绍兴。山阴路上风景多，看都来不及看，原是晋王献之说的话。后来被用着表示对一般事物的欣赏。

林之洋道："何必留神。据俺愚见：总是给他'弗得知'。"

三人进内，来至厅堂。里面坐着一位先生，戴着玳瑁边的眼镜，约有四旬光景。还有四五个学生，都在二句上下，一个个品貌绝美，衣帽鲜明。那先生也是一个美丈夫。里面诗书满架，笔墨如林。厅堂当中悬一玉匾，上写"学海文林"四个泥金大字。两旁挂一副粉笺对联，写的是：

笔墨，有时亦作中国画技法的总称。笔为主导，墨随笔出，相互依赖映发，完美地描绘物象，表达意境，以取得形神兼备的艺术效果

研六经以训世，括万妙而为师。

唐敖同多九公见了这样规模，不但脚下轻轻举步，并且连鼻子气也不敢出。唐敖轻轻说道："这才是大邦人物！一切气概，与众不同。相形之下，我们又觉有些俗气了。"走进厅堂，也不敢冒昧行礼，只好侍立一旁。先生坐在上面，手里拿着香珠，把三人看了一看，望着唐敖招手道："来，来，来！那个书生走进来！"唐敖听见先生把他叫作"书生"，不知怎样被他看作形藏①，这一惊吃的不小！

未知如何，下回分解。

赏 析 ▶

唐敖一行路遇蚕人，又到跂踵国、长人国。种种怪异，处处奇观，妙趣横生。作者想象丰富，构思新奇，文笔流畅。人物刻画形象生动，唐敖来到白民国，看见学塾便心有余悸，不禁让人捧腹。

---

① 形藏：古代医书对人的胃、大肠、小肠、膀胱等四部分总称作"形藏"。这里"看出形藏"是说把内部秘密都看出来了。后文的"行藏"，那是根据《论语》"用之则行，舍之则藏"的句子，指出处和行为。

第八回　遇白民儒士听奇文　入茶肆公子叙衷情

·导读·

唐敖来到白民国，遇到个糊涂老先生，把好端端的书本读得稀里糊涂，闹出了不少的笑话。随后又在淑士国见到那些忸怩作态的人，更是让人哭笑不得。

有人怕别人不知道自己是读书人，而唐敖却怕人家知道自己是读书人，看过前文便知。唐敖这是"一朝被蛇咬，十年怕井绳"。

鸿儒，也称大儒，指博学的人。汉代王充《论衡·本性》："自孟子以下至刘子政，鸿儒博生，闻见多矣。"唐代刘禹锡《陋室铭》："谈笑有鸿儒，往来无白丁。"

话说唐敖忽听先生把他叫作书生，吓的连忙进前打躬道："晚生不是书生，是商贾。"先生道："我且问你：你是何方人氏？"唐敖躬身道："晚生生长天朝，今因贩货到此。"先生笑道："你头戴儒巾，生长天朝，为何还推不是书生？莫非怕我考你么？"唐敖听了，这才晓得他因儒巾看出，只得说道："晚生幼年虽习儒业，因贸易多年，所有读的几句书久已忘了。"先生道："话虽如此，大约诗赋必会作的？"唐敖听说做诗，更觉发慌道："晚生自幼从未做诗，连诗也未读过。"先生道："难为你生在天朝，连诗也不会作？——断无此事。你何必瞒我？快些实说！"唐敖发急道："晚生实实不知，怎敢欺瞒！"先生道："你这儒巾明明是个读书幌子，如何不会作诗？你既不懂文墨，为何假充我们儒家样子，却把自己本来面目失了？难道你要借此撞骗么？还是装出斯文样子要谋馆呢？我看你想馆把心都想昏了！也罢，我且出题考你一考，看你作的何如，如作的好，我就荐你一个美馆。"说罢，把《诗韵》取出。唐敖见他取出《诗韵》，更急的要死，慌忙说道："晚生倘稍通文墨，今得幸遇当代鸿儒，尚欲勉强涂鸦，以求指教，岂肯自暴自弃，不知抬举，至于如此！况且又有美馆之荐，晚生敢不勉力？实因不谙文字，所以有负尊意，尚求垂问同来之人，就知晚生并非有意推辞了。"先生因向多、林二人道："这个儒生果真不知文墨么？"林之洋道："他自幼读书，曾中探花，怎么不知！"唐敖暗暗顿足道："舅兄要坑杀我了！"只听林之洋又接着说道："俺对先生实说罢：他知是知的，自从得了功名，就把书籍撇在九霄云外。幼年读的'《左传》右传''《公羊》母羊'，还有平日做的打油诗、放屁诗，零零碎碎，一总都就了饭吃了。如今腹中只剩几段'大唐律仪注单'，还有许多买办账。你要考他律例算盘，倒是熟的。俺求你老人家把这美馆赏俺晚生罢。"先生道："这个儒生既已废业，想是实情。你同那个老儿可会作诗？"多九公躬身道："我们二人向来贸易，从未读书，何能作诗。"先生道："原来你们三个都是俗人。"因指林之洋道："你既同他们一样，为何还要求我荐馆？可惜你枉自生得白净，腹中也少墨水，就是出来贸易，也该略认几字。我看你们虽可造就，无奈都是行路之人，不能在此耽搁；若肯略住两年，我倒可以指点指点。不是我夸口说：我的学问，只要你们在我跟前稍为领略，就够你们终身受用；日后回到家乡，时时习学，有了文名，不独近处朋友都来相访，只怕还有朋友'自远方来'哩。"林之洋道："据俺晚生看来：岂但'自远方来'，而且心里还'乐乎'哩。"先生听了，不觉吃惊，立起身来，把玳瑁眼镜取下，身上取出一块双飞燕的汗巾，将眼揩了一揩，望着林之洋上下看一看道："你既晓得'乐乎'故典，明明懂得文墨，为何故意骗我？"林之洋道："这是俺晚生无意碰在典上，至于他的出处，俺实不知。"先生道："你明是通家，还要推辞？"林之洋道："俺如骗你，情愿发誓：教俺来生变个老秀才，从十岁进学，不离书本，一直活到九十岁，这才寿终。"先生道："如此长寿，你敢愿意！"林之洋道："你只晓得长寿，那知从十岁进学活到

林之洋发誓，用来生的一辈子苦读作为对自己的惩罚，作者借此讽刺那些不求学以致用的"书呆子"。

九十岁，这八十年岁考①的苦处，也就是活地狱了。"先生仍旧坐下道："你们既不晓得文理，又不会作诗，无甚可谈，立在这里，只觉俗不可耐。莫若请出，且到厅外，等我把学生功课完了，再来看货。况且我们谈文，你们也不懂。若久站在此，惟恐你们这股俗气四处传染，我虽'上智不移②'，但馆中诸生俱在年幼，一经染了，就要费我许多陶镕，方能脱俗哩。"三人只得诺诺连声，慢慢退出，立在厅外。唐敖心里还是扑扑乱跳，惟恐先生仍要谈文，意欲携了多九公先走一步。

忽听先生在内教学生念书。细细听时，只得两句，共八个字：上句三字，下句五字。学生跟着读道："切吾切，以反人之切。"唐敖忖道："难道他们讲究反切么？"林之洋道："你们听听：只怕又是'问道于盲'来了。"多九公听了，不觉毛骨竦然，连连摇手。那先生教了数遍，命学生退去；又教一个学生念书，也是两句：上句三字，下句四字。只听师徒高声读道："永之兴，柳兴之兴。"也教数遍退去。三人听了，一毫不懂，于是闪在门旁，暗暗偷看：只见又有一个学生，捧书上去。先生把书用朱笔点了，也教了两遍，每句四字。只听学生念道："羊者，良也；交者，孝也；予者，身也。"唐敖轻轻说道："九公：今日千好万好，幸未同他谈文！刚才细听他们所读之书，不但从未见过，并且语句都是古奥。内中若无深义，为何偌大后生，每人只读数句？无如我们资性鲁钝，不能领略。古人云：'不经一事，不长一智。'我们若非黑齿前车之鉴，今日稍不留神，又要吃亏了。"

忽见有个学生出来招手道："先生要看货哩。"林之洋

朱笔，蘸红色的毛笔，多用以批点或校阅文稿

---

① 岁考：秀才每三年要到所属的府、州里应一次考，叫作岁考，也叫岁试。
② 上智不移：上智，古人解释是圣贤的人。《论语》："惟上知与下愚不移。"知，同智。

遇白民
儒士聽
奇文
觀藥默
武夫
叢妙論

孟子，名轲，字子舆，邹国（今山东邹城东南）人。战国时期哲学家、思想家、政治家、教育家，是孔子之后、荀子之前的儒家学派的代表人物

连忙答应，提着包袱进去。二人等候多时。原来先生业已把货买了，在那里议论平色。唐敖趁空暗暗踱进书馆，把众人之书，细看一遍；又把文稿翻了两篇，连忙退出。多九公道："他们所读之书，唐兄都看见了，为何面上胀的这样通红？"唐敖刚要开言，恰好林之洋把货卖完，也退出来，三人一齐出门，走出巷子。

唐敖道："今日这个亏吃的不小！我只当他学问渊博，所以一切恭敬，凡有问对，自称晚生。——那知却是这样不通！真是闻所未闻，见所未见！"多九公道："他们读的'切吾切，以反人之切'，却是何书？"唐敖道："小弟才去偷看，谁知他把'幼'字'及'字读错，是《孟子》'幼吾幼，以及人之幼'。你道奇也不奇？"多九公不觉笑道："若据此言，那'永之兴，柳兴之兴'，莫非就是'求之与，抑与之与'么？"唐敖道："如何不是！"多九公道："那'羊者，良也；交者，孝也；予者，身也'是何书呢？"唐敖道："这几句他只认了半边，却是《孟子》'庠者，养也；校者，教也；序者，射也'。并且书案上还有几本文稿，小弟略略翻了两篇，惟恐先生看见，也不敢看完，忙退出来。"

多九公道："他那文稿写着甚么？唐兄记得么？"唐敖道："内有一本破题①，所载甚多。小弟记得有个题目，是'闻其声，不忍食其肉'二句。他破的是：'闻其声焉，所以不忍食其肉也。'"林之洋道："这个学生作这破题，俺不喜他别的，俺只喜他好记性。"多九公道："何以见得？"林之洋道："先生出的题目，他竟一字不忘，整个写出来，难道记性还不好么？"唐敖道："还有一个题目，是'百亩

反问，颇有几分讽刺意味。作者借此批评那些读死书的人，不求明理，学以致用。

---

① 破题：八股文起头两句必须点破全题，这两句就叫作"破题"。破题之后，必须作三句到五句加以解释，这三五句叫作"承题"。破题和承题并在一起，省称叫作"破承"。

之田，勿夺其时，八口之家，可以无饥矣'。他破的是：
'一顷之壤，能致力焉，则四双人丁，庶几有饭吃矣。'"
林之洋道："他以'四双人丁'破那'八口之家'，俺只喜
他'四双'二字把个'八'字扣的紧紧，万不能移到七
口、九口去。"唐敖道："还有一个题目，是'子华使于齐'
至'原思为之宰'。他的破承，此时记不明白。我只记得
到了渡下，他有两句是：'休言豪富贵公子，且表为官受禄
人。'诸如此类，小弟也记不了许多。但此等不通之人，
我在他跟前卑躬侍立，口口声声，自称'晚生'，岂不愧
死！"林之洋道："'晚生'二字，也无甚么卑微。若他是
早晨生的，你是晚上生的；或他先生几年，你后生几年：
都可算得晚生，这怕甚么！刚才那先生念的'切吾切，以
反人之切'，当时俺听了，倒替你们耽心：惟恐他要讲究
反切，又要吃苦。如今平安回来，就是好的，管他甚么
'早生、晚生'！据俺看来：今日任凭吃亏，并未劳神，
又未出汗，若比黑齿，也算体面了。"

忽见有个异兽，宛似牛形，头上戴着帽子，身上穿着
衣服，有一小童牵着，走了过去。唐敖道："请教九公：小
弟闻当日神农时白民曾进药兽，不知此兽可是？"多九公
道："此正药兽，最能治病。人若有疾，对兽细告病源，此
兽即至野外衔一草归，病人捣汁饮之，或煎汤服之，莫不
见效。设或病重，一服不能除根；次日再告病源，此兽又
至野外，或仍衔前草，或添一二样，照前煎服，往往治
好。此地至今相传。并闻此兽比当日更广，渐渐滋生，别
处也有了。"林之洋道："原来他会行医，怪不得穿着衣帽。
请问九公：这兽不知可晓脉理？可读医书？"多九公道：
"他不会切脉，也未读过医书，大约略略晓得几样药味。"
林之洋指着药兽道："俺把你这厚脸的畜牲！医书也未读
过，又不晓得脉理，竟敢出来看病！岂非以人命当要
么！"多九公道："你骂他，设或被他听见，准备给你药

神农即炎帝，生于历山。姜姓，号神农氏，中国上古人物，三皇之一，传说是农业和医药的发明者，他遍尝百草，为人医病，教人农耕

吃。"林之洋道："俺又不病，为甚吃药？"多九公道："你虽无病，吃了他的药，自然要生出病来。"说笑间，回到船上，大家痛饮一番。

走了几时，这日风帆顺利，舟行甚速。唐敖同林之洋立在柁楼，看多九公指拨众人推柁。忽见前面似烟非烟，似雾非雾，有万道青气，直冲霄汉，烟雾中隐隐现出一座城池。林之洋道："这城倒也不小，不知是甚地名？"多九公把罗盘更香^①望一望道："据老夫看来：前面已到淑士国了。"唐敖道："小弟只觉这青气中含着一股异味，九公可知其详么？"多九公道："老夫虽路过此地，因未近观，不知是何气味。"林之洋道："青属甚味，难道书上也未载着么？"唐敖道："按五行五味而论：东方属木，其色青，其味酸。不知彼处可是如此。"林之洋望着迎面嗅了一嗅，把头点了两点，道："妹夫这话，只怕有些意思。"说话间，相离甚近，惟见梅树丛杂，都有十数丈高。那座城池隐隐跃跃，被亿万梅树围在居中。

不多时，船已收口。林之洋素知此地不通商贩，并无交易，因恐唐敖在船烦闷，所以照会众水手在此拢岸，将船停泊，三人约会同去。多九公道："林兄何不带些货物？设或碰着交易，也未可知。"林之洋道："淑士国从来买卖甚少，俺带甚物去呢？"多九公道："若据'淑士'两字而论，此地似乎该有读书人。要带货物，惟有笔墨之类最好，并且携带也便。"林之洋点头，随即携了一个包袱。三人跳上三板，众水手用棹摆到岸边，一齐上岸，穿入梅林，只觉一股酸气，直钻头脑，三人只得掩鼻而行。多九公道："老夫闻得海外传说：淑士国四时有不断之薤，八节有长青之梅。薤菜多寡，虽不得而知，据这梅树看来，果

唐敖精通易理，用五行、五味的道理来说明此地的人文风气。作者借此讽刺那些死读书的人一身的酸腐之气。

梅树是落叶乔木，原产于中国，在二月和三月，梅树花朵的颜色大多是白色，也有红色和浅红的。梅树产梅子，到了梅雨季节，果实成熟后就变黄

---

① 更香：古人没有钟表，就燃点更香，看香的长短，推算时间的长短和迟早。

真不错。"过了梅林，到处皆是菜园，那些农人，都是儒者打扮。走了多时，离关不远，只见城门石壁上镌着一副金字对联，字有斗大，远远望去，只觉金光灿烂。上面写的是：

欲高门第须为善，要好儿孙必读书。

多九公道："据对联看来，上句含着'淑'字意思，下句含着'士'字意思。这两句却是淑士国绝好招牌，怪不得就在城上施展起来。"唐敖道："此地国王，据古人传说乃颛顼之后。看这景象，甚觉儒业，与白民国迥然不同。"

多九公道："老夫口里也觉发干，恰喜面前有个酒楼，我们何不前去沽饮三杯，就便问问风俗？"林之洋一闻此言，口中不觉垂涎道："九公真是好人，说出话来莫不对人心路！"

三人进了酒楼，就在楼下捡个桌儿坐了。旁边走过一个酒保，也是儒巾素服，面上戴着眼镜，手中拿着折扇，斯斯文文，走来向着三人打躬陪笑道："三位先生光顾者，莫非饮酒乎？抑用菜乎？敢请明以教我。"林之洋道："你是酒保，你脸上戴着眼镜，已觉不配；你还满嘴通文，这是甚意？刚才俺同那些生童讲话，倒不见他有甚通文，谁知酒保倒通起文来，真是'整瓶不摇半瓶摇'！你可晓得俺最喉急，耐不惯同你通文，有酒有菜，只管快快拿来！"酒保陪笑道："请教先生：酒要一壶乎，两壶乎？菜要一碟乎，两碟乎？"林之洋把手朝桌上一拍道："甚么'乎'不'乎'的！你只管取来就是了！你再'之乎者也'的，俺先给你一拳！"吓的酒保连忙说道："小子不敢！小子改过！"随即走去取了一壶酒，两碟下酒之物，——一碟青梅，一碟齑菜，——三个酒杯，每人面前恭恭敬敬斟了一杯，退了下去。

林之洋素日以酒为命，见了酒，心花都开，望着二人说声："请了！"举起杯来，一饮而尽。那酒方才下咽，不

林之洋发怒，训斥酒保，其实想让酒保不再啰唆，因为他的满嘴"之乎者也"实在不合时宜。

觉紧皱双眉,口水直流,捧着下巴喊道:"酒保!错了!把醋拿来了!"只见旁边座儿有个驼背老者,身穿儒服,面戴眼镜,手中拿着剔牙杖,坐在那里,斯斯文文,自斟自饮。一面摇着身子,一面口中吟哦,所吟无非'之乎者也'之类。正吟的高兴,忽听林之洋说酒保错拿醋来,慌忙住了吟哦,连连摇手道:"吾兄既已饮矣,岂可言乎?你若言者,累及我也。我甚怕哉,故尔恳焉。兄耶,兄耶!切莫语之!"唐、多二人听见这几个虚字,不觉浑身发麻,暗暗笑个不了。林之洋道:"又是一位通文的!俺埋怨酒保拿醋算酒,与你何干?为甚累你?倒要请教。"老者听罢,随将右手食指、中指,放在鼻孔上擦了两擦,道:"先生听者:今以酒醋论之,酒价贱之,醋价贵之。因何贱之?为甚贵之?其所分之,在其味之。酒味淡之,故尔贱之;醋味厚之,所以贵之。人皆买之,谁不知之。他今错之,必无心之。先生得之,乐何如之!——第既饮之,不该言之。不独言之,而谓误之。他若闻之,岂无语之?苟如语之,价必增之。先生增之,乃自讨之;你自增之,谁来管之。但你饮之,即我饮之;饮既类之,增应同之。向你讨之,必我讨之;你既增之,我安免之?苟亦增之,岂非累之?既要累之,你替与之。你不与之,他安肯之?既不肯之,必寻我之。我纵辩之,他岂听之?他不听之,势必闹之。倘闹急之,我惟跑之;——跑之,跑之,看你怎么了之!"唐、多二人听了,惟有发笑。林之洋道:"你这几个'之'字,尽是一派酸文,句句犯俺名字,把俺名字也弄酸了。随你讲去,俺也不懂。但俺口中这股酸气,如何是好!"桌上望了一望,只有两碟青梅、蘸菜。看罢,口内更觉发酸。因大声叫道:"酒保!快把下酒多拿两样来!"酒保答应,又取四个碟子放在桌上:一碟盐豆,一碟青豆,一碟豆芽,一碟豆瓣。林之洋道:"这几样俺吃不惯,再添几样来。"酒保答应,又添四样:一碟豆腐干,

青豆,按子叶的颜色又可分为青皮青仁大豆和绿皮黄仁大豆两种,已有五千年栽培历史

一碟豆腐皮，一碟酱豆腐，一碟糟豆腐。林之洋道："俺们并不吃素，为甚只管拿这素菜？还有甚么，快去取来！"酒保陪笑道："此数肴也，以先生视之，固不堪入目矣；然以敝地论之，虽王公之尊，其所享者亦不过如斯数样耳。先生鄙之，无乃过乎？止此而已，岂有他哉！"多九公道："下酒菜业已够了，可有甚么好酒？"酒保道："是酒也，非一类也，而有三等之分焉：上等者，其味醲；次等者，其味淡；下等者，又其淡也。先生问之，得无喜其淡者乎？"唐敖道："我们量窄，吃不惯醲的，你把淡的换一壶来。"酒保登时把酒换了。三人尝了一尝，虽觉微酸，还可吃得。林之洋道："怪不得有人评论酒味，都说酸为上，苦次之。原来这话出在淑士国的。"只见外面走进一个老者，儒巾淡服，举止大雅，也在楼下捡个座儿坐了。

话说那个老者坐下道："酒保：取半壶淡酒，一碟盐豆来。"唐敖见他器宇不俗，向前拱手道："老丈请了。请教上姓？"老者还礼道："小弟姓儒。还未请教尊姓？"当时多、林二人也过来，彼此见礼，各通名姓，把来意说了。老者道："原来三位都是天朝老先生，失敬，失敬！"唐敖道："老丈既来饮酒，与其独酌，何不屈尊过去，奉敬一杯，一同谈谈呢？"老者道："虽承雅爱，但初次见面，如何就要叨扰！"多九公道："也罢，我们'移樽就教'罢。"随命酒保把酒菜取了过来。三人让老者上坐，老者因是地主，再三不肯，分宾主坐了。彼此敬了两杯，吃些下酒之物。唐敖道："请教老丈：贵处为何无论士农工商都是儒者打扮，并且官长也是如此？难道贵贱不分么？"老者道："敝处向例，自王公以至庶民，衣冠服制，虽皆一样，但有布帛颜色之不同：其色以黄为尊，红紫次之，蓝又次之，青色为卑。至于农工商贾，亦穿儒服，因本国向有定例，凡庶民素未考试的，谓之'游民'，此等人身充贱役，不列四民之中，即有一二或以农工为业，人皆耻笑，以为

酱豆腐是一种经过微生物发酵的豆制品，是独具民族特色的发酵调味品

移樽就教，就是端着酒杯离座到对方面前共饮，以便请教。比喻主动去向人请教。

游民亦掌大业，莫不远而避之。因此本处人自幼莫不读书。虽不能身穿蓝衫，名列胶庠，只要博得一领青衫，戴个儒巾，得列名教之中，不在游民之内；从此读书上进固妙，如或不能，或农或工，亦可各安事业了。"唐敖道："据老丈之言，贵处庶民，莫不从考试出来。第举国之大，何能个个能文呢？"老者道："考试之例，各有不同：或以通经，或以明史，或以词赋，或以诗文，或以策论，或以书启，或以乐律，或以音韵，或以刑法，或以历算，或以书画，或以医卜。只要精通其一，皆可取得一顶头巾、一领青衫。——若要上进，却非能文不可；至于蓝衫，亦非能文不可得。所以敝处国主当日创业之始，曾于国门写一对联，下句是'要好儿孙必读书'，就是勉人上进之意。"多九公道："请教老丈：贵处各家门首所立金字匾额，想是其人贤声素著，国主赐匾表彰，使人效法之意。内有一二黑匾，如'改过自新'之类，是何寓意？"老者道："这是其人虽在名教中，偶然失于检点，作了违法之事，并无大罪，事后国主命竖此匾，以为改过自新之意。此等人如再犯法，就要加等治罪。倘痛改前非，众善奉行，或乡邻代具公呈，或官长访知其事，都可奏明，将匾除去。此后或另有善行，贤声著于乡党，仍可启奏，另竖金字匾额。至竖过金字匾额之人，如有违法，不但将匾除去，亦是加等治罪，即《春秋》责备贤者'之义。这总是国主勉人向善，谆谆劝戒之意。幸而读书者甚多，书能变化气质，遵着圣贤之教，那为非作歹的究竟少了。"

四人闲谈，不知不觉，连饮数壶。老者也问问天朝光景，啧啧赞美。又说许多闲话。老者酒已够了，意欲先走一步；唐敖见天色不早，算还酒帐，一同起身。老者立起，从身上取下一块汗巾，铺在桌上，把碟内所剩盐豆之类，尽数包了，揣在怀中，道："老先生钱已给过，这些残肴，与其白教酒保收去，莫若小弟顺便带回，明日倘来沽饮，就可再叨余惠了。"一面说着，又拿起一把酒壶，揭开壶盖，望了一望，里面还有两杯酒，因递给酒保道："此酒寄在你处。明日饮时，倘少一杯，要罚十杯哩。"又把酱豆腐、糟豆腐，倒在一个碟内，也递给酒保道："你也替我好好收了。"四人一同出位，走了两步，旁边残桌上放着一根秃牙杖，老者取过，闻了一闻，用手揩了一揩，放入袖中。

出了酒楼，到了市中，只见许多人围着一个美女在那里观看。那女子不过十三四岁，生得面如傅粉，极其俊秀，惟满眼泪痕，哭声甚惨。老者叹道："如此幼女，教他天天抛头露面，今已数日，竟无一人肯发慈心，却也可怜。"唐敖道："这女为何如此？"老者道："此女向充宫娥，父母久已去世。自从公主下嫁，就在驸马府伺候。前日不知为甚忤了驸马，发媒变卖，身价不拘多寡。奈敝处一钱如命，无人肯买。兼之驸马现掌兵权，杀人如同儿戏，庶民无不畏惧，谁敢'太岁头上动土'？此女因露面羞愧，每寻自尽，俱被官媒救护。此时生死不能自主，所以啼哭。二位老先生如发善心，只消十贯钱就可买去，救其一命，也是一件好事。"林之洋道："妹夫破费十贯钱买了，带回岭南，服侍甥女，岂不是好？"唐敖道："此女既充宫娥，其家必非下等之人，我们设法救他则可，岂敢买去以奴婢相待。不知其家还有何人？如有亲属，小弟情愿出钱，令其亲属领回，倒是一件美举。"老者道："前日驸马有令，不准亲属领回，如有不遵，就要治罪。因此亲属都不敢来。"唐敖听了，不觉搔首道："既无亲属来领，又无人救，这却怎好？为今之计，只好权且买去，暂救其命，再作道理。"于是托林之洋上船，取了十贯钱，交给老者，向官媒写契买了。老者交代别去。

三人领了女子，回归旧路。唐敖问其姓氏。女子道："婢子复姓司徒，乳名蕙儿，又名妩儿；现年十四岁。自

面如傅粉，形容男子美貌。出自《世说新语·容止》："何平叔美姿仪，面至白；魏明帝疑其傅粉。正夏月，与热汤饼。既啖，大汗出，以朱衣自拭，色转皎然。"

唐敖有心救人，又能平等待人，实在难能可贵。这种思想在当时封建社会等级繁杂的状况下显得十分可贵。

幼选为宫娥，伺候王妃。前年公主下嫁，蒙王妃派入驸马府。父亲在日，曾任领兵副将，因同驸马出兵，死在外邦。"唐敖道："原来是千金小姐。令尊在日，小姐可曾受聘？"司徒妩儿道："婢子获罪，蒙恩主收买，乃系奴婢，今恩主以小姐相称，婢子如何禁当得起！"林之洋道："刚才俺妹夫说断不肯以奴仆相待，据俺主意：小姐从今拜俺妹夫为义父，彼此也好相称。"说话间，来到岸边，水手放过三板，一齐渡上大船。林之洋命司徒妩儿拜了义父，进了内舱，与吕氏、婉如见礼；复又出来，拜了多、林二人。唐敖又问可曾受聘之事，妩儿滴泪道："女儿若非丈夫负心，今日何至如此！"唐敖道："你丈夫现在做何事业？为何负你？"妩儿道："他祖籍天朝。前年来此投军，驸马爱他骁勇，留在府中，作为亲随。但驸马为人刚暴，下人稍有不好，立即处死，就是国王也惧他三分；又性最多疑，惟恐此人是外邦奸细，时刻堤防。去岁把女儿许给为妻，意欲以安其心。谁知他来此投军，果非本意。女儿既有所见，兼因驸马暴戾异常，将来必有大祸，惟恐玉石俱焚，因此不避羞耻，曾于黑夜俟驸马安寝，暗至他的门首，劝他急速回乡，另寻门路。不意他把这话告知驸马，公主立将女儿责处。此是今春的事。前日女儿因驸马就要出外阅兵，恐他跟去，徒然劳苦，于事无益，又去劝他及早改图，并偷给令旗一枝，以便私自出关。不意他将此话又去禀知。因此驸马大怒，将女儿毒打，并发官媒变卖。"唐敖道："你丈夫既来投军，为何不是本意？况跟去阅兵，或者劳苦一场，挣得一官半职，也未可知，怎么你说与他无益？这话我却不懂。你丈夫姓甚名谁？现年若干？你们既已聘定，为何尚不完婚？"妩儿道："他姓徐，名承志；现年二旬以外。驸马虽将女儿许配，终怀猜疑，惟恐仍有异心，故将婚期暂缓。女儿因他由天朝数万里至此，若非避难，定有别因，意欲探其消息，奈内外相隔，不得其

妩儿讲述了自己的遭遇，可以看出她为了丈夫安危着想的一片至诚，也得见她的冷静和智慧。

详。去岁冬间，他跟驸马进朝议事，女儿探知回来尚早，正好看其行藏，即至外厢，暗将房门撬开，搜出檄文一道，血书一封，这才晓得他是英国公忠良之后，避难到此。因此今年两次舍死劝他，及早改图。女儿原想救出丈夫，冀其勉承父志，立功于朝，以复祖业，庶忠良不至无后，英公亦瞑目九泉。倘得如愿，女儿一身如同蒿草，即使驸马闻知，亦必含笑就死，复有何恨！那知他无情无义，反将女儿陷害。若说他出于无心：今春女儿被责，几至九死一生，合府无人不晓，他岂不知？今又和盘托出，竟是安心要害女儿，却将自己切己之事全置度外，岂非别有肺肠么？"说罢，放声大哭。

蒿草，有青蒿、白蒿等数种。三国时，曹丕《陌上桑》诗："寝蒿草，荫松柏，涕泣雨面霑枕席。"明代袁宏道《相逢行》："行行即曲巷，曲巷多蒿草。"

　　唐敖听罢，又惊又喜道："此人既是徐姓，又是英国公之后，兼有檄文、血书，必是敬业兄弟之子无疑。数年来，我在四处探信，那知盟侄却在此处。吾女如此贤德，不避祸患，劝他别图。他不听良言，已属非是；反将此话告诉驸马。此等行为，真令人不解。你休要悲恸，其中必有别情，待我前去会他一面，便见分晓。"妩儿止悲道："义父呼他为侄，是何亲眷？"唐敖就把当日结拜各话，细细告知。随即约了多、林二人，寻至驸马府，费了许多工夫，用了无限使费，才将徐承志找出。徐承志把唐敖上下打量，细细望了一望道："此非说话之处。"即携三人，走进一个茶馆，拣了一间僻室，见左右无人，这才向唐敖下拜道："伯伯何日到此？今在异乡相逢，真令侄儿梦想不到。"唐敖忙还礼道："贤侄如何认得老夫？"徐承志道："当日伯伯长安赴试，常同父亲相聚，那时侄儿不及十岁，曾在家中见过。此时虽隔十余年之久，伯伯面貌如旧，所以一望而知。"因向多、林二人见礼道："二位尊姓？"唐敖道："这都是老夫内亲。"因将二人姓名说了。茶博士送上茶来。徐承志道："伯伯因何来到海外？近来武后可缉捕侄儿？"唐敖即将中后被参并缉捕淡了各话告诉一遍。因

观其相，识其人，由这一描述可知，唐敖已超凡脱俗，非等闲之辈了。

又问道："贤侄为何逃奔到此？"徐承志道："侄儿自从父亲被难，原想持着遗书，投奔文伯伯处。奈各处缉捕甚严，只得撇了骆家兄弟，独自逃到海外。飘流数载，苦不堪言，甚至僮仆之役，亦曾做过。前岁投军到此，虽比僮仆略好，仍是度日如年。但侄儿在此，伯伯何以得知？"唐敖道："贤侄今已二旬以外，不知可曾娶有妻室？"徐承志一闻此言，不觉滴下泪来。

未知如何，下回分解。

唐敖亲切地问话，而徐承志却默默流泪，没有回答。文笔留白，引发人们对于故事情节如何发展的思考。

赏析 ▶▶

　　话说唐敖等人来到白民国，遇到一位老先生，竟然把好端端的书读得稀里糊涂，这才闹出了不少笑话。随后众人又在淑士国见到一些忸怩作态的人，更是让人哭笑不得。在这一回，作者的笔墨更显风趣幽默，读"白字"的老先生，太过啰唆的淑士人，人物刻画鲜活生动。语言描写富有生趣，场面描写让人印象深刻。唐敖一路走来，每每搭救落难之人，更是让人感动不已。

第九回　出淑士闲游两面国 遇强梁恰逢侠义女

·导读·

唐敖一行人继续游历，出了淑士国，来到两面国，谁知又被吓得够呛。

众人有惊无险、绝处逢生，被丽蓉搭救。在穿胸国见到狼心狗肺之人，在厌火国遇到人鱼报恩，情节生动，妙趣横生。

话说徐承志因唐敖问他婚姻之事，不觉垂泪道："伯伯若问妻室，侄儿今生只好鳏居一世了。"唐敖道："此话怎讲？"徐承志走到门外望了一望，仍旧归位道："此处这个驸马，性最多疑。自从侄儿进府，见我膂力过人，虽极喜爱，恐是外国奸细，时刻堤防，甚至住房夜间亦有兵役把守，亏得众同事暗暗通知，处处谨慎，始保无虞。后来驸马意欲作他膀臂，收为心腹，故将宫娥司徒妩儿许配为婚，以安侄儿之心。众同事都道：驸马如此优待，一切更要留神，将来设或婚配，宫娥面前，凡有言谈，亦须仔细。诚恐人心难测，一经疏忽，性命不保。谁知今春夜间，妩儿忽来外厢，再三劝我及早远走，此非久恋之乡，莫要耽搁自己之事，说罢去了。侄儿足足筹画一夜；次日告知众同事，众人都说：'明系驸马教他探你口气，若不禀明，必有大祸。'侄儿因将此话禀知。后来闻得妩儿被责，因内外相隔，不知真假。不意数日前此女又来劝我急急改图。侄儿忖度一夜，次日又同众人商议，仍须禀知为是。不料禀过后，驸马竟将妩儿着实毒打，发媒变卖。这才晓得此女竟是一片血心待我。兼且春天为我被责；今不记前仇，不避祸患，又来苦口相劝。所谓'生我者父母，知我者妩儿'。如此贤德，侄儿既不知感，反去恩将仇报，仍有何颜活在人世！侄儿在此投军，原因一时穷乏，走头无路，暂图糊口。那知误入罗网。近来屡要逃归，面投血书，设计勤王，以承父志。无如此处关口盘查甚严，向例在官人役，毋许私自出关，如有不遵，枭首示众。侄儿在府将及三年，关上人役，无不熟识，因此更难私逃。连年如入笼中，行动不能自主。前者贤德妻子虽盗令旗一枝，彼时适值昏愦，亦呈驸马，后悔无及。此时妻子不知卖在何处！"不觉哽咽起来。唐敖道："此事侄媳虽是一片血心，奈贤侄处此境界，不能不疑，无怪有此一番举动。幸喜侄媳无恙。"因将妩儿各话说知。徐承志这才止泪，拜谢救拔妻子之恩。

语言描写，从言语之间便可见唐敖的善解人意与宽厚心地，他的话让徐承志得到不少安慰。

唐敖道："关上如此严紧，贤侄不能出去，这却怎好？"徐承志道："侄儿连年费尽心机，实无良策。此时难得伯伯到此，务望垂救！倘出此关，不啻恩同再造。将来如有出头之日，莫非伯伯所赐了。"多九公道："老夫每见灵柩出关，从不搜检，此处虽严，谅无开棺之理。为今之计，何不假充灵柩，混出关去，岂不是好？"徐承志道："此计虽善，倘关役生疑禀知，定要开棺，那时从何措手？此事非同儿戏，仍须另想善策。况驸马稽查最严，稍有不妥，必致败露。"唐敖道："关上见了令旗，既肯放出，莫若贤侄仍将令旗盗出，倒觉省事。"徐承志道："伯伯！谈何容易！他这令旗素藏内室，非紧急大事，不肯轻发。前者侄媳不知怎样费力才能盗出。此时既无内应，侄儿又难入内，令旗从何到手？"林之洋道："据俺主意：到了夜晚，妹夫把公子驼到背上，将身一纵，跳出关外，人不知，鬼不觉，又简便，又爽快，这才好哩。"多九公道："唐兄只能撺高，岂能负重？若背上驼人，只怕连他自己也难上高了。"林之洋道："前在麟凤山，俺闻妹夫说身上负重也能撺高，难道九公忘了么？"唐敖道："负重固然无

令旗，中国古代军队普遍使用的、作为传达命令时的标志，称为令旗。

碍，惟恐城墙过高，也难上去。"多九公道："只要肩能驮人，其余都好商量。若虑墙高，好在内外墙根都是大树，如果过高，唐兄先撺树上，随后再撺墙上，分两次撺去，岂不大妙？"唐敖道："此事必须夜晚方能举行。莫若贤侄领我们到彼，先将道路看在眼内，以便晚上易于下手。"徐承志道："不知伯伯何以学得此技？"唐敖把蹑空草之话告知。当时算还茶钱，出了茶馆。徐承志由僻径把三人暗暗领到城角下。唐敖看那城墙不过四五丈高，四顾寂然，夜间正好行事。林之洋道："如今这里无人，墙又不高，妹夫就同公子操练操练，省得晚上费手。"唐敖道："舅兄之言甚善。"于是驮了徐承志，将身一纵，并不费力，轻轻撺在城上。四处一望，惟见梅树丛杂，城外并无一人。因说道："贤侄寓处可有紧要之物？如无要物，我们就此出城，岂不更觉省事？"徐承志道："小侄自从前岁被人撬开房门，惟恐血书遗失，因此紧藏在身，时刻不离，此时房中别无要物，就求伯伯速速走罢。"唐敖随向多、林二人招手，二人会意，即向城外走来。唐敖将身一纵，撺下城去。徐承志随即跳下。走了多时，恰好多、林二人也都赶到，一齐登舟扬帆。徐承志再三叩谢。唐敖进内把徐承志前后各话说了，妖儿才知丈夫却是如此用意，于是转悲为喜。唐敖即将卖契烧毁。来到外舱，与徐承志商量回乡之事。多九公道："此时公子只好暂往前进，俟有熟船，再回故乡，彼此才能放心。"徐承志点头。

参天大树

语言描写，本来只是操练，结果将计就计出城了。由此可知唐敖头脑灵活，行事务实。作者文思自然流畅，顺势而为。

由于唐敖的讲述，让一场误会就此化解。可见唐敖的睿智与善解人意。

走了几日，到了两面国。唐敖要去走走。徐承志恐驸马差人追赶，设或遇见，又费唇舌，因此不去。多九公道："此国离海甚远，向来路过，老夫从未至彼，唐兄今既高兴，倒要奉陪一走。但老夫自从东口山赶那肉芝，跌了一交，被石块垫了脚胫，虽已全愈，无如上了年纪，气血衰败，每每劳碌，就觉疼痛，近来只顾奉陪畅游，连日竟觉步履不便。此刻上去，倘道路过远，竟不能奉陪哩。"

待煎的中药

药，即中药，中国传统中医特有药物。中药按加工工艺分为中成药、中药材

一路说笑，众人便有了决定，可见大家的志同道合，也可以说是患难之交，感情非常深厚。

唐敖道："我们且去走走。九公如走得动，同去固妙；倘走不动，半路回来，未为不可。"于是约了林之洋，别了徐承志，一齐登岸。走了数里，远远望去，并无一些影响。多九公道："再走一二十里，原可支持，惟恐回来费力，又要疼痛，老夫只好失陪了。"林之洋道："俺闻九公带有跌打妙药，逢人施送，此时自己有病，为甚倒不多服？"多九公道："这怪彼时少吃两服药，留下病根，今已日久，服药恐亦无用。"林之洋道："俺今日匆匆上来，未曾换衣，身穿这件布衫，又旧又破。刚才三人同行，还不理会。如今九公回去，俺同妹夫一路行走，他是儒巾绸衫，俺是旧帽破衣，倒像一穷一富。若教势利人看见，还肯睬俺么？"多九公笑道："他不睬你，你就对他说：'俺也有件绸衫，今日匆忙，未曾穿来。'他必另眼相看了。"林之洋道："他果另眼相看，俺更要摆架子说大话了。"多九公道："你说甚么？"林之洋道："俺说：'俺不独有件绸衣，俺家中还开过当铺，还有亲戚做过大官。'这样一说，只怕他们还有酒饭款待哩。"说着，同唐敖去了。

多九公回船，腿脚甚痛，只得服药歇息，不知不觉，睡了一觉。及至睡醒，疼痛已止，足疾竟自平复，心中着实畅快。正在前舱同徐承志闲谈，只见唐、林二人回来，因问道："这两面国是何风景？——为何唐兄忽穿林兄衣帽，林兄又穿唐兄衣帽？这是何意？"唐敖道："我们别了九公，又走十余里，才有人烟。原要看看两面是何形状，谁知他们个个头戴浩然巾①，都把脑后遮住，只露一张正面，却把那面藏了，因此并未看见两面。小弟上去问问风俗，彼此一经交谈，他们那种和颜悦色、满面谦恭光景，令人不觉可爱可亲，与别处迥不相同。"林之洋道："他同

---

① 浩然巾：风帽形式的一种头巾。唐孟浩然戴这种头巾，大家模仿他，所以叫作"浩然巾"。

妹夫说笑，俺也随口问他两句。他掉转头来，把俺上下一望，陡然变了样子：脸上冷冷的，笑容也收了，谦恭也免了。停了半晌，他才答俺半句。"多九公道："说话只有一句、两句，怎么叫作半句？"林之洋道："他的说话虽是一句，因他无情无绪，半吞半吐，及至到俺耳中，却只半句。俺因他们个个把俺冷淡，后来走开，俺同妹夫商量，俺们彼此换了衣服，看他可还冷淡。登时俺就穿起绸衫，妹夫穿了布衫，又去找他闲话。那知他们忽又同俺谦恭，却把妹夫冷淡起来。"多九公叹道："原来所谓两面，却是如此！"

唐敖道："岂但如此！后来舅兄又同一人说话，小弟暗暗走到此人身后，悄悄把他浩然巾揭起。不意里面藏着一张恶脸，鼠眼鹰鼻，满面横肉。他见了小弟，把扫帚眉一皱，血盆口一张，伸出一条长舌，喷出一股毒气，霎时阴风惨惨，黑雾漫漫。小弟一见，不觉大叫一声：'吓杀我了！'再向对面一望，谁知舅兄却跪在地下。"多九公道："唐兄吓的喊叫也罢了，林兄忽然跪下，这却为何？"林之洋道："俺同这人正在说笑，妹夫猛然揭起浩然巾，识破他的行藏，登时他就露出本相，把好好一张脸变成青面獠牙，伸出一条长舌，犹如一把钢刀，忽隐忽现。俺怕他暗处杀人，心中一吓，不因不由腿就软了，望着他磕了几个头，这才逃回。九公！你道这事可怪？"多九公道："诸如此类，也是世间难免之事，何足为怪！老夫痴长几岁，却经历不少。揆其所以，大约二位语不择人，失于检点，以致如此。幸而知觉尚早，未遭其害。此后择人而语，诸凡留神，可免此患了。"

当时唐、林二人换了衣服，四人闲谈。因落雨不能开船。到晚，雨虽住了，风仍不止。正要安歇，忽听邻船有妇女哭声，十分惨切。

话说唐敖听邻船妇女哭的甚觉惨切，即命水手打听，原来也是家乡货船，因在大洋遭风，船只打坏，所以啼哭。唐敖道："既是本国船只，同我们却是乡亲，所谓'兔死狐悲'。今既被难，好在我们带有匠人，明日不妨略为耽搁，替他修理，也是一件好事。"林之洋道："妹夫这话，甚合俺意。"随命水手过去，告知此意。那边甚是感激，止了哭声。因已晚了，命水手前来道谢。大家安歇。

天将发晓，忽听外面喊声不绝。唐敖同多、林二人忙到船头，只见岸上站着无数强盗，密密层层，约有百人，都执器械，头戴浩然巾，面上涂着黑烟，个个腰粗膀阔，口口声声，只叫："快拿买路钱来！"三人因见人众，吓的魄散魂飞！林之洋只得跪在船头道："告禀大王：俺是小本经纪，船上并无多货，那有银钱孝敬。只求大王饶命！"那为首强盗大怒道："同你好说也不中用！且把你性命结果了再讲！"手举利刃，朝船上奔来。忽见邻船飞出一弹，把他打的仰面跌翻。只听得刷、刷、刷……弓弦响处，那弹子如雨点一般打将出去，真是"弹无虚发"：每发一弹，岸上即倒一人。唐敖看那邻船有个美女，头上束着蓝绸包头，身穿葱绿箭衣，下穿一条紫裤，立在船头，左手举着弹弓，右手拿着弹子，对准强人，只检身长体壮的一个一个打将出去，一连打倒十余条大汉。剩下许多软弱残卒，发一声喊，一齐动手，把那跌倒的，三个抬着一个，两个拖着一个，四散奔逃。

唐敖同多、林二人走过邻船，拜谢女子拯救之恩，并问姓氏。女子还礼道："婢子姓章，祖籍天朝。请问三位长者上姓？贵乡何处？"唐敖道："他二人一姓多，一姓林。老夫姓唐名敖，也都是天朝人。"女子道："如此说，莫非岭南唐伯伯么？"唐敖道："老夫向住岭南。小姐为何这样相称？"女子道："当日侄女父亲曾在长安同伯伯并骆、魏诸位伯伯结拜，难道伯伯就忘了？"唐敖道："彼时结拜虽有数人，并无章姓，只怕小姐认差了。"女子道："侄女原是徐姓，名唤丽蓉。父名敬功。因敬业叔叔被难，我父无处存身，即带家眷，改徐为章，逃至外洋，贩货为生。三年前父母相继去世。侄女带着乳母，原想同回故乡，因不知本国近来光景，不敢冒昧回去，仍旧贩货度日。不意前日在洋遭风，船只伤损。昨蒙伯伯命人道及盛意，正在感激；适逢贼人行劫，侄女因感昨日之情，拔刀相助，不想得遇伯伯。"只见徐承志也跳过船来。——原来徐承志听见外面喧嚷，久已起来，正想动手，因见邻船有个女子，连发数弹，打倒多人，看其光景，似可得胜，不便出来分功。俟贼人退去，这才露面，走到邻船。——唐敖将他兄妹之事，备细告知，二人抱头恸哭。

忽见岸上尘土飞空，远远有枝人马奔来。多九公道："不好了！此必贼寇约会多人前来报仇，这便怎好？"徐承志道："我的兵器前在淑士国匆匆未曾带来，船上可有器械？"徐丽蓉道："船上向有父亲所用长枪，不知可合哥哥之用？众水手都拿他不动，现在前舱，请哥哥自去一看。"徐承志急忙进舱，把枪取出，恰恰合手，着实欢喜。只见岸上人马已近，个个身穿青衫，头戴儒巾，知是驸马差来兵马，连忙提枪上岸。为首一员大将，手执令旗出马道："吾乃淑士国领兵上将司空魁。今奉驸马将令，特请徐将军回国，立时重用；如有不遵，即取首级回话。"徐承志道："我在淑士三年之久，并未见用，何以才出国门，就要重用？虽承驸马美意，但我原是暂时避难，并非有志功名，即使国王让位，我亦不愿。请将军回去，就将此话上覆驸马。此时承志匆匆回乡，他日如来海外，再到驸马跟前谢罪。"司空魁大声说道："徐承志既不遵令，大小三军速速擒拿！"令旗朝前一摆，众军发喊齐上。徐承志舞动长枪，略施英勇，把众兵杀的四散奔逃。司空魁腿上早着了一枪，几乎坠马，众军簇拥而去。

徐承志等他去远，刚要回船，前面尘头滚滚，喊声渐

古代儒士

近，又来许多草寇。个个头戴浩然巾，手执器械，蜂拥而至。为首大盗，头上双插雉尾，手举一张雕弓，大声喊道："何处来的幼女，擅敢伤我偻！"手举弹弓，对准徐承志道："你这汉子同那女子想是一路，且吃我一弹！"只听弓弦一响，弹子如飞而至。徐承志忙用枪格落尘埃，挺身上前。大盗掣出利刃，斗在一处。众偻枪刀并举，喊声不绝。那大盗刀法甚精，徐承志只能杀个平手。正想设法取胜，忽见他弃刀跌翻，倒把徐承志吃了一吓。——原来徐丽蓉恐有疏虞，放了一弹，正中大盗面上。随又连放数弹，打倒多人。众偻将主将抢回，纷纷四窜。

徐承志这才回船。丽蓉也到唐敖船上，与司徒妩儿姑嫂见面，并与吕氏及婉如见礼。林之洋命人过去修理船只。徐承志归心似箭，即同妹子商议，带着妩儿同回故乡。唐敖意欲承志就在船上婚配，一路起坐也便。承志因感妻子贤德，不肯草草，定要日后勤王得了功名，方肯合卺。唐敖见他立意甚坚，不好勉强。过了两日，船只修好。林之洋感念徐承志兄妹相救之德，因他夫妇俱是匆促逃出，并未带有行囊，嘱付吕氏做了衣帽被褥，并备路费送去。承志因船上货财甚多，只将衣帽被褥收下，路费璧回。当时换了衣帽，同妩儿、丽蓉别了众人，改为余姓，投奔文隐去了。多九公收拾开船。

走了几日，过了穿胸国。林之洋道："俺闻人心生在正中。今穿胸国胸都穿通，他心生在甚么地方？"多九公道："老夫闻他们胸前当日原是好好的；后来因他们行为不正，每每遇事把眉头一皱，心就歪在一边，或偏在一边。今日也歪，明日也偏，渐渐心离本位，胸无主宰。因此前心生一大疗，名叫'歪心疗'；后心生一大疽，名叫'偏心疽'；日渐溃烂。久而久之，前后相通，医药无效。亏

船行在海上

得有一祝由科①用符咒将'中山狼''波斯狗'的心肺取来补那患处。过了几时，病虽医好，谁知这狼的心，狗的肺，也是歪在一边、偏在一边的，任他医治，胸前竟难复旧，所以至今仍是一个大洞。"林之洋道："原来狼心狗肺都是又歪又偏的！"

行了几日，到了厌火国。唐敖约多、林二人登岸。走不多时，见了一群人，生得面如黑墨，形似狝猴，都向唐敖唧唧呱呱，不知说些甚么。唐敖望着，惟有发痉。——一面说话，又都伸出手来。看其光景，倒像索讨物件一般。多九公道："我们乃过路人，不过上来瞻仰贵邦风景，那有许多银钱带在船上。况贵邦被旱失收，将来国王自有赈济，我们何能周济许多！"那些人听了，仍是七言八语，不肯散去。多九公又道："我们本钱甚小，货物无多，安能以货济人。"林之洋在旁发躁道："九公！俺们千山万水出来，原图赚钱的，并不是出来舍钱的。任他怎样，要想分文，俺是不能！"众人见不中用，也就走散。还有数人伸手站着。林之洋道："九公！俺们走罢，那有工夫同这穷鬼瞎缠！"话才说完，只听众人发一声喊，个个口内喷出烈火，霎时烟雾迷漫，一派火光，直向对面扑来。林之洋胡须早已烧的一干二净。三人吓的忙向船上奔逃。幸亏这些人行路迟缓；刚到船上，众人也都赶到，一齐迎着船头，口中火光乱冒，烈焰飞腾，众水手被火烧的焦头烂额。

正在惊慌，猛见海中撺出许多妇人，都是赤身露体，浮在水面，露着半身，个个口内喷水，就如瀑布一般，滔滔不断，一派寒光，直向众人喷去。真是水能克火，霎时

狼心狗肺，形容心肠像狼和狗一样凶恶狠毒。出自明代冯梦龙的《醒世恒言》卷三十："那知这贼子恁般狼心狗肺，负义忘恩。"

焦头烂额，烧焦了头，灼伤了额，比喻非常狼狈窘迫。有时形容忙得不知如何是好。出自《汉书·霍光传》："曲突徙薪亡恩泽，焦头烂额为上客耶？"

局面在瞬间转变，唐敖等人得贵人相救，绝处逢生。故事情节继续推进。

---

① 祝由科：原是古时医学中十三科之一，后来成为专用符咒治病的一种迷信方法的名称。从前湖南辰州地方最流行，所以也叫作"辰州符"。

犬，被称为"人类最忠实的朋友"，其寿命约十多年

火光渐熄。林之洋趁便放了两枪，众人这才退去。再看那喷水妇人，原来就是当日在元股国放的人鱼。那群人鱼见火已熄了，也就入水而散。林之洋忙命水手收拾开船。多九公道："春间只说唐兄放生积德，那知隔了数月，倒赖此鱼救了一船性命。古人云：'与人方便，自己方便。'这话果真不错。"唐敖道："可恨水手还用鸟枪打伤一个。"林之洋道："这鱼当日跟在船后走了几日，后来俺们走远，他已不见，怎么今日忽又跑来？俺见世人每每受人恩惠，到了事后，就把恩情撇在脑后；谁知这鱼倒不忘恩。这等看来：世上那些忘恩的，连鱼鳖也不如了！请问九公：难道这鱼他就晓得俺们今日被难，赶来相救么？"多九公道："此鱼如果未卜先知，前在元股国也不被人网着了。总而言之：凡鳞、介、鸟、兽为四灵所属，种类虽别，灵性则一。如马有垂缰之义①，犬有湿草之仁②，若谓无知无识，何能如此？即如黄雀形体不满三寸，尚知衔环之报，何况偌大人鱼。"林之洋道："厌火离元股甚远，难道这鱼还是春天放的那鱼么？"多九公道："新旧固不可知。老夫曾见一人，最好食犬，后来其命竟丧众犬之口。以此而论：此人因好食犬，所以为犬所伤；当日我们放鱼，今日自然为鱼所救。此鱼总是一类，何必考其新旧。以衔环、食犬二事看来，可见爱生恶死，不独是人之恒情，亦是物之恒情。人放他生，他既知感；人伤他生，岂不知恨？所以世人每因口腹无故杀生，不独违了上天好生之德，亦犯物之

---

① 马有垂缰之义：前秦符坚和慕容冲打仗，符坚败了，逃走时滚落到山涧里，爬不上来。他骑的那匹马，就跪在洞边，让所系的缰绳垂下去，他抓住了缰绳爬上来，才脱了难。出《异苑》。

② 犬有湿草之仁：三国时吴李信纯，养一狗，名黑龙；某天，李大醉，睡在郊外草地上；猎人放火烧草，黑龙跳到水沟里把全身弄湿，然后把身上的水打湿李周围身边的草，因而李得未被烧死。出《搜神记》。

所忌。"

唐敖道："他们满口唧唧呱呱，小弟一字也不懂，好不令人气闷！"多九公道："他这口音，还不过于离奇；将来到了歧舌，那才难懂哩。"唐敖道："小弟正因音韵学问，盼望歧舌，为何总不见到？"多九公道："前面过了结胸、长臂、翼民、豕喙、伯虑、巫咸等国，就是歧舌疆界了。"

林之洋道："今日把俺一嘴胡须烧去，此时嘴边还痛，这便怎处？"多九公道："可惜老夫有个妙方，连年在外，竟未配得。"唐敖道："是何药品？何不告诉我们，也好传人济世。"多九公道："此物到处皆有，名叫'秋葵'，其叶宛如鸡爪，又名'鸡爪葵'。此花盛开时，用麻油半瓶，每日将鲜花用箸夹入，俟花装满，封口收贮，遇有汤火烧伤，搽上立时败毒止痛。伤重者连搽数次，无不神效。凡遇此患，如急切无药，或用麻油调大黄末搽上也好。此时既无葵油，只好以此调治了。"唐敖道："天下奇方原多，总是日久失传。或因方内并无贵重之药，人皆忽略，埋没的也就不少。那知并不值钱之药，倒会治病。即如小弟幼时，忽从面上生一肉核，非疮非疣，不痛不痒，起初小如绿豆，渐渐大如黄豆，虽不疼痛，究竟可厌。后来遇人传一妙方，用乌梅肉去核烧存性，碾末，清水调敷，搽了数日，果然全消。又有一种肉核，俗名'猴子'，生在面上，虽不痛痒，亦甚可嫌。若用铜钱套住，以祁艾灸三次，落后永不复发。可见用药不在价之贵贱，若以价值而定好丑，真是误尽苍生！"多九公道："林兄已四旬以外，今日忽把胡须烧去，露出这副白脸，只得二旬光景，无怪海船朋友把他叫作'雪见羞'。"唐敖道："舅兄绰号虽叫'雪见羞'，但面上无雪；谁知厌火国人，口中却会放火！"多九公道："这怪老夫记性不好，只顾游玩，就把'生火出其口'这话忘了。林兄现在嘴痛，莫把大黄又要忘了。"随即取出递给。林之洋用麻油敷在面上，过了两天，果然

秋葵，亦称黄秋葵、咖啡黄葵，俗名羊角豆、潺茄。南方地区多有种植，因其长相酷似辣椒，又称"洋辣椒"

痊愈。

这日大家正在柁楼眺望，只觉燥热异常，顷刻就如三伏一般，人人出汗，个个喘息不止。唐敖道："此时业已交秋，为何忽然燥热？"多九公道："此处近于寿麻疆界，所以觉热。古人云：'寿麻之国，正立无影，疾呼无响，爰有大暑，不可以往。'亏得另有岔路可以越过，再走半日，就不热了。"唐敖道："如此煖地，他们国人如何居住？"多九公道："据海外传说：彼处白昼最热，每到日出，人伏水中；日暮热退，才敢出水。又有人说：其人自幼如此，倒不觉热，最怕离了本国，就是夏天也要冻死。唐敖道："小弟闻得仙人与虚合体，日中无影；又老人之子，先天不足，亦或日中无影。寿麻之人无影，不知何故？"多九公道："大约他们受形之始，所禀阳气不足，以致代代如此。即如这样煖地，他能居住，其阳气不足，可想而知，自然立日无影了。"

忽听船上人声喧哗，原来有个水手受了暑热，忽然晕倒。众人发慌，特来讨药。多九公忙从箱中取了一撮药末道："你将此药拿去，再取大蒜数瓣，也照此药轻重，不多不少，一齐捣烂，用井水一碗和匀，澄清去渣，灌入腹中，自然见效。"众人接了。恰好水舱带有井水，登时配好，灌了下去。不多时，苏醒过来，平复如旧。林之洋道："九公：这是甚药，恁般灵验？"多九公道："你道是何妙药？"

未知如何，下回分解。

赏析 ▶

这一回，作者讲述了唐敖等人路过两面国、穿胸国、厌火国时的经历，故事情节曲折离奇，引人入胜。作者文笔自然流畅，朴素中带有讽刺意味。

寿麻，我国古籍中所记的极远的西方古国。《山海经·大荒西经》记载有寿麻之国。

多九公一路救人，药到病除。妙药不一定远求，关键在于对症、及时。

第十回 观奇形路过翼民郡
　　　　谈异相道经豕喙乡

· 导读 ·

唐敖等人过火焰山，走长臂国，又到翼民国、豕喙国、伯虑国，风物各有不同。戴高帽、长猪嘴，描写皆有出处，幽默之中带有讽刺意味。

话说多九公道："林兄，你道是何妙药？——原来却是'街心土'。凡夏月受暑昏迷，用大蒜数瓣，同街心土各等分捣烂，用井水一碗和匀，澄清去渣，服之立时即苏。此方老夫曾救多人。虽一文不值，却是济世仙丹。"

这日过了结胸国。林之洋道："他们国人为甚胸前高起一块？"多九公道："只因他们生性过懒，且又好吃，所谓'好吃懒做'。每日吃了就睡，睡了又吃，饮食不能消化，渐渐变成积痞，所以胸前高起一块。久而久之，竟成痼疾，以致代代如此。"林之洋道："这病九公可能治么？"多九公道："他如请我医治，也不须服药，只消把他懒筋抽了，再把馋虫去了，包他是个好人。"

唐敖道："此时忽又燥热异常，是何缘故？"多九公道："我们只顾闲谈，那知今日风帆甚顺，此处已近炎火山。古人所谓：'炎火之山，投物辄燃。'就是指此而言。"林之洋道："《西游记》有个火焰山，这里又有炎火山，原来海外竟有两座火山。"多九公笑道："林兄此言未免把天下看的过小了。若论火山，只就老夫所见而言：海外耆薄国之东有火山国，山中虽落大雨，其火仍旧；火中常有白鼠走至山边觅食，猎人捕获，以毛做布，就是如今'火瀚布'。又自燃洲有树生于火山，其皮亦可织为'火浣布'。"

看似一文不值、触手可及的东西，其作用往往也容易被人们忽视。多九公明白返璞归真的道理。

火焰山，位于吐鲁番盆地北缘，古丝绸之路北道，主要由中生代的侏罗纪、白垩纪和第三纪的赤红色砂、砾岩和泥岩组成

麝香，药名。出自《神农本草经》。为鹿科动物林麝、马麝，或原麝雄体香囊中的干燥分泌物。辛，温。入心、脾、肝经。开窍,活血,散结,止痛

西域且弥山，昼望山孔如烟，夜望如灯。崦嵫之北，其山有石，若以两石相打，登时只觉水润，润后旋即出火。又炎洲有火林山，火洲有火焰山；海中有沃焦山，遇水即燃。这都是老夫向日到过的。其余各书所载火山不能枚举，从前曾否走过，事隔多年，也记不清了。"唐敖道："据小弟看来：天下既有五湖四海许多水，自然该有沃焦、炎洲许多火，也是天地生物，不偏不倚，水火既济之意。但小弟被这暑热熏蒸，头上只觉昏晕，求九公把街心土见赐一服。"多九公道："唐兄不过偶尔受些暑气，只消嗅些'平安散'就好了。"即取出一个小瓶。唐敖接过，揭开瓶盖，将药末倒在手中，嗅了许多，打了几个喷嚏，登时神清气爽，道："如此妙药，九公何不将药方赐我？日后传人，也是一件好事。"多九公道："此方用西牛黄肆分，冰片陆分，麝香陆分，蟾酥壹钱，火硝叁钱，滑石肆钱，煅石膏贰两，大赤金箔肆拾张，共碾细末，越细越好，磁瓶收贮，不可透气。专治夏月受暑，头目昏晕，或不省人事，或患痧腹痛，吹入鼻中，立时起死回生。如骡马受热晕倒，也将此药吹入即苏，故又名'人马平安散'。古方用朱砂配合，老夫恐他污衣，改用白色。"把方写了。唐敖接过，再三致谢。

炎火山过去，路过长臂国。有几个人在海边取鱼。唐敖道："他这两臂伸出来竟有两丈，比他身子还长，倒也异样。"多九公叹道："凡事总不可强求。即如这注钱财，应有我分，自然该去伸手；若非应得之物，混去伸手，久而久之，徒然把臂弄的多长，倒像废人一般，于事何济！"

又走几日，到了翼民国。将船泊岸。三人上去，走了数里，并未看见一人。林之洋惟恐过远，意欲回船；唐敖因闻此国人头长，有翼能飞不能远，并非胎生，乃是卵生，决意要去看看。林之洋拗不过，只得跟着前进。又走数里，才有人烟。只见其人身长五尺，头长也是五尺；一

张鸟嘴，两个红眼，一头白发，背生双翼；浑身碧绿，倒像披着树叶一般。也有走的，也有飞的。——那飞的不过离地二丈。——来来往往，倒也好看。林之洋道："他们个个身长五尺，头长也是五尺。他这头为甚生得恁长？"多九公道："老夫闻说此处最喜奉承，北边俗语叫作'爱戴高帽子'；今日也戴，明日也戴，满头尽是高帽子，所以渐渐把头弄长了：这是戴高帽子戴出来的。"

唐敖道："怪不得古人说是卵生，果然像个四足鸟儿。"林之洋道："若是卵生，这些女人自然都会生蛋了。俺们为甚不买些人蛋？日后到了家乡，卖与戏班，岂不发财么？"多九公道："班中要他何用？"林之洋道："俺看这些女人，也有年纪老的，也有年纪小的。若会生蛋：那年纪老的，生的自然是老蛋；年纪小的，生的自然是小蛋。俺们有了老蛋、小蛋，到了家乡，那些戏班为甚不要？只怕小蛋还更值钱哩！"多九公道："林兄把'旦'字认作白字了。他们小旦并非鸡蛋之'蛋'，还有拿的好身段，推的好衫子，并且还有绝妙的小嫩嗓子。"林之洋道："九公说他并无蛋黄，据俺看来：只怕还有元丝课哩。再要搜寻，大约金镯子也是有的。就是那扛旗儿二等小旦，万不济，也有几块洋钱，也有一个包金镯子。就只令俺不懂的，刚才说的明明是个'旦'字，为甚是'白'字？若是'白'字，下面多了一横，上面少了一撇，这是怎讲？"

唐敖道："舅兄何必只管谈论小旦。你看这些飞的，飘飘扬扬，比走甚快。我们到此，离船已远。才见几位老翁，竟有雇人驮着飞的。据小弟愚见：我们回船，何不也雇人驮去，岂不爽快？"林之洋正因走的腿酸，听见此话，即雇三个驮夫，一齐伏在肩上，登时展翅飞起，转眼间到了船上，驮夫收翅落下。三人下来，开发脚钱，起锚扬帆。

这日到豕喙国，游了片时回船。唐敖道："此国人为何

"旦"本意指旭日东升，在此指戏曲表演行当中的女角色

语言描写，幽默诙谐，带有讽刺意味。作者借此讽刺那些喜欢阿谀奉承的人，也提醒那些被奉承而昏了头的人要有自知之明。

作者想象丰富，故事情节充满奇幻，又不失生活意趣。

生一张猪嘴？而且语音不同，倒像五方杂处一般，是何缘故？"多九公道："当日我曾打听，不得其详。后在海外遇一奇人，细细谈起，方才明白。原来本地向无此国。只因三代以后，人心不古，撒谎的人过多，所以给他一张猪嘴，罚他一世以糟糠为食。世上无论何处谎精，死后俱托生于此，因此各人语音不同。其嘴似猪，故邻国都以'豕喙'呼之。"

走了两日，路过伯虑国。唐敖又要上去游玩。多九公因配药不能同去，林之洋同唐敖去了。二人去后，多九公配了许多痢疟及金疮各药，以备沿途济人之用。方才配完，唐、林二人也就回来。

唐敖道："怪不得九公不肯上去，原来此地另是一种风气。刚才小弟见他们那种磕睡光景，好无兴趣，并且行路时也是闭目缓步。如此疲倦，何不在家睡睡？必定勉强出来，这是何意？"多九公道："海外有两句口号，说这伯虑国的风俗，难道林兄也不知么？"林之洋道："海外都说：'杞人忧天，伯虑愁眠。'九公所说口号，莫非就是这两句？怎叫'忧天、愁眠'，俺却不懂。"多九公道："当日杞人怕天落下把他压死，所以日夜忧天，此人所共知的。这伯虑国虽不忧天，一生最怕睡觉：他恐睡去不醒，送了性命，因此日夜愁眠。此地向无衾枕，虽有床帐，系为歇息而设，从无睡觉之说；终年昏昏迷迷，勉强支持。往往有人熬到数年，精神疲惫，支撑不住，一觉睡去，百般呼唤，竟不能醒。其家聚哭，以为命不可保；及至睡醒，业已数月。亲友闻他醒时，都来庆贺，以为死里逃生，举家莫不欢喜。此地惟恐睡觉，偏偏作怪，每每有人睡去竟会一睡不醒，因睡而死的不计其数，因此更把睡觉一事视为畏途。"唐敖道："此处既有睡去不醒之人，无怪更要愁眠。但睡去不醒，未免过奇，不知何故？"多九公道："他们如果也像常人夜眠昼起，照常过日子，何至睡去不醒。因他终年不眠，熬的头晕眼花，四肢无力；兼之日夜焦愁，胸中郁闷，一经睡去，精神涣散，就如灯尽油干，要想气聚神全，如何能够！自然魄散魂销，命归泉路了。"唐敖道："此地寿相如何？"多九公道："他们自从略知人事，就是满腹忧愁，从无一日开心，也不知喜笑欢乐为何物。你只看他终日愁眉苦脸，年未弱冠①，须发已白，不过混一天是一天，那里还讲寿数。"唐敖道："可见过于忧愁，也非养生之道。今听九公之言，小弟从此把心事全都撤去，乐得宽心多活几年。"

又走几时，到了巫咸国。把船收口。林之洋发了许多绸缎去卖。唐敖因肚腹不调，不能上去；多九公向来游玩，原是奉陪的，今见唐敖不去，乐得船上养静。唐敖闷坐无聊，来到后面柁楼，四面望一望道："请教九公：那边青枝绿叶，大小不等，是何树木？"多九公道："大树是桑，居民以此为柴；小树名叫木棉。此地不产丝货，向无绸缎，历来都取棉絮织而为衣，所以林兄特带绸缎来此货卖。"唐敖道："小弟向日因古人传说：'巫咸之人，采桑往来。'以为必是产丝之地，那知却是有桑无蚕。可惜如此好桑，竟为无用之物。舅兄此去，货物可能得利？"多九公道："当初有人来此贩货，如财运亨通，竟可大获其利：因木棉失收，国人无以为衣，丝货一到，就如得了至宝一般，莫不争着购买。近来此树茂盛，来此贩货的不能十分得利。但木棉究竟制造费力，兼之此地不善织纺，如有丝贩到此，那富贵之家，或多或少，也都出价置买。就只利息不能预定，只要客贩稀少，也就获利了。"唐敖道："偏偏小弟今日患痢，不能前去一看。"多九公道："贵恙既是

木棉是一种在热带及亚热带地区生长的落叶大乔木，外观多变，四季展现不同景象。花橘红色，3～4月开花，先开花后长叶，树形具阳刚之美

---

① 弱冠：指男子到了二十岁左右的年龄。古时男子二十岁举行"冠礼"，戴上成人戴的帽子，表示是少年而不再是儿童了。由于究竟还不是成人，所以称作"弱冠"。

丝绵，蚕丝制成的绵絮、被用材料。古人以丝绵衣物御寒，或者做成蚕丝被。丝绵传统手工制作历史悠久，最早追溯到周朝

多九公讲述药方来历及流传过程。可见多九公是个至诚至孝之人。作者借此表达人要有正念、行正道的思想理念。

痢疾，何不早说？老夫有药在此。"即取一包药末道："药引都在上面，按引调服，不过五六服就可痊愈。"唐敖随即照引服了。当时林之洋也就回来，谈起货物："原来此地数年前外邦来了两个幼女，带了许多蚕子，在此养蚕织纺，连年日渐滋生；本处也有人学会织机，都以丝绵为衣。俺们丝货虽不获利，还不亏本。喜得前在白民国卖了一半，存的不多，再耽搁两日，就好出脱了。"安歇一宿，次日仍去卖货。

唐敖又把药末用了一服，竟自痊愈，着实欢喜。来至后面，再三拜谢道："九公此药，不啻仙丹！是何妙品，如此神效？"多九公道："当日老夫高祖母常患此病，我曾祖百般医治，总不见好；后来亏得割股煎药，才能脱体。过了几年，我高祖母年已六旬，又患此恙。因素日晓得我曾祖为人最孝，恐有割股等事，到了煎药时，总要亲自过目，方肯下咽。后来日重一日，我曾祖无计可施。因敝处有座大山，名叫小方丈，恐有仙人在内，于是赤足披发，一步一拜，来到山上，叩求神仙垂救，情愿减寿代母。如是三日三夜，水米不曾沾唇；到第四日，有个渔翁传了此方。一连进了五服，这才痊愈。又活四十年，到了一百岁，无疾而终。所以此方流传至今。"唐敖道："九公令曾祖既割股于前，又叩寿于后，如此孝心，自然该有神仙传此妙方。既这等神效，九公何不刊刻流传，使天下人皆免此患，共登寿域，岂不是件好事？"多九公道："我家人丁向来指此为生，若刊刻流传，人得此方，谁还来买？老夫原知传方是件好事，但一经通行，家中缺了养赡，岂非自讨苦吃么？"唐敖摇头道："那有此事！世间行善的自有天地神明鉴察。若把药方刊刻，做了偌大善事，反要吃苦，断无此理。若果如此，谁肯行善？当日于公治狱，大兴驷马之门；窦氏济人，高折五枝之桂；救蚁中状元之选；埋蛇享宰相之荣：诸如此类，莫非因作好事而获善报。所谓：'欲广福田，须凭心地。'九公素称达者，何以此等善事倒不修为？即如令曾祖以孝心感格，而得仙方之报；今九公传了此方，又安知不别有富贵之报？况令郎身入黉门，目前虽以舌耕为业，若九公刻了此方，焉知令郎不联捷直上？——那时食了皇家俸禄，又何须几个药资为家口之计呢？"多九公点头道："唐兄赐教极是。日后老夫回去，定将此方刊刻流传，并将祖上所有秘方也都发刻，以为济世之道。就以今日为始，我将各种秘方，先写几张，以便沿途施送，使海外人也得此方，岂不更好！"唐敖道："'人有善念，天必从之。'九公既发这个善心，日后自有好处。"把方写了。唐敖接过，看一看道："小弟每见医家治痢，用大黄数钱之多，仍不中用；何以此方只消数厘，就能立见奇效？可见用药全要佐使配合得宜，自然与众不同。"说着闲话，忽然想起骆红蕖所托的事来。

话说唐敖忽然想起前在东口山闻得薛仲璋逃在此地，今痢疾已愈，意欲前去相访。因将骆红蕖托寄薛蘅香之信带在身边，约了多九公上岸。走了多时，前面一带树林，极其青翠。多九公道："此树就是前日所说木棉了。"

唐敖听了，正在仰观，忽见树上藏着一人。恰好林之洋回来，唐敖暗暗告知，都把器械取出，以作准备。只见远远有个老嬷，同一幼女走过。那大汉见了，从树上跳下，手执利刃，把去路拦住。三人一见，各执器械迎了上去。只听那大汉喊道："你这女子，小小年纪，下此毒手，害得我们好苦！今日冤家狭路相逢，我且除了此害，替众报仇！"手举利刃，迈步上前，迎着女子，刚要用刀砍去，唐敖早已提防，说声不好，将身一纵，撺至跟前，手执宝剑，把刀朝上一架。大汉震的几乎跌翻；那幼女早已吓的跌倒。——原来唐敖自从服了仙草，两膀添了千斤之力。此时只想救那幼女，谁知用力过猛，大汉那把刀早已飞上天去。唐敖道："壮士住手，不可行凶。此女有何冤

作者在字里行间，无不透露出"为善多福"的思想，这也算是此书的一个特别之处。

唐敖十分赞赏多九公为人治病、无私奉献的做法，也可见与善良人同行，相互启发、促进的妙处。

唐敖服食了仙草，气力倍增，所以今日才能大显身手。也可见唐敖的行侠仗义之心十分可贵。

犯？"大汉把唐敖上下打量道："我看先生这样打扮，想是天朝来的。你们都是明礼之人，只问这个恶女向日所做所为，就知在下并非冒昧行凶了。"登时多、林二人也都赶到。那个老嬷把女子搀起，战战兢兢，娇啼不止。唐敖道："请问女子尊姓？家住何处？为何冒犯壮士？"女子垂泪道："婢子姓姚，名芷馨，现年十四岁。本籍天朝，寄居在此，业已数载。向随父母养蚕为业。父母去世，跟着舅母度日。今同乳母前来扫墓，不幸忽遇强梁。尚求恩人始终垂救，倘脱虎口，没世难忘！"大汉道："你这恶女只顾养那毒虫，那知数万人家都被你害的无以为生！"林之洋道："你这大汉毕竟为甚杀他？从实说来！你莫半吞半吐，俺不明白！"大汉道："我是巫咸国经纪。向来本处所产木棉，都由我手交易。自从此女同织机女子到了此地，养出无数屙丝的毒虫，又织出许多丝片在此货卖；我们生意虽觉冷淡，也还不妨。那知近来他们竟将这个恶术四处传人，以致本地妇女，也都学会养蚕织机，个个都以丝片为衣，不用木棉。此地凡种木棉之家，就如别处田产一般，莫不指此为生；此女只顾把那毒虫流传国内，以致向种木棉之家，大半废了祖业，无以为生。所以在下特来伤他，以除大害。今遇列位，虽是他绝处逢生，那要害此女的岂止亿万，日后何能逃脱！如要保全，惟有即离本国，另投生路。倘执迷不醒，我自另有别法！"将手一拱，寻了利刃，忿忿而去。

唐敖道："贵府还有何人？令尊在日作何事业？"女子道："父名姚禹，曾任河北都督，因同九王爷勤王未遂，家乡不能存身，带着家口，逃至此地，旋即去世；我母亦相继而亡。向同舅母宣氏同居。喜得薛蘅香表姐善于织纺；婢子素跟母亲，亦善养蚕，身边带有蚕子；因见此处桑树极盛，故以养蚕织纺为生。不期在此日久，邻舍妇女也都跟着学会，因此四处轰传，以致忤了众人。今日若非恩人

桑树，桑科桑属，为落叶乔木。桑叶呈卵形，是喂蚕的饲料

相救，几遭毒手。"说着拜了下去。唐敖还礼道："请问小姐：那薛蘅香侄女现住何处？他父母可都康健？"姚芷馨道："蘅香表姐之父乃婢子母舅，久已去世；如今只有舅母宣氏，带着表弟薛选并表姐蘅香，与婢子同居。恩人呼蘅香姐姐为侄女，是何亲故？"唐敖道："我姓唐名敖，祖籍岭南。向日同蘅香之父结拜至交，今日正来相访，那知却已去世。小姐既与蘅香侄女同居，就请引我一见。"姚芷馨道："原来如此。"于是同乳母引路进城。

　　到了薛家，许多人围在门首喊成一片，口口声声只要织机女子出来送命。姚芷馨吓的不敢上前。唐敖同多、林二人挤到门首，只见树林那个大汉也在其内。唐敖因见人众，即大声说道："诸位且停喧嚷，听我一言奉告：这薛家不过在此暂居，今我三人特来接他们同回天朝。众位暂且各散，自有计较。"那大汉听了，晓得唐敖手头利害，只得带着众人，纷纷四散。乳母把门叫开，姚芷馨引着三人进去，见了宣氏夫人。薛蘅香吓的战战兢兢，带着兄弟薛选，出来见礼。姚芷馨把唐敖树林相救，并劝散众人之话，告诉宣氏一遍。宣氏泣拜，备述历年避难各话，并求唐敖设法筹一安身之地。

　　多九公道："前在东口山，骆小姐曾有托寄薛小姐之信，唐兄何不取出？据老夫愚见：夫人莫若投奔彼处，彼此也好照应。"唐敖将信取出，薛蘅香接过看了道："原来红蕖姐姐候叔叔海外回来，如遇恩赦，即随太公同回家乡，因此来约侄女做伴，以候机缘。他既有信来约，此处又难久居，自应投奔东口为是。"林之洋道："昨日俺见海口有只熟船，不日就回天朝，夫人搭了这船，倒也甚便。"宣氏道："如此虽善，但缺路费，这却怎好？"唐敖道："这个不消嫂嫂过虑，小弟自有预备。"因托林之洋先去看船；薛蘅香即同姚芷馨收拾行李。唐敖见蘅香品貌甚佳，忽然想起魏家兄妹，意欲替他们作伐，即将此意并麟凤山

语言描写，唐敖见机行事，一点儿也不莽撞。且为人着想，做事周全而得体。

唐敖乐善好施，处处与人为善，作者借此来提醒世人，成仙得道并非凭空而来。

相会的话说了。宣氏甚喜，欲恳唐敖赐一书信，以便顺路到彼，上去望望。唐敖应允。

不多时，林之洋把船看定，众水手搬发行李。唐敖命薛选引到薛仲璋坟墓，恸哭一场，把灵柩搬到船上，一齐登舟。宣氏与吕氏互相拜往。耽搁一日。次日，唐敖写了麟凤、东口书信，并送许多路费，宣氏再三拜谢。姚芷馨、薛蘅香感激唐敖救命之德，恋恋不舍，洒泪而别。行了多时，到了麟凤山，访到魏家，投了书信，两家结为"秦晋之好[①]"。万氏夫人因薛选家传绝好连珠枪，留下宣氏同居，就命薛选在山驱除野兽。后来骆红蕖在水仙村起身，寄信与薛蘅香，众人这才同回故乡。

那日唐敖送过宣氏，也就开船。不多几日，到了歧舌国。林之洋素知国人最喜音乐，因命水手携了许多笙笛，并将劳民国所买双头鸟儿也带去货卖。唐、多二人也就上去。只见那些人满嘴唧唧呱呱，不知说些甚么。唐敖道："此处讲话，口中无数声音，九公可懂得么？"多九公道："海外各国语音惟歧舌难懂，所以古人说：'歧舌一名反舌，语不可知，惟其自晓。'当日老夫意欲习学，竟无指点之人；后来偶因贩货路过此处，住了半月，每日上来听他说话，就便求他指点，学来学去，竟被我学会。谁知学会歧舌之话，再学别处口音，一学就会，毫不费力。可见凡事最忌畏难，若把难的先去做了，其余自然容易。就是林兄，也亏老夫指点，他才会的。"唐敖道："九公既言语可通，何不前去探听音韵来路呢？"多九公听了，想了一想，不觉点头道："唐兄真好记性。此话当日老夫曾在黑齿国言过，若非此时说起，老夫也就忽略过了。今既到此，自然探听一番。海外有两句口号道得好：'若临歧舌不知

---

① 秦晋之好：春秋时，秦、晋两国的国君彼此要好，世代互相通婚，后来就把联姻叫作"秦晋之好"。

韵，如入宝山空手回。'可见韵学竟是此地出产。待老夫前去问问。"正要举步，迎面走过一个老者，举止倒也文静。多九公因拱手学着本地声音说了几句，那人也拱手答了几句。谈了多时，那人忽然摇头吐舌，似有为难之状。唐敖趁他吐舌时，细细一看，原来舌尖分做两个，就如剪刀一般，说话时舌尖双动，所以声音不一。二人谈之许久，多九公忽向老者连连打躬，那老者又说了几句，把袖子一摔，徉长而去。多九公了一，回过头来，望着唐敖，仍学歧舌口音，唧唧呱呱，说个不了。唐敖不觉发笑道："九公何苦徒费唇舌！你这乡谈暂且留着，等小弟日后学会再说罢。"多九公听了，不觉呸了一口道："老夫真好昏愦！这总是那老儿把我气昏了。刚才老夫同他说几句闲话，趁势谈起音韵，求他指教。他听了只管摇头说：'音韵一道，乃本国不传之秘。国王向有严示：如有希冀钱财妄传邻邦的，不论臣民，俱要治罪。所以不敢乱谈。'老夫因又恳道：'老丈不过暗暗指教，有谁知道？我们如蒙不弃，赐之教诲，感激尚且不暇，岂有走露风声之理。千万放心！'他道："若要人不知，除非己莫为。"此事关系甚重，断不敢遵命。'后来我又打躬，再三相恳。他道：'当日邻邦有人送我一个大龟，说大龟腹中藏着至宝，如将音韵教会，那人情愿将宝取出，以做酬劳。当日我连大龟尚且不要，不肯传他；何况今日你不过作两个揖，就想指教？——难道你身上的揖比龟肚里的宝还值钱？未免把身分看的过高了。'老夫因他以龟比我，未免气恼，只顾出神，那知倒同唐兄说起此地话来。"唐敖不觉发愁道："送他珠宝尚且不肯。——不意习学音韵竟如此之难，这却怎好？惟有拜求九公，设法想个门路，也不枉小弟盼望一场。"多九公忖一忖道："今日已晚，我们且回。唐兄既不懂他言语，明日也不必上来，且等老夫破一天工夫，四处探听一番。倘遇年幼的，只要话中露其大概，略得皮毛，

老者行为怪异，神情变化，多九公学习的请求没有得到老者的答复。也可见此处的民风与众不同。

多九公再次受辱，让人不免觉得好笑。作者借此讽刺当时的人们身上的一些怪癖，及不够坦荡的内心。

就可慢慢追寻了。"回到船上，林之洋货物虽已卖完，因那双头鸟儿有个官长要去孝敬世子，虽出若干价钱，林之洋仍不肯卖，意欲大大拿价，借此多得几倍利息，因此尚有耽搁。

话语之间，透着多九公求学未能如愿的失望之情，也可以看出他有一颗好学之心。

次日，多、林二人分路上岸；唐敖在船守了一日。到了下午，多九公回来，不住摇头道："唐兄！这个音韵，据老夫看来：只好来生托生此地再学罢。今日老夫上去，或在通衢僻巷，或在酒肆茶坊，费尽唇舌，四处探问，要想他们露出一字，比登天还难。我想问问少年人或者有些指望，谁知那些少年听见问他音韵，掩耳就走，比年老人更难说话。"唐敖道："他们如此害怕，九公可打听国王向来定的是何罪名？"多九公道："老夫也曾打听。原来国王因近日本处文风不及邻国，其能与邻邦并驾齐驱者，全仗音韵之学，就如周饶国能为机巧，以飞车为不传之秘，都是一意。他恐邻国再把音韵学去，更难出人头地，因此禁止国人，毋许私相传授。但韵学究属文艺之道，倘国人希图钱财，私授于人，又不好重治其罪，只好定了一个小小风流罪过。——唐兄请猜一猜。"唐敖道："小弟何能猜出。请九公说说罢。"多九公道："他定的是：如将音韵传与邻邦，无论臣民，其无妻室者，终身不准娶妻；其有妻室者，立时使之离异；此后如再冒犯，立即阉割。有此定例，所以那些少年，一闻请教韵学，那有妻室的，既怕离异；其未婚娶的，正在望妻如渴：听了此话，未免都犯所忌，莫不掩耳飞跑。"唐敖道："既如此，九公何不请教鳏居之人呢？"多九公道："那鳏居的虽无妻室，不怕离异，安知他将来不要续弦、不要置妾呢？况那鳏居的面上又无'鳏居'字样，老夫何能遇见年老的就去问他有老婆、无老婆呢？"唐敖听了，不觉好笑起来。

未知如何，下回分解。

茶坊，饮茶之地，唐代流行喝茶，《茶经》正是唐代陆羽所写

作者以人物之间的笑谈作为此篇故事结尾，让人在轻松幽默的氛围中明白了道理。

第十一回　服妙药幼子回春
传奇方老翁济世

●导读●

路遇病患，与唐敖同行的多九公治病救人，大显身手。

　　话说唐敖听了多九公之言，又是好笑，又是气闷道："看这光景，难道竟无一毫门路么？"多九公道："今日我已筋疲力尽。如唐兄心犹不死，只好自去探问，老夫实无良策了。"

　　只见林之洋提着雀笼，笑嘻嘻回来。唐敖道："舅兄今日为何这样欢喜？"林之洋道："本地有位官长，连日向俺买这双头鸟儿，出的价钱，俺细细核算，比俺当日买价已有几十倍利息。俺今日原想要卖，因他小厮暗对俺说：'我家主人买这鸟儿，要送世子的，你如不卖，他必添价。我今透个消息给你，俟交易后，分我几分彩头就是了。'俺得这个信息，那里肯卖，果然复又添价。刚才那小厮因天晚叫俺回来，明早再去，他家主人还要添价。俺素日闻得有人谈论，奴仆好的叫作'义仆'；这个小厮，怎般用情待俺，果真是个义仆！俺一路想来，因此欢喜。"多九公道："他是那官长的小厮，林兄认作己仆，不独赖忝知己，过于脸厚；就让你身后跟上许多豪奴，带着无数俊仆，这个架子也薰不动谁，也吓不倒人，令人反觉肉麻！"林之洋道："俺怎敢认他作仆，混摆架子？俺只恨这万世为奴的，他们总是见钱眼红，从不记得主人衣食恩养；一见了钱，就把主人恩情，撇在九霄云外。如今把俺林之洋待得倒像主人一般，他既这样，俺也只好把他认作奴才了。"

林之洋的联想耐人寻味。彼家的义仆成了此家的义仆，让人哭笑不得。作者借此讽刺那些两面三刀之人吃里爬外的嘴脸。

奴才，阶级社会中，受剥削役使而没有自由的人。

大家用饭安歇。次日起个黑早，提着雀笼去了。

唐敖因韵学无望，心中烦闷，睡到巳时方起。正同多九公闲话，林之洋提着雀笼，愁眉不展，叹气而归。唐敖道："舅兄为何这样？莫非那小厮有甚欺骗么？"林之洋道："俺早间上去，那个官长果又添价。俺本意要卖，那小厮说他主人就要上朝，此时匆忙，莫若等他回来，还可慢慢增价。俺因这鸟他总是要买的，乐得多靠半日，再增几分利息。谁知这官长下朝，忽命小厮回俺不要了。俺暗暗打听，原来那个世子最喜骑射，今日出去打猎，那马失足从高处滚下，把世子跌伤，人事不知，现在只有呼吸之气，国王业已预备棺木。这位官长因得这信，那肯买这鸟儿，只说别处买了。后来随俺减价，他也不要。俺想这鸟惟在歧舌还有人出价，若到别处，有谁来买？只好饭后再去碰碰机会，看来要想昨日一半利息也不能了。"用过饭，又提着雀笼，叹气而去。

唐敖把婉如做的诗赋改了几首，闷坐无聊，同多九公上去闲步。来到闹市，只见许多人围着一道黄榜，在那里高声朗诵。二人近前看时，原来因世子坠马跌伤，命在旦夕，如有名医高士疗治得生：本国之人，赐银五百；邻邦之人，赠银一千。多九公看了，走到黄榜跟前，轻轻把榜揭了。看守兵役见多九公不是本处打扮，有几个飞忙去请通使①，一面预备车马，将多九公送至迎宾馆。唐敖茫然不解，只好跟在后面。登时通使已到，三人见礼归坐。多九公道："请教老兄尊姓？"通使道："小子姓枝，名钟。二位尊姓？贵邦何处？来此有何贵干？"多九公道："老夫姓多，乃天朝人氏，幼年忝列黉门。"因指唐敖道："今同这位唐敖友贸易，路过贵处，特地上来瞻仰。因见国王张挂

"少则得，多则惑"，贪得无厌的结果就是一文不得。作者构思巧妙，故事情节急转直下，令人捧腹。

黄榜，皇帝的公告，用黄纸书写

黉门，古代称学校的门，借指学校。

———————————
① 通使：翻译官。

榜文，系为世子玉体跌伤之事。老夫于岐黄^①虽不深知，向来祖上传有济世良方，凡跌打损伤，立时起死回生。但药有外敷内服之不同，必须面看伤之轻重，方能斟酌用药。"通使随即告知国王。多九公托唐敖把药取来。通使请二人来到王府，进了内室，只见世子睡在床上，两腿俱伤，头破血出，因跌的过重，昏迷不醒。多九公托通使取了半碗童便，对了半碗黄酒，把世子牙关撬开，慢慢灌入。又从怀中取出药瓶，将药末倒出，敷在头上破损处；随即取出一把纸扇，一面敷药，一面用力狠扇。众宫人看见，都鼓噪喊叫起来。通使道："大贤暂停贵手！世子跌到如此光景，命在垂危，避风还恐避不来，如何反用扇扇？岂非雪上加霜么？"多九公道："老夫所敷之药，名叫'铁扇散'，必须用扇扇之，方能立时结疤，可免破伤后患。此方乃异人所传，老夫用之年久。敷药时虽用铁扇扇他，也无妨碍，所以叫作'铁扇散'。尊驾只管放心，老夫岂敢以人命为儿戏！"一面说话，仍是手不停扇。不多时，那些伤处果然俱已结疤。世子渐渐苏醒，口中呻吟不绝。通使道："大贤妙药，真是起死仙丹！此时头面破伤，虽医治无碍，但两腿俱已骨断筋折，有何妙药，尚求速为疗治。"多九公道："贵处可有鲜蟹？"通使道："此地向无此物，不知有何用处？"多九公道："凡跌打筋骨损伤，无论轻重，先取童便半碗，以醇黄酒半碗煎热冲服，虽昏迷欲绝，亦能复苏。每日进二三服，伤轻的不过数日即愈。每见跌打损伤而至丧命者，皆因伤筋动骨，痛入肺腑，瘀血凝结，医治稍迟，往往无救。童便、黄酒，行瘀止痛，兼且固本，故有起死回生之妙。世人不知，良为可惜。但须早服，迟即难治。倘骨断筋折，损伤过重，服过童便、黄

岐伯，中国上古时期著名的医学家，后世尊称为"华夏中医始祖""医圣"。中国传统医学素称"岐黄"，或谓"岐黄之术"

黄帝，古华夏部落联盟首领，五帝之首，被尊为中华"人文初祖"。居轩辕之丘，号轩辕氏，建都有熊，亦称有熊氏。黄帝播百谷草木，发展生产，始制衣冠、建舟车、制音律、创医学

---

① 岐黄：黄帝和他的臣子岐伯都懂得医道，两个名字在一起，省称"岐黄"。后来就把这两字作为医术的代词。

酒，即取生蟹捣烂，以好烧酒冲服，其渣敷在患处，日日服之，亦能接筋续骨。其童便、黄酒，每日仍不可缺。如无生蟹，或取干蟹烧灰，酒服亦可。——此跌打损伤第一奇方。今贵处既无此物，幸老夫带有七厘散，也是一样。"即将药瓶取出，把药秤了七厘，用烧酒冲调，给世子服了。又取许多七厘散，也用烧酒和匀，敷在两腿损伤处。世子服药，略觉宁静，渐渐睡去。少时睡醒，又将黄酒、童便服了一碗。多九公见世子已有转机，因向通使道："世子之病，业已无碍，请国王只管放心，大约不过数日，就可痊愈。如世子酒量能够多饮，可将黄酒、童便，时时冲服。老夫暂且告辞，明日再来用药。"通使道："刚才国王分付，意欲大贤在宾馆暂住几时，以便就近用药。现在酒饭俱已预备，就请二位过去。"大家起身，来至迎宾馆，用过酒饭，就在宾馆宿了。唐敖回船送信。次日，多九公又替世子敷了许多药，又吃了一服七厘散。好在世子酒量极大，就以黄酒、童便当茶，时时冲服。每日仍旧吃药、敷药。不多几日，渐渐平复，惟行路不便。多九公原要留下药料，令他再服几日，就可好了；因要借此访访韵学消息，所以略为耽搁。过了两日，世子虽已全好，韵学仍是杳然。唐敖日日跟着，也因韵学一事，那知各处探听，依然无用，心内十分懊恼。

这日国王排宴，命诸臣替多九公钱行。饭罢，捧出谢仪一千两；外银百两，求赐原方，以为润笔之费。多九公向通使道："老夫前者虽揭黄榜，因舟中带有药料，可治世子之病，原图济世，并非希图钱财。至于药方，顷刻可写，不过举笔之旁，何须厚赠。所有原银，即恳代为奉还。老夫别无他求，惟求国王见赐韵书一部，或将韵学略为指示，心愿已足，断不敢领厚赐。"通使转奏。谁知国王情愿再添厚赠，不肯传给韵学。多九公又托通使转求，通使道："韵学乃敝邦不传之秘，国主若在欢喜时，尚恐不

黄酒，是世界上最古老的酒类之一，酵母曲种质量决定酒质。源于中国，且唯中国有之，与啤酒、葡萄酒并称世界三大古酒

多九公得灵丹妙药真是稀奇，世子每天以尿当茶令人发笑。故事情节生动有趣，读来不乏味。

韵学，指音韵学，宋代沈括《梦溪笔谈》："自沈约增崇韵学，其论文则曰：欲使宫羽相变，低昂殊节。"

肯轻易传人；何况此时二位王妃都有重恙，国主心绪不
宁，小子何敢再去转求。"多九公道："王妃所患何病？"
通使道："据说一位身怀六甲，现在已有五六个月，不意昨
日失于检点，偶持重物，以致胎动不安，此时微觉见红，
并觉腹痛。那位王妃，因患乳痈，今已两日，虽未破头，
极其红肿，也是痛苦呻吟不绝。因此国主甚为焦心。"多
九公道："胎动最忌下血不止，今不过微觉见红，尚有五分
可治。至乳痈最怕耽搁日久，虽未破头，若里面已溃，服
药也难消散；此时好在才起两日，里面尚未成脓，也有五
分可治。老夫虽有秘方，不知国王可肯传授韵学？倘不吝
教，老夫自当效劳。"通使即对国王说了。国王一心要治
王妃之病，只得勉强应允。通使回了多九公。多九公甚
喜，因向唐敖道："前日林兄因他夫人胎动不安，曾向老夫
要了一个安胎方子，就烦唐兄把这药方取来。倘能医好，
我们也好得他韵学。"唐敖点头，将药方取来，多九公递
给通使，通使道："此是安胎之方。不知乳痈可有妙药？"
多九公道："治乳痈，用葱白一斤捣烂取汁，以好黄酒分二
次冲服。外用麦芽壹两煎汤频洗。加虾酱少许同煎尤妙，
虽咸无妨；盖咸能软坚，虾能通乳，乳通其肿自消。仍用
旧梳时常轻轻梳之，自必痊愈。这二方虽极奇效，奈已耽
搁两日，此时须急煎服，或可疗治。"通使连连点头，将
方拿去。过了几日，王妃病皆脱体。

通使道："国主因敝邦水土恶劣，向来人民多患痈疽，
意欲奉恳大贤赐一妙方，可肯赐教？"多九公道："金银藤
乃疮毒要药，不知贵处可有？"通使道："敝地此物甚多，
因过于寒凉，人皆不用。"多九公道："这是医家不能深究
药性，岂可尽信。昔人言：'忍冬久服，长年益寿。'若果
寒凉，岂能如此？况古本《本草》言'忍冬味甘性温'，
近世《本草》虽有'微寒'之说，不过因其清热败毒，岂
是泄火大凉之物。"登时又写了两个药方。

多九公说话很有分寸，即使妙方在手，也十分谨慎谦虚，所以他才说此病有五分可治。

《本草纲目》是明代大医药学家李时珍为修改古代医书中的错误而编，他以毕生精力对本草学进行了全面的整理总结，历时29年编成

覓蠅頭林郎貨
禽鳥因慈體
枝女作
蝛蛉

"大约古人痌疴各方，无出其右了。"说罢拜辞，同唐敖乘了轿马回船。国王又命大臣前来相送。通使带领人夫，把银子送来。多九公仍要推辞，通使再三不肯。林之洋道："国王既实意送来，想来九公也实意要收的。与其学那俗态，半推半就，耽搁工夫；据俺主意：不如从实收了，倒也爽快。"多九公只得道谢收下。

通使向三人打躬道："小子有个小女，乳名兰音，现年十四岁。自从幼年患了肚腹膨胀之病，服药无数，至今总未脱体。连日病势甚重。小子欲求大贤一看，恐劳大驾，特命小女乘舆而来，现在外面。求大贤细细诊视，可有几希之望？倘能救其一命，真是恩同再造！"多九公道："既如此，何不请进？"通使分付仆人。不多时，有个老嬷，搀着兰音进舱，向众人拜了，一齐归坐。多九公看那女子，生得蛾眉杏目，十分清秀，惟面带青黄，腹胀如鼓。看了多时，摸不着是何病症，只管呆呆发瘆。唐敖道："敝友素日不谙女科。小弟虽不知医，恰好祖上传有秘方，专治小儿肚腹膨胀。令爱此病，还是近日染的，还是自幼染的？若是近日染的，恐有天癸不调等症，小弟素于此道不精，不敢冒昧用药；如系自幼染的，尚可代为医治。"通使道："小女此病，系五六岁染的，今已七八年了。"唐敖道："既是五六岁染的，此系幼年停食不化，日久变为虫积，以致膨胀。医家不知，往往误用克食消导之药，徒伤脾胃，与病无益。令爱历年所服何药？可曾服过杀虫之剂？"通使摇头道："小女向来所服，总是神麴、山查、枳实、大黄之类，并未吃过甚么杀虫之药。"唐敖道："今日幸遇小弟，也是令爱病要脱体。我家祖传秘方，只用雷丸、使君子二味，不过五六剂，虫下即愈。"说罢，提笔开方。吕氏将女子请进内舱献茶。此女自幼跟着父亲学会三十六国番语，与婉如一见如故，言谈间十分相投。唐敖把药方递给通使道："小弟这个药方，用雷丸伍钱同苍术贰

作者借用林之洋的率真性情，讽刺封建时代那些假文人的忸怩作态、言行不一。

使君子，别名留求子，花期初夏，果期秋末。种子为中药中最有效的驱蛔药之一，对小儿寄生蛔虫疗效尤著

钱煮熟，将苍术去了，只用雷丸去皮炒干，使君子去壳用肉伍钱炒干，共研细末，分作陆服，俟小儿吃饭时，用鸡蛋壹贰个打破去壳，用药末壹服放入碗内搅匀，照常加油盐葱蒜等物煎炒，给小儿吃了。——那虫只知鸡蛋之香，那知却有药料在内。——每日贰服。不过数日，虫随大解下来，自然痊愈。总而言之：凡小儿面黄肌瘦，肚腹膨胀，大约总因停食日久不化，变为虫积。雷丸、使君子，最能杀虫，故能立见其效。"通使收了药方，十分欢喜，再三拜谢，即同兰音辞别而去。

多九公道："老夫只顾治病，忙了几日，不知林兄双头鸟儿究竟如何？"林之洋道："俺正要拜谢。亏得九公把世子医好，俺的鸟儿才能出脱。虽有几分利息，就只可恨那个'义仆'不肯真心待俺，务要扣俺半价，方肯付银。扳谈多时，讲他不过，只得回来，银子还存他处。就请二位同俺一走，相帮说说，倘得少扣几分，俺自做东相请。"三人一齐上岸，到了大宦人家。林之洋把那小厮唤出，同他讨价。小厮拿出一封银子，仍是半价。唐敖道："我们卖货，诸事劳动，自应重谢；但何至要分一半？未免太过了！"小厮回答几句，唐敖不懂。忽听多九公放开喉音，唧唧呱呱，大声喊叫。小厮吓的只管打躬，随即进内，又取出一封银子。多九公打开，取出两锭，付给小厮；其余交给林之洋。齐归旧路。唐敖道："刚才小厮所说之话，一字不懂。不知小弟同他所说之话，他可晓得？后来九公同他喊叫甚么，他竟如此害怕？"多九公道："我们天朝乃万邦之首，所有言谈，无人不知。那小厮因唐兄说'何至要分一半'，他道'本处向例如此，一毫不能相让'。老夫因他'一毫不让'之话，未免气恼，于是大声喊叫，说他私透消息，教我们增价，伙骗主人。他听这话，恐主人听见，急急将银取出。好在我们并不图他下次生意，那个还贩双头鸟儿再来货卖！乐得且多几两银子，大家多醉几日，也是好的。"

来到船上，正要开船，谁知通使忽又带着女儿，也不命人通报，匆匆忙忙，满眼滴泪，走进舱来。唐敖见这光景，只当药用错了，吓的惊疑不止。通使满眼垂泪，向唐敖下拜道："求大贤救我父女两命！"唐敖吓的忙还礼道："二位请起！为何行此大礼？"通使同兰音起来归坐道："小女因这孽病纠缠年久，昼夜不安，屡寻自尽，俱亏乳母相救。小子正在束手无策，忽蒙大贤赐给秘方，我父女以为从此病可脱体。不意雷丸、使君子此处历来不产，虽出千金，亦不可得，问之医家，也都不知。小子因此惊慌，特带小女赶来。幸喜大贤尚未开船，想是他绝处逢生。惟求大贤，或将此药见赐两服，或另赐妙方。倘得身安，定以千金奉谢，决不食言。"唐敖道："小弟如有此药，早已奉送，不过数十文之事，何须千金之赠。——奈身边并未带来。至另开药方之说，小弟素不知医，从何开起？况令爱之症，细推病源，实系虫积，非雷丸、使君子不能见功；即另有良方，也难见效。当日有人患一怪症，每逢说话，腹中也照样说话；彼时虽有医家识得此症名唤'应声虫'，及至用药，仍无效验。后来遇一名医，付给《本草》一部，令病人将上面药名按次读去：病人每读一药，腹中也读一药；及至读到雷丸，腹中忽然无声；再读别药，仍旧有声。于是即用雷丸与病人连进数服，虫下而愈。可见杀虫无过于此。不意贵处竟无此药，这是令爱灾难未退，小弟安能另有别法！"通使听了，默默无言，只管发。兰音听见唐敖别无良方，不觉放声恸哭，十分惨切。众人听着，莫不点头叹息。通使在旁，满面愁容，只管搔首。婉如把兰音请入内舱，再三劝解，这才止悲。停了多时，通使不便久坐，因命乳母告知兰音，一同回去。兰音听见要去，复又大放悲声，跪在唐敖面前，只求救命。唐敖命乳母搀起，再三安慰，劝他回去好好将养，将

作者虽用笔墨不多，但唐敖的惊慌失措已经表现出来，让人过目难忘，有身临其境之感。

雷丸，中药名。秋季采挖，洗净，晒干。《本经》："除小儿百病，雷丸。"

通使的叙述可谓稀奇，由此可见古人讲因病施药，的确不是虚言。故事情节充满奇幻，读来内心悲喜交加。

七层佛塔

七级浮屠，就是七层塔。浮屠就是佛塔，是音译过来的。佛塔起源于古印度

来自然痊愈。兰音那肯动身，啼哭不止。哭了多时，因久病身弱，忽然晕倒，人事不知，亏得乳母极力解救，这才苏醒。通使见女儿这般光景，明知凶多吉少，只急的连连顿足，泪落不止。左思右想，踌躇多时，因向仆人耳边说了几句，即到唐敖面前跪下道："大贤在上。小子闻古人云：'救人一命，胜造七级浮屠①。'今我父女两命皆悬大贤之手，只要大贤肯发慈心，我父女就可超生了。"唐敖忙搀起道："尊驾此言，小弟不解，尚求明示。倘可为力，岂肯袖手！"通使立起道："小子今年业已六旬，跟前只此一女。自患病以来，费尽心力，百般医治，从无微效。其母久已忧虑而亡。前有异人，曾言此女必须投奔外邦，如遇唐氏大仙，或可冀其长年。今遇大贤，虽传秘方，奈无此药；失此良缘，岂有病痊之日？所以他十分伤悲。小子因思小女既已命定投奔外邦方能长年，难得大贤恰又姓唐，兼之作人慷慨，一见如故；不揣冒昧，意欲恳求大贤不弃微贱，将小女作为义女，带至天朝。倘得病痊，俟其年长，即求大德代为婚配，完其终身。小子生生世世，永感不忘！如大贤不肯带去：此地既少良医，又无妙药，多则一年，少则半载，无非命归泉路。小子素以此女视为掌珠，数年来因其抱病，代为操劳，须发已白，寝食俱废；若再赌其去世，何能为情？大约此女一死，小子也不能活了！"说罢，不觉大哭。兰音在旁，更是嚎咷不止。合船人无不怜悯。林之洋道："妹夫素日最喜做好事，如今这样现成好事，你若不应承，俺替你应承了。"

未知如何，下回分解。

---

① 胜造七级浮屠：佛教的说法修造佛塔是一种"功德"，所以有这样一句成语。

第十二回　看花灯戏言猜哑谜
缠双足被困女儿乡

导读

众人刚在智佳国猜过灯谜，意犹未尽之时，不料却被困在了女儿国。林之洋饱尝缠足之苦，受尽折磨，还差一点儿成了王妃。

话说林之洋向通使道："老兄果真舍得令爱教俺妹夫带去，俺们就替你带去，把病治好，顺便带来还你。"兰音向通使垂泪道："父亲说那里话来！母亲既已去世，父亲跟前别无儿女，女儿何能抛撇远去？今虽抱病，不能侍奉，但父女能得团聚，心是安的，岂可一旦分为两处！"通使道："话虽如此，吾儿之病，若不投奔他邦，以身就药，何能脱体？现在病势已到九分；若再耽搁，一经不起，教为父的何以为情？——少不得也是一死！此时父女远别，虽是下策，吾女倘能病好，便中寄我一信，为父自然心安。以此看来：远别一层，不但不是下策，竟可保全我们两命。况天朝为万邦之首，各国至彼朝觐的甚多，安知日后不可搭了邻邦船只来看我哩。你今远去，虽不能在家侍奉，从此我能多活几年，也就是你仰体尽孝之处。现在承继有人，宗祧一事，亦已无虞。你在船上，又有大贤令甥女作伴，我更放心。为父主意已定，吾儿依我，方为孝女。不必犹疑，就拜大贤为父。此去天朝，倘能病痊，将来自有好处。"即携兰音向唐敖叩拜，认为义父；并拜多、林及吕氏诸人。通使也与唐敖行礼，再再谆托。唐敖还礼道："尊驾以儿女大事见委，小弟敢不尽心！诚恐效劳不周，有负所托，甚为惶恐！此去惟有将令爱之恙上紧疗

朝觐，谓臣子朝见君主。《礼记》："朝觐，然后诸侯知所以臣；耕藉，然后诸侯知所以敬。"

治。第我等日后回乡，能否绕路再到贵处，不能预定。至令爱姻事，亦惟尽心酌办，以报知己，幸无挂怀！"只见通使仆人取了银子送来。通使道："这是白银一千：内有五百，乃小弟微敬；其余五百，为小女药饵及婚嫁之费。至于衣服首饰，小弟均已备办，不须大贤费心。"众仆人抬了八只皮箱上来。唐敖道："令爱衣饰各物既已预备，自应令其带去；所赐之银，断不敢领。至婚嫁之费，亦何须如此之多，仍请尊驾带回，小弟才能应命。"通使道："小子跟前别无儿女，留此无用。况家有薄田，足可度日。望大贤带去，小子才能心安。"多九公道："通使大人多赠银两，无非爱女之意，唐兄莫若权且收下，将来俟小姐婚嫁，尽其所有，多办妆奁进去，岂不更妙？"唐敖连连点头，即命来人将银装入箱内，抬进后舱。父女洒泪而别。兰音从此呼吕氏为舅母，呼婉如为表姐；带着乳母，就与婉如一同居住。

过了几时，到了智佳国。林之洋上去卖货。唐敖同多九公上岸寻找雷丸、使君子，此处也无此药。后来访到邻国贩货人家，费了若干唇舌，送了许多药资，才买了一料，随即炮制。一连三日，兰音共吃了六服，打下许多虫来，登时腹消病愈，饮食陡长，与好人一样。唐敖欢喜非常，因同多、林二人商议道："通使跟前别无儿女。此女病既脱体，又常思亲；好在此地离歧舌不远，莫若送他回去，使他骨肉团圆，岂不是件好事！"二人都以为然。兰音闻知甚喜。林之洋道："这里卖货还有耽搁。据俺主意：索性把他送去，俺们再到智佳卖货也好。"唐敖道："如此更妙。"随即开船。走了几日，这日刚到歧舌交界，兰音忽然霍乱呕吐不止；吐到后来，竟至人事不知，满口谵语，十分沉重。林之洋道："这个甥女，据俺看来：只怕是个'离乡病'。"唐敖道："何谓'离乡病'？"林之洋道："一经患病，离了本乡，登时就安，就叫'离乡病'。这个

唐敖虽是超凡脱俗之人，但内心并不古板，随缘做事，通达人情，这一点从作者的描写中可以看出。

如此怪病，确实罕见。不过话说回来，茫茫人海，哪里又是兰音的家乡呢？想来作者会有交代。

怪症，虽是俺新沾的，但他父亲曾说此女必须投奔外邦，方能有命。果然到了智佳，病就好了；如今送他回来，才到他国交界，就患这个怪症。看这光景，他生成是个离乡命。俺们何苦送他回去，枉送性命？据俺主意：快离此地罢。"即命水手掉转船头，仍向智佳而来。刚出歧舌交界，兰音之病，果然痊愈。兰音闻知这个详细，只好把思亲之心，暂且收了。

唐敖道："前在巫咸，九公曾言要将祖传秘方刊刻济世，小弟彼时就说：'人有善念，天必从之。'果然到了歧舌，就有世子王妃这些病症，不但我们叩光学会字母，九公还发一注大财。可见人若存了善念，不因不由就有许多好事凑来。"

唐敖的话果然应验了，三个人在游历路上处处与人为善，而且身怀绝技，配合默契，自然会逢凶化吉，遇难呈祥。

这日到了智佳国，正是中秋佳节，众水手都要饮酒过节，把船早早停泊。唐敖因此处风景语言与君子国相仿，约了多、林二人要看此地过节是何光景。又因向闻此地素精筹算，要去访访来历。不多时，进了城，只听炮竹声喧，市中摆列许多花灯，作买作卖，人声喧哗，极其热闹。林之洋道："看这花灯，倒像俺们元宵节了。"多九公道："却也奇怪！"于是找人访问。原来此处风俗，因正月甚冷，过年无趣，不如八月天高气爽，不冷不热，正好过年，因此把八月初一日改为元旦，中秋改为上元。此时正是元宵佳节，所以热闹。三人观看花灯，就便访问素精筹算之人。访来访去，虽有几人，不过略知大概，都不甚精。只有一个姓米的精于此技。及至访到米家，谁知此人已于上年中秋带着女儿米兰芬往天朝投奔亲戚去了。——又到四处访问。

元宵节，中国的传统节日之一，又称上元节、小正月、元夕或灯节，时间为每年农历正月十五

访了多时，忽见一家门首贴着一个纸条，上写"春

社①候教"。唐敖不觉欢喜道："不意此地竟有灯谜，我们何不进去一看？或者机缘凑巧，遇见善晓筹算之人，也未可知。"多九公道："如此甚好。"三人一齐举步，刚进大门，那二门上贴着"学馆"两个大字，唐、多二人不觉吃了一吓，意欲退转，奈舍不得灯谜。林之洋道："你们只管大胆进去。他们如要谈文，俺的'鸟枪打'，当日在淑士国也曾有人佩服的，怕他怎的！"二人只得跟着到了厅堂，壁上贴着各色纸条，上面写着无数灯谜，两旁围着多人在那里观看，个个儒巾素服，斯文一脉，并且都是白发老翁，并无少年在内，这才略略放心。主人让坐。三人进前细看，只见内有一条，写着："'万国咸宁'，打《孟子》六字，赠万寿香一束。"多九公道："请教主人：'万国咸宁'，可是'天下之民举安'？"有位老者应道："老丈猜的不错。"于是把纸条同赠物送来。多九公道："偶尔游戏，如何就要叨赐？"老者道："承老丈高兴赐教，些须微物，不过略助雅兴，敝处历来猜谜都是如此。秀才人情，休要见笑。"多九公连道："岂敢！……"把香收了。唐敖道："请教九公：前在途中所见眼生手掌之上，是何国名？"多九公道："那是深目国。"唐敖听了，因高声问道："请教主人：'分明眼底人千里'，打个国名，可是'深目'？"老者道："老丈猜的正是。"也把赠物送来。旁边看的人齐声赞道："以'千里'刻划'深'字，真是绝好心思！做的也好，猜的也好！"林之洋道："请问九公：俺听有人把女儿叫作'千金'，想来'千金'就是女儿了？"多九公连连点头。林之洋道："如果这样，他那壁上贴着一条'千金之子'，打个国名，敢是'女儿国'了？俺去问他一声。"谁知林之洋说话声音甚大，那个老者久已听见，连忙答

---

① 春社：猜灯谜的一种游戏组织。因为多在元宵节前后举行，所以叫作春社。

道："小哥猜的正是。"唐敖道："这个'儿'字做的倒也有趣。"林之洋道："那'永赐难老'打个国名……"老者笑道："此间所贴纸条，只有'永锡难老'，并无'永赐难老'。"林之洋忙改口道："俺说错了。那'永锡难老'，可是'不死国'？上面画的那只螃蟹，可是'无肠国'？"老者道："不错。"也把赠物送来。林之洋道："可惜俺满腹诗书，还有许多'老子、少子'，奈俺记性不好，想他不出。"旁边有位老翁道："请教小哥，这部'少子'是何书名？"唐敖听了，不觉暗暗着急。林之洋道："你问'少子'么？就是'张真中珠'。"老翁道："请教小哥：何谓'张真中珠'？"林之洋道："俺对你说：这个'张真中珠'，就是那个'方分风夫'。"老翁道："请问'方分风夫'又是怎讲？"林之洋道："'方分风夫'，便是'冈根公孤'。"老翁笑道："尊兄忽然打起乡谈，这比灯谜还觉难猜；与其同兄闲谈，到不如猜谜了。"

老子，姓李名耳，字聃，春秋末期人，《史记》等记载老子出生于楚国或陈国。中国古代思想家、哲学家、文学家和史学家，道家学派创始人和主要代表人物，与庄子并称"老庄"

话说老者正同林之洋讲话，忽听那边有人问道："请教主人：'比肩民'打《孟子》五字，可是'不能以自行'？"主人道："是的。"唐敖道："九公，你看：那两句《滕王阁序》[1]打个药名，只怕小弟猜着了。"因问道："请教主人：'关山难越，谁悲失路之人'，可是'生地'？"主人道："正是。"林之洋道："俺又猜着几个国名。请问老兄：'腿儿相压'可是'交胫国'？'脸儿相偎'可是'两面国'？'孩提之童'可是'小人国'？'高邮人'可是'元股国'？"主人应道："是的。"于是把赠物都送来。唐敖暗暗问道："请教舅兄：'高邮人'怎么却是'元股国'？"林之洋道："高邮人绰号叫作'黑尻'，妹夫细细摹拟黑尻

语言生动，充满诗情画意。作者的描写，借鉴中医药等文化元素，尽显文化气息。

---

[1]《滕王阁序》：唐王勃青年的时候，路过南昌，参与都督阎伯屿在滕王阁的宴会，宴会中大家分写纪念文章，王勃写了一篇《滕王阁序》，被认为是写得最好的。这里引用的"关山难越，谁悲失路之人"，就是其中的句子。

形状，就知俺猜的不错了。"多九公诧异道："怎么高邮人的'黑尻'，他们外国也都晓得？却也奇怪。"林之洋道："有了若干赠物，俺更高兴要打了。请问主人：'游方僧'打《孟子》四字，可是'到处化缘'？"众人听了，哄堂大笑。唐敖羞的满面通红道："这是敝友故意取笑。请问主人：可是'所过者化'？"主人道："正是。"随将赠物送过。多九公暗暗埋怨道："林兄书既不熟，何妨问问我们，为何这样性急？"言还未了，林之洋又说道："请问主人：'守岁'二字打《孟子》一句，可是'要等新年'？"众人复又大笑。多九公忙说道："敝友惯会斗趣，诸位休得见笑。请教主人：可是'以待来年'？"主人应道："正是。"多九公向唐敖递个眼色，一齐起身道："多承主人厚赐。我们还要趱路，暂且失陪，只好'以待来年'倘到贵邦，再来请教了。"主人送出门外。三人来到闹市。多九公道："老夫见他无数灯谜，正想多打几条，显显我们本领；林兄务必两次三番催我们出来，这是何苦！"林之洋道："九公这是甚话！俺好好在那里猜谜，何曾催你出来？俺正怪你打断俺的高兴，九公倒赖起俺来。"唐敖道："那部《孟子》乃人所共知的，舅兄既不记得，何妨问问我们。你只顾随口乱诌，他们听了，都忍不住笑，小弟同九公在旁，如何站得住？岂非舅兄催我们走么！"林之洋道："俺只图多打几个装些体面，那知反被耻笑。他们也不知俺名姓，由他笑去。今日中秋佳节，幸亏早早回来，若只顾猜谜，还误俺们饮酒赏月哩。"

唐敖道："前在劳民国，九公曾说：'劳民永寿，智佳短年。'既是短年，为何都是老翁呢？"多九公道："唐兄只见他们须发皆白，那知那些老翁才只三四十岁，他们胡须总是未出土先就白了。"唐敖道："这却为何？"多九公道："此处最好天文、卜筮、勾股算法，诸样奇巧，百般技艺，无一不精。并且彼此争强赌胜，用尽心机，苦思恶

心理描写，多九公因之前在他处谈学受辱的经历还记忆犹新，所以看到林之洋出丑，不觉心生抱怨。

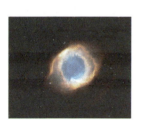

天文学照片

天文学是一门古老的科学，自有人类文明史以来，天文学就有重要的地位

想，愈出愈奇，必要出人头地，所以邻国俱以'智佳'呼之。他们只顾终日构思，久而久之，心血耗尽，不到三十岁，鬓已如霜；到了四十岁，就如我们古稀之外：因此从无长寿之人。——话虽如此，若同伯虑比较，此处又算高寿了。"林之洋道："他们见俺生的少壮，把俺称作小哥，那知俺还是他老兄哩。"

唐敖道："我们虽少猜几个灯谜，恰好天色尚早，还可尽兴畅游。"三人又到各处观看花灯，访问筹算。好在此地是金吾不禁[①]，花灯彻夜不绝，足足游了一夜。及至回船，饮了几杯，天已发晓。林之洋道："如今月还未赏，倒要赏日了。"水手收拾开船。枝兰音因病已好，即写一封家信，烦九公转托便船寄去；在船无事，惟有读书消遣，或同婉如作些诗赋，请唐敖指点。

行了几日，到了女儿国。船只泊岸。多九公来约唐敖上去游玩。唐敖因闻得太宗命唐三藏西天取经，路过女儿国，几乎被国王留住，不得出来，所以不敢登岸。多九公笑道："唐兄虑的固是。但这女儿国非那女儿国可比。若是唐三藏所过女儿国，不独唐兄不应上去，就是林兄明知货物得利，也不敢冒昧上去。此地女儿国却另有不同：历来本有男子，也是男女配合，与我们一样。其所异于人的，男子反穿衣裙，作为妇人，以治内事；女子反穿靴帽，作为男人，以治外事。男女虽亦配偶，内外之分，却与别处不同。"唐敖道："男为妇人，以治内事，面上可用脂粉？两足可须缠裹？"林之洋道："闻得他们最喜缠足，无论大家小户，都以小脚为贵；若讲脂粉，更是不能缺的。幸亏俺生天朝，若生这里，也教俺裹脚，那才坑死人哩！"因

玄奘法师像

唐三藏，是唐代玄奘法师 的俗称。精通经、律、论三藏的高僧称为三藏法师

智佳国的人，终日构思，耗尽心血，以至于未老先衰。作者借此提醒世人功利之心不要太重，应该务实生活，做好自己的分内之事。

[①] 金吾不禁：金吾，一种仪仗性质的武器；执掌这种武器的官名叫"执金吾"，是皇帝的警卫官。京城里是不许夜行的，如若夜行，就要受到执金吾的干涉；惟有元宵节的前后共三天，夜里游玩可以不受禁止，因此叫作"金吾不禁"。

梳篦，一种古老的传统手工艺品。齿稀的称"梳"，齿密的称"篦"，梳理头发用梳，清除发垢用篦。用骨、木、竹、角、象牙等制。梳篦是古时人手必备之物，尤其妇女，几乎梳不离身，便形成插梳风气

林之洋因见喜鹊和蜘蛛，所以预感今日会有喜事，还会发财。故事情节发展真的如他所愿吗？

从怀中取出一张货单道："妹夫，你看：上面货物就是这里卖的。"唐敖接过，只见上面所开脂粉、梳篦等类，尽是妇女所用之物。看罢，将单递还道："当日我们岭南起身，查点货物，小弟见这物件带的过多，甚觉不解，今日才知却是为此。单内既将货物开明，为何不将价钱写上？"林之洋道："海外卖货，怎肯预先开价，须看他缺了那样，俺就那样贵。临时见景生情，却是俺们飘洋讨巧处。"唐敖道："此处虽有女儿国之名，并非纯是妇人，为何要买这些物件？"多九公道："此地向来风俗，自国王以至庶民，诸事俭朴；就只有个毛病，最喜打扮妇人。无论贫富，一经讲到妇人穿戴，莫不兴致勃勃，那怕手头拮据，也要设法购求。林兄素知此处风气，特带这些货物来卖。这个货单拿到大户人家，不过三两日就可批完，临期兑银发货。虽不能如长人国、小人国大获其利，看来也不止两三倍利息。"唐敖道："小弟当日见古人书上有'女治外事，男治内事'一说，以为必无其事；那知今日竟得亲到其地。这样异乡，定要上去领略领略风景。舅兄今日满面红光，必有非常喜事，大约货物定是十分得彩，我们又要畅饮喜酒了。"林之洋道："今日有两只喜鹊，只管朝俺乱噪；又有一对喜蛛，巧巧落俺脚上：只怕又像燕窝那样财气，也不可知。"拿了货单，满面笑容去了。

唐敖同多九公登岸进城，细看那些人，无老无少，并无胡须；虽是男装，却是女音，兼之身段瘦小，袅袅婷婷。唐敖道："九公，你看：他们原是好好妇人，却要装作男人，可谓矫揉造作了。"多九公笑道："唐兄：你是这等说；只怕他们看见我们，也说我们放着好好妇人不做，却矫揉造作，充作男人哩。"唐敖点头道："九公此话不错。俗话说的：'习惯成自然。'我们看他虽觉异样，无如他们自古如此；他们看见我们，自然也以我们为非。此地男子如此，不知妇人又是怎样？"多九公暗向旁边指道："唐

兄：你看那个中年老妪，拿着针线做鞋，岂非妇人么？”唐敖看时，那边有个小户人家，门内坐着一个中年妇人：一头青丝黑发，油搽的雪亮，真可滑倒苍蝇；头上梳一盘龙鬏儿，鬓旁许多珠翠，真是耀花人眼睛；耳坠八宝金环；身穿玫瑰紫的长衫，下穿葱绿裙儿；裙下露着小小金莲，穿一双大红绣鞋，刚刚只得三寸；伸着一双玉手，十指尖尖，在那里绣花；一双盈盈秀目，两道高高蛾眉，面上许多脂粉；再朝嘴上一看，原来一部胡须，是个络腮胡子！看罢，忍不住扑嗤笑了一声。那妇人停了针线，望着唐敖喊道：“你这妇人，敢是笑我么？”这个声音，老声老气，倒像破锣一般，把唐敖吓的拉着多九公朝前飞跑。那妇人还在那里大声说道：“你面上有须，明明是个妇人；你却穿衣戴帽，混充男人！你也不管男女混杂！你明虽偷看妇女，你其实要偷看男人。你这臊货！你去照照镜子，——你把本来面目都忘了！你这蹄子，也不怕羞！你今日幸亏遇见老娘；你若遇见别人，把你当作男人偷看妇女，只怕打个半死哩！”唐敖听了，见离妇人已远，因向九公道：“原来此处语音却还易懂。听他所言，果然竟把我们当作妇人。他才骂我‘蹄子’：大约自有男子以来，未有如此奇骂，这可算得‘千古第一骂’。我那舅兄上去，但愿他们把他当作男人才好。”多九公道：“此话怎讲？”唐敖道：“舅兄本来生的面如傅粉；前在厌火国，又将胡须烧去，更显少壮；他们要把他当作妇人，岂不耽心么？”多九公道：“此地国人向待邻邦最是和睦，何况我们又从天朝来的，更要格外尊敬。唐兄只管放心。”

　　唐敖道：“你看路旁挂着一道榜文，围着许多人在那里高声朗诵，我们何不前去看看？”走进听时，原来是为河道壅塞之事。唐敖意欲挤进观看。多九公道：“此处河道与我们何干，唐兄看他怎么？莫非要替他挑河，想酬劳么？”唐敖道：“九公休得取笑。小弟素于河道丝毫不谙。

此段描写十分生动，人物形象近在眼前。作者运用夸张的手法，把人物的外貌、穿着都描写得细致优雅，而最后却道这美人竟是一个络腮胡子，让人哭笑不得。

蹄子，是旧时对妇女的贬称。如《红楼梦》第十六回：“凤姐听了笑道：‘我说呢，姨娘知道你二爷来了，忽剌巴的反打发个屋里人来了！原来是你这蹄子闹鬼！’”

适因此榜，偶然想起桂海地方每每写字都写本处俗字，即如'奁'字就是我们所读'稳'字，'歪'字就是'终'字，诸如此类，取义也还有些意思，所以小弟要去看看，不知此处文字怎样。看在眼内，虽算不得学问，广广见识，也是好的。"分开众人进去，看毕，出来道："上面文理倒也通顺，书法也好；就只有个'衺'字，不知怎讲。"多九公道："老夫记得桂海等处都以此字读作'矮'字，想来必是高矮之义。"唐敖道："他那榜上讲的果是'堤岸高'之话，大约必是'矮'字无疑。今日又识一字，却是女儿国长的学问，也不虚此一行了。"

又朝前走，街上也有妇人在内，举止光景，同别处一样：裙下都露小小金莲，行动时腰肢颤颤巍巍；一时走到人烟丛杂处，也是躲躲闪闪，遮遮掩掩，那种娇羞样子，令人看着也觉生怜。也有怀抱小儿的，也有领着小儿同行的。内中许多中年妇人，也有胡须多的，也有胡须少的，还有没须的。及至细看，那中年无须的，因为要充少妇，惟恐有须显老，所以拔的一毛不存。唐敖道："九公，你看：这些拔须妇人，面上须孔犹存，倒也好看。但这人中下巴，被他拔的一干二净，可谓寸草不留，未免失了本来面目，必须另起一个新奇名字才好。"多九公道："老夫记得《论语》有句'虎豹之鞟'。他这人中下巴，都拔的光光，莫若就叫'人鞟'罢。"唐敖笑道："'鞟'是'皮去毛者也'。这'人鞟'二字，倒也确切。"多九公道："老夫才见几个有须妇人，那部胡须都似银针一般，他却用药染黑，面上微微还有墨痕，这人中下巴，被他涂的失了本来面目。唐兄何不也起一个新奇名字呢？"唐敖道："小弟记得卫夫人[1]讲究书法，曾有'墨猪[2]'之说。他们既是用墨

《论语》，儒家经典，由孔子的弟子及其再传弟子编撰而成。记录了孔子及其弟子言行，集中体现了孔子的政治主张、论理思想、道德观念及教育原则等

作者引用经典中的话语，来说明女儿国的荒唐习俗。为了装扮得更像女人而拔光脸上的胡须，到头来还是在做表面文章而已。

---

[1] 卫夫人：卫铄，晋人，历史上著名的女书家。
[2] 墨猪：指字写得肥肿无力，多肉少骨。

涂的，莫若就叫'墨猪'罢。"多九公笑道："唐兄这个名字不独别致，并且狠得'墨'字'猪'字之神。"二人说笑，又到各处游了多时。

回到船上，林之洋尚未回来；用过晚饭，等到二鼓，仍无消息。吕氏甚觉着慌。唐敖同多九公提着灯笼，上岸找寻。走到城边，城门已闭，只得回船。次日又去寻访，仍无踪影。至第三日，又带几个水手，分头寻找，也是枉然。一连找了数日，竟似石沉大海。吕氏同婉如只哭的死去活来。唐、多二人仍是日日找寻，各处探信。

谁知那日林之洋带着货单，走进城去，到了几个行店，恰好此地正在缺货。及至批货，因价钱过少，又将货单拿到大户人家。那大户批了货物，因指引道："我们这里有个国舅府，他家人众，须用货物必多，你到那里卖去，必定得利。"随即问明路径，来到国舅府，果然高大门第，景象非凡。

林之洋意外失踪，让大家不知所措，四处寻找仍无下落。故事情节也随之发生了微妙变化。

话说林之洋来到国舅府，把货单求管门的呈进。里面传出话道："连年国主采选嫔妃，正须此货。今将货单替你转呈，即随来差同去，以便听候批货。"不多时，走出一个内使，拿了货单，一同穿过几层金门，走了许多玉路；处处有人把守，好不威严。来到内殿门首，内使立住道："大嫂在此等候。我把货单呈进，看是如何，再来回你。"走了进去。不多时出来道："大嫂单内货物并未开价，这却怎好？"林之洋道："各物价钱，俺都记得，如要那几样，等候批完，俺再一总开价。"内使听了进去，又走出道："请问大嫂：胭脂每担若干银？香粉每担若干银？头油每担若干银？头绳每担若干银？"林之洋把价说了。内使走去，又出来道："请问大嫂：翠花每盒若干银？绒花每盒若干银？香珠每盒若干银？梳篦每盒若干银？"林之洋又把价说了。内使入去，又走出道："大嫂单内各物，我们国主大约多寡不等，都要买些。就只价钱问来问去，恐有讹

潮州古迹国舅府

国舅，指封建王朝中太后或皇后的弟兄，即皇帝的母舅或妻舅

错，必须面讲，才好交易。国主因大嫂是天朝妇人，天朝是我们上邦，所以命你进内。大嫂须要小心！"林之洋道："这个不消分付。"跟着内使走进内殿。见了国王，深深打了一躬，站在一旁。看那国王，虽有三旬以外，生的面白唇红，极其美貌。旁边围着许多宫娥。国王十指尖尖，拿着货单，又把各样价钱，轻启朱唇问了一遍。一面问话，一面只管细细上下打量。林之洋忖道："这个国王为甚只管将俺细看，莫非不曾见过天朝人么？"不多时，宫娥来请用膳。国王分付内使将货单存下，先去回覆国舅；又命宫娥款待天朝妇人酒饭。转身回宫。

迟了片时，有几个宫娥把林之洋带至一座楼上，摆了许多肴馔。刚把酒饭吃完，只听下面闹闹吵吵，有许多宫娥跑上楼来，都口呼"娘娘"，磕头叩喜。随后又有许多宫娥捧着凤冠霞帔，玉带蟒衫并裙裤簪环首饰之类，不由分说，七手八脚，把林之洋内外衣服脱的干干净净。——这些宫娥都是力大无穷，就如鹰拿燕雀一般，那里由他作主。——刚把衣履脱净，早有宫娥预备香汤，替他洗浴。换了袄裤，穿了衫裙；把那一双"大金莲"暂且穿了绫袜；头上梳了鬏儿，搽了许多头油，戴上凤钗；搽了一脸香粉，又把嘴唇染的通红；手上戴了戒指，腕上戴了金镯。把床帐安了，请林之洋上坐。此时林之洋倒像做梦一般，又像酒醉光景，只是发痴。细问宫娥，才知国王将他封为王妃，等选了吉日，就要进宫。

正在着慌，又有几个中年宫娥走来，都是身高体壮，满嘴胡须。内中一个白须宫娥，手拿针线，走到床前跪下道："禀娘娘：奉命穿耳。"早有四个宫娥上来，紧紧扶住。那白须宫娥上前，先把右耳用指将那穿针之处碾了几碾，登时一针穿过。林之洋大叫一声："疼杀俺了！"望后一仰，幸亏宫娥扶住。又把左耳用手碾了几碾，也是一针直过。林之洋只疼的喊叫连声。两耳穿过，用些铅粉涂上，揉了几揉，戴了一副八宝金环。白须宫娥把事办毕退去。接着有个黑须宫人，手拿一匹白绫，也向床前跪下道："禀娘娘：奉命缠足。"又上来两个宫娥，都跪在地下，扶住"金莲"，把绫袜脱去。那黑须宫娥取了一个矮凳，坐在下面，将白绫从中撕开，先把林之洋右足放在自己膝盖上，用些白矾洒在脚缝内，将五个脚指紧紧靠在一处，又将脚面用力曲作弯弓一般，即用白绫缠裹；才缠了两层，就有宫娥拿着针线上来密密缝口：一面狠缠，一面密缝。林之洋身旁既有四个宫娥紧紧靠定，又被两个宫娥把脚扶住，丝毫不能转动。及至缠完，只觉脚上如炭火烧的一般，阵阵疼痛。不觉一阵心酸，放声大哭道："坑死俺了！"两足缠过，众宫娥草草做了一双软底大红鞋替他穿上。林之洋哭了多时，左思右想，无计可施，只得央及众人道："奉求诸位老兄替俺在国王面前方便一声：俺本有妇之夫，怎作王妃？俺的两只大脚，就如游学秀才，多年未曾岁考，业已放荡惯了，何能把他拘束？只求早早放俺出去，就是俺的妻子也要感激的。"众宫娥道："刚才国主业已分付，将足缠好，就请娘娘进宫。此时谁敢乱言！"

不多时，宫娥掌灯送上晚餐，真是肉山酒海，足足摆了一桌。林之洋那里吃得下，都给众人吃了。一时忽要小解，因向宫娥道："此时俺要撒尿，烦老兄领俺下楼走走。"宫娥答应，早把净桶掇来。林之洋看了，无可奈何。意欲扎挣起来，无如两足缠的紧紧，那里走得动。只得扶着宫娥下床，坐上净桶；小解后，把手净了。宫娥掇了一盆热水道："请娘娘用水。"林之洋道："俺才洗手，为甚又要用水？"宫娥道："不是净手，是下面用水。"林之洋道："怎叫下面用水？俺倒不知。"宫娥道："娘娘才从何处小解，此时就从何处用水。既怕动手，待奴婢替洗罢。"登时上来两个胖大宫娥，一个替他解褪中衣，一个用大红绫帕蘸水，在他下身揩磨。林之洋喊道："这个顽的不好！诸位莫

作者对宫娥缠足的动作描写十分细腻。由此可以体会被缠足人的痛苦万分。作者借此滑稽可笑的场面来揭露封建时代丧失人性的丑陋习俗。

人在缠足之后行动不便，甚至寸步难行。由此可见缠足简直是对人的极大侮辱，对人身的极大伤害。

烛台，托住蜡烛的无饰或带饰的器具，也可以指烛台上的蜡烛。《水浒传》第三回："刘太公擎了烛台一直去了。"

林之洋饱受缠足之苦，对这种苦深有体会，作者比喻恰到好处，十分贴切。作者借此讽刺封建时代的愚蠢陋习。

乱动手！俺是男人，弄的俺下面发痒。不好，不好！越揩越痒！"那个宫娥听了，自言自语道："你说越揩越痒，俺还越痒越揩哩！"把水用过，坐在床上，只觉两足痛不可当，支撑不住，只得倒在床上和衣而卧。

那中年宫娥上前禀道："娘娘既觉身倦，就请盥漱安寝罢。"众宫娥也有执着烛台的，也有执着漱盂的，也有捧着面盆的，也有捧着梳妆的，也有托着油盒的，也有托着粉盒的，也有提着手巾的，也有提着绫帕的：乱乱纷纷，围在床前。只得依着众人略略应酬。净面后，有个宫娥又来搽粉，林之洋执意不肯。白须宫娥道："这临睡搽粉规矩最有好处，因粉能白润皮肤，内多冰麝，王妃面上虽白，还欠香气，所以这粉也是不可少的。久久搽上，不但面如白玉，还从白色中透出一股肉香，真是越白越香，越香越白；令人越闻越爱，越爱越闻：最是讨人欢喜的。久后才知其中好处哩。"宫娥说之至再，那里肯听。众人道："娘娘既如此任性，我们明日只好据实启奏，请保母过来，再作道理。"登时四面安歇。

到了夜间，林之洋被两足不时疼醒，即将白绫左撕右解，费尽无穷之力，才扯了下来，把十个脚指个个舒开。这一畅快，非同小可，就如秀才免了岁考一般，好不松动。心中一爽，竟自沉沉睡去。

话说林之洋两只"金莲"，被众宫人今日也缠，明日也缠，并用药水熏洗，未及半月，已将脚面弯曲折作两段，十指俱已腐烂，日日鲜血淋漓。真是求生不能，求死不得。

国王选定吉期，明日进宫。并命理刑衙门释放罪囚。林之洋一心只想唐、多二人前来相救，那知盼来盼去，眼看着明日就要进宫，仍是毫无影响。一时想起妻子，心如刀割，那眼泪也不知流过多少。并且两只"金莲"，已被缠的骨软筋酥，倒像酒醉一般，毫无气力，每逢行动，总要宫娥搀扶。想起当年光景，再看看目前形状，真似两世人。万种凄凉，肝肠寸断。这日晚上，足足哭了一夜。到了次日吉期，众宫娥都绝早起来替他开脸[①]；梳裹、搽胭抹粉，更比往日加倍殷勤。那双"金莲"虽觉微长，但缠的弯弯，下面衬了高底，穿着一双大红凤头鞋，却也不大不小。身上穿了蟒衫，头上戴了凤冠，浑身玉佩叮珰，满面香气扑人，虽非国色天香，却是婷婷。用过早膳，各王妃俱来贺喜，来来往往，络绎不绝。到了下午，众宫娥忙忙乱乱，替他穿戴齐整，伺候进宫。不多时，有几个宫人手执珠灯，走来跪下道："吉时已到。请娘娘先升正殿，伺候国主散朝，以便行礼进宫。就请升舆。"林之洋听了，倒像头顶上打了一个霹雳，只觉耳中嘤的一声，早把魂灵吓的飞出去了。众宫娥不由分说，一齐搀扶下楼，上了凤舆，无数宫人簇拥，来到正殿，国王业已散朝，里面灯烛辉煌。众宫人搀扶林之洋，颤颤巍巍，如鲜花一枝，走到国王面前，只得弯着腰儿，拉着袖儿，深深万福叩拜。各王妃也上前叩贺。正要进宫，忽听外面闹闹吵吵，喊声不绝，国王吓的惊疑不止。

原来这个喊声却是唐敖用的机关。

唐敖自从那日同多九公寻访林之洋下落，访来访去，绝无消息。这日两人分头去访。唐敖寻了半日，回船用饭，因吕氏母女啼哭，正在解劝。只见多九公满头是汗，跑进船上道："今日费尽气力，才把林兄下落打听出来。"吕氏慌忙问道："俺丈夫现在何处？究竟存亡若何？"多九公道："老夫问来问去，恰好遇见国舅府中内使，才知林兄因国王看货欢喜，留在宫内，封为贵妃。因他脚大，奉命

林之洋本是男儿身，不料在此变成了"女人"，所以才有恍如隔世之感。故事情节跌宕起伏，充满曲折。

《红楼梦》中的万福礼

万福，是旧时汉族妇女所行的敬礼，有多福、祈祷之意

唐敖为了救出林之洋费尽心思，无奈寡不敌众，所以才设下机关。可谓无所不用其极。

---

① 开脸：古时女人在出嫁的时候，把脸上毫毛用线绞或用刀剃掉，并描眉毛、画鬓角，叫作"开脸"。开脸的女人就列于妇人，不再是闺女了。

把足缠好，方择吉日成亲。今脚已裹好，国王择定明日进宫。"话未说完，吕氏早已哭的晕倒。婉如一面哭着，把吕氏唤醒。吕氏向唐、多二人叩头，哭哭啼啼，只求"姑爷、九公，救俺丈夫之命"。唐敖命兰音、婉如把吕氏搀起。

多九公道："老夫刚才恳那内使求国舅替我们转奏，情愿将船上货物尽数孝敬，赎林兄出来。虽承内使转求，无奈国舅因吉期已定，万难挽回，不肯转奏。老夫无计可施，只得回来。唐兄可有甚么妙计？"唐敖吓的思忖多时道："此时吉期已到，恐难挽回。为今之计，惟有且写几张哀怜呈词，到各衙门递去，设遇忠正大臣，敢向国王直言谏诤，救得舅兄出来，也未可知。除此实无别法。"吕氏道："姑爷这个主意想的不差！他们偌大之国，官儿无数，岂无忠臣？这个呈词递去，必能救得丈夫出来。就请姑爷多写几张，早早递去！"唐敖当时作了哀怜稿儿，托多九公酌定。二人分着写了几张，惟恐耽搁，连饭也不敢吃，随即进城，但遇衙门，就把呈词递进。谁知里面看过，仍旧发出道："这不干我们衙门之事，你到别处递去。"一连几十处，总是如此。二人饿着跑到日暮，只得回船。吕氏问知详细，只哭的死去活来。娘儿两个，足足哭了一夜。唐敖听着，心如剑刺，东方渐亮，急的瞪目痴坐，无计可施。

多九公走来道："我们与其在船闷坐，何不上去探听？设或改了吉期，就好另想别法了。"唐敖道："吉期就在今日，何能更改。即使改了，又有何法？"多九公道："倘能另改吉期，我们船上货物银钱，也还不少，即到邻邦，把船上尽其所有都馈送那国王，恳其代为转求；设或他看邻邦分上，情不可却，放林兄出来，也未可知。"吕氏在内听了，早又带泪出来道："此计甚好，就求速速上去打听！"唐敖只得答应，同多九公进城。只听四处纷纷传

衙门内部图片

旧时称官署为衙门，即政权机构的办事场所。其实衙门是由"牙门"转化而来的。衙门的别称是六扇门。猛兽的利牙，古时常用来象征武力

多九公的话很有道理，与其空想，不如行动。这才引出了接下来的精彩故事情节。

说：今日国主收王妃进宫，释放罪囚，各官都叩贺去了。二人听了，更觉心冷如冰。多九公叹道："你听这话，还探听甚么！只好回去劝劝他们。如今木已成舟，也是林兄命定如此了。"唐敖道："这两日我在船上想起舅兄之事，至亲相关，心中已如针刺；此刻回去，他们听见一无指望，更要恼上加恼，教人听着，何能安身。我们只好在此走走，暂且躲避躲避。"多九公只得点头，又向前行。不知不觉，天已正午。多九公道："此时腹中甚饿，路旁有个茶坊，我们何不进去吃些点心，充充饥也好。"说罢，进去检副座儿坐了，倒了两碗茶，要了两样点心。只见有个起课的走来。唐敖一时无聊，因在课桶内抽了一签，递了过去。

　　未知如何，下回分解。

赏析 ▶

　　这一回，唐敖等人在智佳国过上元节，猜灯谜，场景描写十分精彩。接着便是一场重头戏，众人在女儿国被困，林之洋被缠足、化妆，摇身一变成了"女儿身"。作者构思巧妙，情节出人意料，悲剧和喜剧相交集，让人笑中有泪，悲中生喜。作者对于人物的心理描写恰到好处，场景描写生动真实。

第十三回　现红鸾林贵妃应课
揭黄榜唐义士治河

·导读·

正在林之洋遭遇危难之时，唐敖挺身而出，揭皇榜、治水患，为民造福，最终众人得以脱险。

鸾凤和鸣，比喻夫妻相亲相爱，旧时常用于祝人新婚。出自《左传》："是谓凤皇于飞，和鸣锵锵。"

话说唐敖把签递给起课的看了，随即起了一课道："此课'红鸾'发现，该有婚姻之喜。可惜遇了'空亡'，未免虚而不实，将来仍是各栖一枝，不能鸾凤和鸣。不知尊嫂所问何事？"唐敖道："我问这段婚姻，可能不成？此人现在难中，可逃得出么？"起课的道："刚才我已说过：婚姻虚而不实，断难成就。此人灾难已满，指日即有救星；就只要脱火坑，还须耽搁十日。"唐敖付了课资，起课的去了。多九公道："林兄灾难既满，为何还须十日方离火坑？"唐敖道："此话离离奇奇，令人不解。"吃过点心，付了茶资，信步走出。

远远有许多人簇拥着走来，二人迎上观看，原来是些人夫担着几十担礼物过去。多九公道："后面那个押礼的，就是国舅内使，不知到何处送礼去？"唐敖道："上面俱用锦袱盖着，自然是送国王的了。"多九公忙去打听，回来满面愁容道："唐兄：你道国舅这礼送给那个的？原来却是送给林兄的。"唐敖道："此话怎讲？"多九公道："那送礼人说：国舅因今日王妃进宫，送这礼物，预备王妃赏赐宫人。岂非送给林兄么？"唐敖听了，只急的抓耳搔腮。再望望，太阳业已西坠，各处官员，都乘轿马叩贺回来；那些罪囚，一个个也都喜笑而归。不多时，国舅送礼人夫，也都挑着空担回去。

二人见天色已晚，无可奈何，只得垂头丧气，回归旧路。唐敖道："刚才那起课的说：指日就有救星。若过了今日，也还救得出么？"多九公摇头道："今日如果进宫，生米做成熟饭，岂有挽回之理。"唐敖道："我刚才也是这样想。若据起课所言，似乎今日又有救星，究竟不知怎样挽回？再四思想，测度不出。大约那起课的不过信口胡谈，偏遇我们只想挽回，也不管事已八九，还要胡思乱想，可谓'痴人说梦'了。但舅兄如此好人，将来竟作异乡之鬼，这样结局，能不令人伤感！"多九公听了，也是叹息不止。

信步行来，又到张挂榜文处。唐敖道："我们初到此地，舅兄上去卖货，小弟同九公上来，曾见此榜。那知在此耽搁多日，遭此飞灾。这些时，不知舅兄怎样受罪，如何盼望！"一面说着，不觉滴下泪来。猛然心内一急，低头想了一想，走上前去，把榜揭了下来。多九公摸不着唐敖是何主见，当着众人，拦又拦不得，问又问不得，惟有望着发痴。那些看守人役，上前问道："你是何处妇人，擅揭此榜？那榜上的话，你可看明？"此时众百姓闻得有人揭榜，登时四方轰动，老老少少，无数百姓，都围着观看。唐敖看见人众，因朗声发话道："我姓唐，乃天朝人氏，从外洋至此。治河一道，我们天朝无人不晓。今路过贵邦，因见国王这榜，备言连年水患，人民被害，如邻邦君王治得河道，小民得免水患，情愿纳贡臣服；若邻邦臣民有能治得河道，财宝禄位，悉听择取：说的甚觉诚恳。因此不辞劳瘁，特来治河，与你们除患。……"话未说完，早有许多百姓，挨挨挤挤，都跪在地下，口口声声，只求天朝贵人大发慈心，早赐救拔。唐敖道："你们诸位请起。我虽能治河，但财宝禄位，我们天朝那样不有？这些我都不要。只要你们依我一事，我就即日兴工。"众百姓都起

痴人说梦，对痴人说梦话而痴人信以为真。比喻凭借荒唐的想象胡言乱语。出自宋代释惠洪《冷斋夜话》卷九："此正所谓对痴人说梦耳。"

遭遇水患的地方

"他山之石，可以攻玉。"唐敖急中生智，仗义出手，为救出林之洋创造了绝好的条件。

来道："不知贵人所说何事？"唐敖道："小可有个妻舅，前因卖货进宫，现被国王立为王妃，闻得吉期定于今日。你们如要治河，大家即到朝前哭诉，放了此人，我即兴工。如国王不以民命为重，不肯放他，纵让财宝如山，我亦不愿，只好回乡去了。"说话间，那围着看的人，密密层层，就如人山人海一般。一闻此言，只听得发了一声喊，不约而同，齐向朝门而去。那些人役，也都去回本官。

唐敖心地善良，要为此地治理水患，解民忧苦。从唐敖的言语间可见他的睿智与勇敢，这也让林之洋得救大有希望。

多九公得空到唐敖耳边问道："唐兄果然晓得治河么？"唐敖道："小弟并未做过外工朋友，那知治河！"多九公道："你既不谙，为何把榜揭了？设或修治不妥，虚费他的帑项，岂不连我们也弄出未完么？"唐敖道："小弟此番揭榜虽觉孟浪，但因要救舅兄，不得已做了一个'火烧眉毛，且顾眼前'之计，实是无可奈何。此时众百姓前去，大约国王难违众情，必是暂缓吉期。明日小弟看过河道，只好设法酌量。倘舅兄五行有救，自然机缘凑巧，河道成功；如光景不佳，不能结局，即烦九公将船上货物馈送邻邦，求其拯救：只此便是良策。"多九公听着，只是皱眉摇头。登时有看榜人役，备了轿马，把唐敖送到迎宾馆。多九公只得充作仆人，跟在后面。早有管事人预备酒饭，多九公另有下席一桌。二人正在饥饿，且饱餐一顿。饭后，多九公上船送信，暂安吕氏之心。回到宾馆，仍同唐敖静候佳音。

多九公与唐敖二人"一主一仆"配合默契。在危难面前相互信任与合作是十分重要的。故事情节生动有趣，引人入胜。

那些百姓听了唐敖之言，一时聚了数万人，齐至朝门，七言八嘴，喊声震耳。国王正受嫔妃朝贺，忽闻此声，惊疑不止。只见宫人进来奏道："国舅有要事面奏。"国王即命众人暂避，把国舅传进。国舅行礼毕，就把"天朝妇人揭榜，能修河道，因主上把他亲戚立为王妃，意欲恳求释放，才能兴工。众百姓现在聚了数万人，齐集朝门，吁求主上俯念数十万生灵为重，释放此人，以便即日兴工，救拔生民，以免涂炭”等话，奏了一遍。国王道：“我国向例：凡庶民人家，从无再醮之妇；何以孤家身为人君，反令王妃违此定例呢？”国舅道：“刚才臣已剀切晓谕：‘向来国中庶民，既婚后尚且不准改节；何况君上乃一国之主，岂有放回王妃之理？’说之至再。奈众百姓因吉期虽是今日，但王妃尚未进宫，与业已进宫不同，所以才敢吁恳施恩。”国王听了，无言可答。忖了多时道：“既如此，卿就出去回复众民，说寡人业已进宫，今日不能启奏。到了明日，木已成舟，众百姓也不能求我释放，我也有词可托了。”国舅再三恳求，无奈国王执意不肯，只得退出，回复众人。众百姓听了，惟恐到了明日，就难挽回，登时鼓噪，乱乱轰轰，喊成一片。

国王不肯答应，情况十分危急。故事情节充满悬念，林之洋的未来也变得扑朔迷离。作者借此讽刺封建时代不顾百姓安危的昏暗统治。

唐敖还在迎宾馆，痴心妄想，另改吉期。等来等去，吃了晚饭，还无信息。正在盼望，恰好有几个老年百姓从朝中回来，把尉官点兵征剿各话说了。唐敖这才知其详细，只吓的惊慌失色。多九公道：“刚才唐兄说国王必是暂缓吉期，那知全出意料之外，并且大动干戈，用兵征剿。看这光景，国王只知好色，不以民命为重。过了今日，我们只好且充外工朋友，替他修理河道，弄点脩金。若想林兄回来，只怕难了。”唐敖只急的抓耳挠腮。只见国舅那边差了内使，押送铺盖过来；又拨许多人役伺候。内使道：“我家国舅命我多多致意贵人：今日天晚，不能过来；明日上朝见过国主，就来面商修治河道。贵人在此，诸多简慢，只好当面再来请罪。”说罢，同几个庶民都去了。

次日，守候国舅，一直等到夜深，也不见来。多九公又去打听，原来众百姓已将国舅府围的水泄不通，在那里候信。唐敖这一夜更不曾合眼。次日清晨起来，多九公道：“唐兄，你看：不知不觉又是一天了。据老夫看来：若像这样，只怕我们吃了喜蛋才能回去哩。”唐敖道：“此话怎讲？”多九公道：“林兄同国王成亲，今已两日。再过几

多九公的说笑暗藏着内心的失望。时间在流失，林之洋能否得救还是未知数。吃“喜蛋”，更是让人哭笑不得的事。

日，倘恭喜怀了身孕，你是国王的妻妹婿，这样好亲戚，岂不要送喜蛋么？"唐敖急的无计可施，惟有专候国舅之信。

谁知国舅自从那日安顿众百姓，次日上朝，国王只推有病，总不见面。把个国舅急的走出走进，毫无主意。并闻府中已被众百姓团团围住，专等治河回音，更觉着急，又不敢回府。又恐唐敖走脱，因派许多兵役在城门把守。又差人时刻送酒送菜到迎宾馆去，又挑了几担鱼肉鸡鸭之类送到唐敖船上，无非遮人耳目，恐怕冷落之意。当日就在朝堂住了。

第二日，天将发晓，国王起来，大为不乐，将国舅宣来问道："那揭榜妇人可在么？"国舅奏道："此人现在宾馆，因国主没有示下，大约今日就要回去。"国王道："他果能治河，我念生灵为重，原可施恩把王妃释放。不知他治的究竟如何。莫若守他河路治好，再放王妃回去。倘修治不善，不能完功，虚费银两，即将王妃留在此处，日后照数拿银来赎。国舅以为何如？"国舅听了，满心欢喜道："主上如此办理，既不虚糜帑项，又安众民之心；倘河道成功，也除通国大患：真是一举两便。"国王道："你就照此办去。"

国舅来至迎宾馆，见了唐敖，彼此叙了寒温。——原来这位国舅姓坤，年纪不满五旬，声音面貌，宛如太监。——二人茶罢。国舅道："昨日众百姓齐集朝门，备言贵人因念敝邦水患，特来救援。老夫适值朝中有事，不能趋陪，多有得罪，尚望海涵！至令亲因在王府卖货，忽染重恙，现在仍未获痊；俟略将养，自然即送归舟。至立王妃之说，系小民讹传，断断不可轻信。但治河一事，不知贵人有何高见？"唐敖道："贵邦河道受病之由，小子尚未目睹，不敢谬执臆见。若论大概情形，当年治河的，莫善于禹。吾闻禹疏九河，这个'疏'字，却是治河主脑：疏

国王的话是否发自肺腑？唐敖治理水患之后，国王能否释放林之洋？这些还都是未知数。

太监，指被阉割后入宫服务的男性，即宦官。在古代，他们负责侍奉皇帝及其家族。

通众水，使之各有所归，所谓'来有来源，去有去路'。根源既清，中无壅滞，自然不至为患了。此小子愚昧之见，将来看过河道，尚望国舅大人指教。"国舅听了，连连点头。

话说国舅闻唐敖之言，不觉点头道："贵人所言这个'疏'字，顿开茅塞，足见高明。想来敝邦水患，从此可以永绝了。老夫还要回去复命，暂且失陪，明日再来奉陪去看河道。"分付人役预备酒宴，小心伺候。乘舆呵殿而去。多九公道："林兄之事，若据前日用兵征剿光景，竟是毫无挽回；今日据国舅之言，又像林兄不久就要回来。莫非林兄前日竟未成亲？令人不解。"唐敖道："大约此事全亏众百姓之力。国王恐人众作乱，所以暂缓吉期，也未可知。"

多九公道："这且慢慢再去打听。第治河一事，关系非轻，倘有疏虞，不但林兄不能还乡，就是我们也不知如何结局。老夫颇不放心。明日看过河道，唐兄究竟是何主见？"唐敖道："这个河道，其实看也罢，不看也罢。小弟久已立定一个主意。"

次日，国舅陪唐敖出城看河。一连两日。看毕回来，唐敖道："连日细看此河受病处，就是前日所说那个'疏'字缺了。以彼处形势而论：两边堤岸，高如山陵，而河身既高且浅，形像如盘，受水无多，以至为患。这总是水大之时，惟恐冲决漫溢，且顾目前之急，不是筑堤，就是培岸。及至水小，并不预为设法挑挖疏通；到了水势略大，又复培壅。以致年复一年，河身日见其高。若以目前形状而论，就如以浴盆置于屋脊之上，一经漫溢，以高临下，四处皆为受水之区，平地即成泽国。若要安稳，必须将这浴盆埋在地中。盆低地高，既不畏其冲决，再加处处深挑，以盘形变成釜形，受水既多，自然可免漫溢之患了。"国舅道："贵人所论河道受病情形，恰中其弊，足见天朝贵

唐敖观察实际情况，经过冷静思考得出结论。毕竟民意难违，水患治理是民心所向，也是唐敖的心愿。

经过实地观察和慎重思考，唐敖找到了治理水患的办法，而且得到了大家的肯定。可见唐敖智慧超群，心怀悲悯。

人留心时务，识见高明。至浴盆屋脊之说，尤其对症，真是指破迷团。惟求贵人大发恻隐，早赐拯拔，使敝邦'屋脊'之祸水由地中行，永庆安澜，得免涂炭，不独苍生感戴，即敝邦国主，亦当铭感不忘。但挑挖深通，不知天朝向来用何器具？尚求指教。"

唐敖道："敝处所用器具甚多，无如贵邦铜铁甚少，无从措办。'工欲善其事，必先利其器。'今既一无所有，纵使大禹重生，亦当束手。幸而我们船中带有钢铁，制造尚易。第河道一时挑挖深通，使归故道，施工甚难。盖堤岸日积月累，培壅过高，下面虽可深挑，而出土甚觉费事；倘能集得数十万人夫，一面深挑，一面去其堤岸，使两岸之土不致壅积，方能易于藏事。不知人夫一时可能齐集？"国舅道："若讲人夫，贵人只管放心。此地河道，为患已久，居民被害已深，闻贵人修治河道，虽士商人等，亦必乐于从事；况又发给工钱饭食，那些小民，何乐不为？但还有一事：昨日所看此河东首刷淤之处，贵人曾言彼处当年办理不善，以致淤沙停积，水无去路，因而不时为患。其受病之由，尚求指教。"唐敖道："凡河有淤沙，如欲借其水势顺溜刷淤，那个河形必须如矢之直，其淤始能顺溜而下。昨看那边河道到了刷淤之处，河路不直，多有弯曲，其淤遇弯即停，何能顺溜而下？再者：刷淤之处，其河不但要直，并且还要由宽至窄，由高至低，其淤始得走而不滞。假如西边之淤要使之东去，其西边口面如宽二十丈，必须由西至东，渐渐收缩，不过数丈。是宽处之淤，使由窄路而出，再能西高东低，自然势急水溜，到了出口时，就如万马奔腾一般，其淤自能一去无余。今那边刷淤之处，不但处处弯曲，而且由窄至宽，事机先已颠倒，其意以为越宽越畅；那知水由窄处流到宽处，业已散漫无力，何能刷淤？无怪越积越厚，水无去路了。"国舅连连点头道："贵人高论，胜如读《河渠书》《沟洫志》。但

大禹画像

唐敖用心准备治河工具，紧急关头，所带的钢铁派上了用场。故事情节环环相扣，内容连接紧密，写作手法细腻。

《河渠书》是中国第一部水利通史，记述从禹治水开始，延续到汉元封二年黄河瓠子堵口，及其以后各地区倡兴水利、开渠引灌等史实，是以后历代史书撰述河渠水利专篇的典范。

开工吉期，定在何时？以便启奏国主，谕令该管各官早为预备。"唐敖道："此时必须先造器具。明日国舅多派工匠过来。俟器具造齐，再择吉期开工。"国舅点头，即命随从速传工匠，明早伺候；并多派人役，听候差遣。说罢别去。唐敖将器具样儿画了，并托多九公照应把铁发来。次日，许多工人传到，唐敖把样儿取出，一一指点，登时开炉打造。众工人虽系男装，究竟是些妇女，心灵性巧，——比不得那些蠢汉，任你说破舌尖，也是茫然；这些工人，只消略为指点，全都会意。——不过两三日，都造齐备。择了开工吉期。

唐敖用心准备，精心设计，妇女们打造器具，一学就会，聪慧过人。作者借此表达男女平等的进步思想。

是日，国舅同至河边。唐敖命人逐段筑起土坝。先把第一段之水车到第二段坝内，即将第一段挑挖深通；就把第二段土坝推倒，将水放入第一段新挑深坑之内，再挑第二段：逐段都动起工来，总是尽力深挑。后来所挖之土，一时竟难上岸，仍命工人把筐垂入坑内，用辘轳搅上，每取土一筐，要费许多气力。好在众百姓年年被这水患闹怕，此番动工，举国之人，齐来用力，一面挑河，一面起堤，不上十日，早已完工。又把各处来源去路，也都挑挖疏通。这里唐敖指点监工：那众百姓见他早起晚归，日夜辛勤，人人感仰。早有几个老者出来攒凑银钱，仿照唐敖相貌，立了一个生祠；又竖一块金字匾额，上写"泽共水长"四个大字。

介绍了唐敖治理水患的方法和众人一起劳动的过程。水患治理了，众人为唐敖立生祠、竖匾额，表现了大家在水患消失之后的喜悦之情，以及对于唐敖的感激。

此事传入宫内，早有一位世子把这情节对林之洋说了。原来林之洋那日同国王成亲，上了牙床，忽然想起："当日在黑齿国，妹夫同俺顽笑，说俺被女儿国留下。今日果然应了。这事竟有预兆。那时九公曾说：'设或女儿国将你留下，你却怎处？'俺随口答道：'他如留俺，俺给他一概弗得知。'这话也是无心说出，其中定有机关。今日国王既要同俺成亲，莫若俺就装作木雕泥塑，给他一概弗得知，同他且住几时，看他怎样。"因存这个主见，心心

焚香，古书上多有论述，多以焚香来祭拜和静心

念念，只想回家。一时想起妻子，身如针刺，泪似涌泉。又想自从到此，被国王缠足、穿耳、毒打、倒吊，种种辱没，九死一生。这国王恁般狠毒，明是冤家对头，躲还躲不来，怎敢亲近！如此一想，灯光之下，看那国王虽是少年美貌，只觉从那美貌之中，透出一股杀气；虽不见他杀人，那种温柔体态，倒像比刀还觉利害。越看越怕，惟恐日后命丧他手，更是心冷如冰，体软如绵。一连两夜，国王费尽心机，终成画饼。虽觉扫兴气恼，因河道一事，究竟牵挂，不敢把他奈何。后来同国舅议定治河一事，思来想去，留此无用，只得将他送归楼上，索性把缠足、抹粉一切工课也都蠲了。林之洋得了这道恩赦，虽未得归故乡，暂且脚下松动。就只不知将来可能放归，又不知前日众百姓为何喧嚷，细问宫娥，都是支吾。

这日正在思乡垂泪，有个年轻世子走来下拜道："儿臣闻得天朝有位唐贵人来此治河，俟河道治好，父王即送阿母回去。儿臣特地送信，望阿母放心。"林之洋把世子搀起细问，才知揭榜一事。因垂泪道："蒙小国王念俺被难，前来送信。俺林之洋倘骨肉团圆，惟有焚香报你大德。俺妹夫河道治完，还求送俺一信。更望在老国王跟前，替俺美言，早放俺回去，便是俺救命恩人了。"世子上前替林之洋揩泪道："阿母不须悲伤。儿臣再去探听，如有佳音，即来送信。"说罢去了。林之洋自从国王送回楼上，众宫娥知他日后仍回天朝，并非本国王妃，那个肯来照管：往往少饭无茶，十分懈怠。幸亏世子日日前来照应，茶饭始得充足。林之洋深为感激。不知不觉，将及半月，两足虽已如旧，但穿上男鞋，竟瘦了许多。这日世子匆匆走来道："告禀阿母：唐贵人已将工程办完。今日父王出去看河，十分欢喜，因唐贵人乃天朝贵客，特命合朝大臣，许多鼓乐，护送归舟，并送谢仪万两。闻得明日即送阿母回船。儿臣探听真实，特来送信。"林之洋欢喜道："俺自老

佳人喜做东林婿

壮士愁为举案妻

国王送回楼上，蒙小国王百般照应，明日回去，不知甚时相见，俺林之洋只好将来再报大情。"

世子见左右无人，忽然跪下垂泪道："儿臣今有大难，要求阿母垂救！如念儿臣素日一点孝心，大发恻隐，儿臣就有命了。"林之洋忙搀起道："小国王有甚大难？快告俺知。"世子道："儿臣自从八岁蒙父王立储，至今六载。不幸前岁嫡母去世，西宫阿母专宠，意欲其子继立，屡次陷害儿臣，幸而命不该绝。近日父王听信谗言，痛恨儿臣，亦有要杀儿臣之意。此时若不远走，久后必遭毒手。况父王指日即往轩辕祝寿，内外臣仆，莫非西宫翼；儿臣年纪既幼，素日只知闭户读书，又无心腹，安能处处防备？一经疏虞，性命难保。阿母如肯垂怜，明日回船，将儿臣携带同去。倘脱虎穴，自当衔环结草①，以报大恩。"林之洋道："俺们家乡风俗与女儿国不同，若到天朝，须换女装。小国王作男子惯了，怎能改得？就是梳头、裹脚，也不容易。"世子道："儿臣情愿更改。只要逃得性命，就是跟着阿母，粗衣淡饭，我也情愿。"林之洋道："俺带小国王同去，宫娥看见，这便怎处？莫若等俺回船，小国王暗地逃去，岂不是好？"世子听了，连连摇头。

话说世子摇头道："儿臣无事不能出宫；即使出去，亦有护卫，何能一人上船。好在近日众宫娥不来伺候，明日阿母上轿，儿臣暗藏轿内，即可出去。务望阿母携带！"林之洋道："只要小国王办的严密，俺自遵命。"到了次日，国王命人备轿送林之洋回船，并命众宫娥替林之洋改换男装，伺候上轿。世子在旁看见人众，惟有垂泪，十分着

世子自觉性命不保，特来向林之洋求救，故事情节发生了戏剧性变化。正所谓："与人方便，自己方便。"林之洋身处危难还要搭救世子，十分难得。

搭救世子的计划落空，林之洋暂时没有机会行动。故事情节再次充满悬念，好事多磨，一波三折。

---

① 衔环结草：东汉人杨宝救了一只受伤的小黄雀，小黄雀伤好后叼来四个玉环来报答杨宝救命之恩。结草：把草结成绳子，搭救恩人。春秋时期，晋国大夫魏颗没有按照父亲的遗嘱让小妾陪葬而让她改嫁他人，小妾的父亲的灵魂在战场上把草打结绊倒秦国大将杜回帮助魏颗取胜来报答。旧时比喻感恩报德，至死不忘。

急，忙到轿前附耳道："此时耳目众多，不能同去。儿臣之命，全仗阿母相救。若出十日之外，恐不能见阿母之面。儿臣住在牡丹楼，切须在意！"送了几步，哽咽而去。

林之洋回到船上，原来国王昨日备了鼓乐，已将唐敖、多九公护送回来。此时林之洋见了唐、多二人，惟有再三拜谢；吕氏、婉如、兰音，也都相见，真是悲喜交集。林之洋道："妹夫到海外原为游玩，那知是俺救命恩人。俺在那里受罪，本要寻死，因得梦兆，必有仙人相救，俺才忍耐。今仙人还不赏光，却亏妹夫救俺出来。"多九公道："这是林兄吉人天相，所以凑巧得唐兄同来。当日路过黑齿，唐兄曾有'以德报德'之话，今日果然应了。可见林兄这场灾难，久有预兆，我们何能晓得。"唐敖道："舅兄为何步履甚慢？难道国王果真要你缠足么？"林之洋见问，不觉又是好笑，又是愧恨道："他把俺硬算妇人做他的老婆也罢了，偏偏还要穿耳、缠足。俺这两脚好像才出阁的新妇，又像新进馆的先生，这些时好不拘束。偏那宫人要早见功，又用猴骨熬汤，替俺薰洗。今虽放的照旧，奈被猴骨洗的倒像多吃两杯，只觉害酒软弱，至今还是无力。当日上去卖货，曾有一个蟢蛛落在脚上，那知却是这件喜事！"婉如道："爹爹耳上还有一副金环，俺替你取下来。"林之洋道："那穿耳宫娥也不顾死活，揪着耳朵就是一针，今日想起，俺还觉痛。这总怪厌火国囚徒把俺胡须烧去，嘴上光光的，国王只当俺年轻，才有这番灾难。闻得国王昨日送妹夫回船，还有谢仪一万两，可送来么？"唐敖道："久已送来。舅兄何以得知？"

林之洋将世子屡次送信，诸事照应，并后来求救各话，备细说了。唐敖道："世子既有患难，我们自应设法救他；况待舅兄如此多情，尤当'以德报德'。且世子若非情急，岂肯把现成国王弃了，反去改换女装、投奔他邦之理？我们必须把他救出，方可起身。九公以为如何？"多

林之洋的话风趣幽默，充满感激。梦中仙人与唐敖有什么关系？作者构思巧妙，给人留下思考空间。

唐敖的话发自肺腑，有情有义。一路的善举，成就了他人，也成就了自己。

九公道："'以德报德'，自应如此。但如何设法，必须商酌万全，才好举行。林兄在宫多日，谿径最熟，可有妙计？"唐敖道："这位世子可像歧舌世子？——如会骑射，就易设法了。"林之洋道："世子虽是男装，他是女人，未必晓得骑射。妹夫如真心救他，俺倒有计，除了妹夫，别人都不能。"唐敖道："此等仗义之事，用着小弟，无不效劳。不知是何妙计？"林之洋道："据俺主意：到了夜晚，妹夫将俺驼上，一同窜进王宫，将他救出，岂不是好？"唐敖道："王宫甚大，世子住处，舅兄知道么？"林之洋道："世子送俺时，他说住在牡丹楼。——他们那里牡丹甚高，到了开时，都是登楼看牡丹。——俺们到彼，只检牡丹多处找他，自然见面了。"唐敖道："今晚且同舅兄窜进王宫，看是如何，再作计较。"多九公道："林兄因感世子之情，唐兄只知惟义是趋，都是忿不顾身，竟将王宫内院视为儿戏。请教二位：彼处既是宫院，外面岂无兵役把守？里面岂无人夫巡逻？二位进去，设被捉获，不知又有什么良策？据老夫愚见：还须慢慢商量。如此大事，岂可造次！"唐敖道："小弟同舅兄至彼，自然加意小心，相机而行，岂敢造次。九公只管放心。"

西安秦王宫

王宫，国王居住的宫殿

到了下午，用过晚饭，唐敖身上换了一件短衣；林之洋也把衣服换了。因向日所穿旧鞋甚觉宽大，即命水手上去另买一双合脚的。结束停当，天已昏黑。吕氏恐丈夫上去又惹是非，再三苦劝，林之洋那里肯听，即同唐敖别了多九公，踱进城来。走了多时，到王宫墙下。四顾无人，唐敖驼了林之洋，将身一纵，窜上墙头，四处眺望。只听里面梆铃之声，络绎不绝。随即越过几层高墙，梆铃之声，渐觉稀少。唐敖轻轻道："舅兄，你看：此处鸦雀无闻，甚觉清静，大约已到内院了。"林之洋道："迎面这些树木，想是牡丹楼，俺们下去看看。"唐敖随即窜入院内。林之洋轻轻跳下，方才脚踹实地，不防树林跳出两只大

语言描写，唐敖等人身处险境而泰然自若，无所畏惧。这也在启发我们面对苦难时更要冷静思索，积极想办法。

犬，狂吠不止，将二人衣服咬住。那些更夫闻得犬吠，一齐提着灯笼，如飞而至。唐敖措手不及，连忙摔脱恶犬，将身一纵，窜上高墙。

恶犬狂吠

众人赶到林之洋跟前，提灯照道："原来是个女盗。"内中有个宫人道："你们不可胡说！这是国主新立王妃，不知为何这样打扮？黉夜①至此？——必有缘故。国主正在夜宴，且去奏闻，请令定夺。"随即启奏，立刻带到艳阳亭。国王一见，登时把怜香惜玉之心，又从冷处热转过来道："孤家已命人送你回去，此时你又自来，是何意见？"林之洋见问，无言可答。国王笑道："我知你意了：你舍不得此处富贵，又来希冀孤家宠幸。<u>你既有此美意，我又何必固却。只要你从此将足缠小，自然施恩收入宫内。你须自己要好，莫像从前任性，将来自有好处。</u>"分付宫人即送楼上，改换女装，仍派从前宫娥，照旧伺候，俟足缠好，随即奏闻，以便择吉入宫。众宫娥答应，将林之洋搀到楼上，香汤沐浴，换了衣履，仍旧梳头、缠足。林之洋忖道："今日虽又被难，喜得妹夫未被捉获。他今窜在墙上，必探俺的住处，前来相救。俺且用话把宫人惊吓惊吓，省得两足又要吃苦。"因说道："俺今日情愿进宫，恨不能两足缠小，好同国王成亲；不劳诸位混来动手。你们待俺有情义，俺日后进宫也有情义；你们待俺利害，少不得俺有报仇日子！俺要得起时来，莫讲你们几个臭宫娥，就是各宫王妃，俺要他命，他也脱不过的。"众宫娥听了，因想起当日启奏打肉各事，惟恐记恨，一齐叩头，只求王妃高抬贵手，莫记前仇。林之洋道："俺只论已后，不讲从前。你们莫怕，只管起来。你们教俺莫记前仇，<u>只要依俺三件事。</u>"众宫娥立起道："任凭多少，奴婢无有不遵。不知那三件？——只管分付。"林之洋道："第一件：缠足、

国王的话看似美意，实则是一种固化思想的外在表现。由此可见封建时代人们对于"缠足"丑陋习俗的看重，实在可笑。

林之洋有过前次的教训，这次面对危险时更加智慧，且能够冷静地处理。所谓："吃一堑，长一智。"

---

① 黉（yín）夜：深夜。

搽粉各事，俺自动手，不准你们费心。可依得？"众人道："依得。"林之洋道："第二件：世子如来同俺说话，不劳你们立在跟前。可依得？"众人道："依得。请问第三件呢？"林之洋道："这里楼房许多，你们另住一间，不要同俺一房。这件可依得？"众人听了，都默默无言。林之洋道："想是怕俺一人在内，夜间逃走？也罢，俺在里间居住，你们都在外间。里间楼窗，每到夜晚，你们上锁，将钥匙领出。这样严紧，难道还不放心？俺要逃走，今日也不来了。"众宫娥听了，都一齐应道："这件也依得。"于是忙忙乱乱，各去张罗床帐。林之洋假意用力把脚裹了，众人这才放心。天有二更，众宫娥把楼窗锁好，领了钥匙，各去睡了，不多时，酣声如雷。

将及三鼓，林之洋睡在床上，忽听楼窗有人弹指声，忙到窗前，轻轻问道："外面是妹夫么？"唐敖道："我自从摔脱恶犬，窜在高墙，后来见众人把你送到楼上，我也就跟来。此时众人已睡，你作速开门，随我回去。"林之洋道："楼窗上锁，不能开放；若惊醒他们，加意防备，更难脱身。据俺主意：妹夫且去，明日俺同小国王商量计策。你只看楼上挂有红灯，即来相救。速速去罢！"唐敖答应。只听嗖的一声去了。

次日世子闻知，前来探望。林之洋告知详细。世子不觉感激涕零道："恰好明日乃儿臣诞辰，阿母可分付宫娥备宴与儿臣庆寿，将宴送至儿臣那边，自有道理。"林之洋点头，即命宫人预备送去。天将掌灯，世子命宫人邀楼上众宫娥前去吃酒。众人闻世子赏宴，个个欢喜，都要争去；林之洋随命众人去了。世子见宫娥全到，忙到楼上，开了楼窗，挂起红灯。忽从房上窜进一人。世子知是唐敖，连忙倒身下拜。唐敖忙搀起道："这位莫非就是世子么？"林之洋连连点头。唐敖道："事不宜迟，我们走罢。"于是把林之洋驮在背上，怀中抱了世子，将身一纵，跳在墙上；一连越过几层高墙，才窜到宫外。放下世子，林之洋也从肩上跳下。幸有微月上升，尚不甚黑，三人一齐趱行，越过城池，来至船上，见了多九公，随即开船。世子换了女装，拜林之洋为父，吕氏为母；见了婉如、兰音，十分相契。多九公问起名姓，才知世子姓阴，名若花。唐敖听见"花"字，猛然想起当日梦中之事。

　　未知如何，下回分解。

几位女子都是仙子下凡，本来志趣相投，所以才会一见如故。作者描写精准，看似一笔带过，实则韵味悠长。

赏析 ▶

　　在这一回里，作者讲述了林之洋身处危难之际，唐敖挺身而出，揭皇榜、治水患的故事。在众人协力配合下，林之洋最终脱离了险境。作者文笔流畅，故事富有戏剧色彩，情节一波三折，扣人心弦。透过作者的文字，我们可以清晰感受人物性格和心理状态，林之洋的百般无奈，唐敖的侠肝义胆、勇于担当，多九公的冷静和智慧，都给人留下深刻印象。人物是小说的灵魂，人物鲜活，故事才有味道。

第十四回　轩辕国诸王来祝寿
　　　　　　　入仙山撒手弃凡尘

·导读·

　　一行人来到轩辕国，正遇君子国、女儿国等三十国国王来为轩辕国王祝寿，好不热闹。喧嚣之后，唐敖便上蓬莱成仙去了。

唐敖回忆梦神指点，思量一路所遇女子，若有所悟，名花莫非就是以花为名的女子？这也让故事情节发展变化多了一些悬念。

凤凰亦作"凤皇"，古代传说中的百鸟之王。雄的叫"凤"，雌的叫"凰"，常用来象征祥瑞

　　话说唐敖闻世子名叫若花，不觉忖道："梦神所说十二名花，我到海外，处处留神，至今一无所见。惟所遇女子，莫不以花木为名。即如：姒儿又名蕙儿，红红又名红薇，亭亭又名紫萱；其余如廉锦枫、骆红蕖、魏紫樱、尹红萸、枝兰音、徐丽蓉、薛蘅香、姚芷馨之类，并无一人缺了花木。我正忖度莫决。今日忽然现出'若花'二字，莫非从此渐入佳境？——倒要留意了。"

　　这日，唐敖立在柁楼，远远望去，只见对面霞光万道，从中隐隐现出一座城池。多九公把罗盘看一看道："唐兄：前面已到轩辕国。此是西海第一大邦，我们要畅游几日了。"当时到了轩辕，将船泊岸。林之洋脚已养好，自去卖货。唐、多二人上岸，远远望那城郭，就如峻岭一般，巍巍荡荡，景象非凡。唐敖道："城郭离此还有若干路程？"多九公道："前面有座玉桥。过了玉桥，穿过梧林，不过三四里，就可到了。"不多时，步过玉桥，迎面无数梧桐，一望无际；桐林之内，俱是凤凰来往飞腾。唐敖道："怪不得古人言：'轩辕之邱，鸾鸟自歌，凤鸟自舞。'果然不错。"只见那边有对凤凰，来来往往，一上一下，盘旋飞舞，就如锦绣一般。越看越爱，不觉赞好道："前在麟凤山虽见凤凰，却未看他飞舞；那知此处却有如此大观！"多九公道："唐兄既要领略此国风景，何不且到城中？此地凤凰如别处鸡鸭一般，到处皆是，若看凤舞，终日还看不完哩。"唐敖听罢，即出梧林。走了多时，田野中已有人烟，都是人面蛇身：一条蛇尾，盘交头上；衣冠言谈，与天朝无异；举止面貌，亦甚秀雅。走进城来，街市虽有十数丈之宽，那些作买作卖，来来往往，仍是捱挤不动。市中所卖凤卵，如别处鸡蛋一样，摆列无数。

忽听吆吆喝喝，街上人都向两旁闪开。只见一人手执一柄黄伞，——写"君子国"三个大字，——伞下罩着一位国王：生得方面大耳，品貌端严；身穿红袍，头戴金冠，腰中佩剑。许多随从。骑着一匹文虎过去。随从又有一伞，——写着"女儿国"，——伞下罩着一位国王：生得眉清目秀，面白唇红；头戴雉尾冠，身穿五彩袍；骑着一匹犀牛。也是许多跟随，簇拥过去。唐敖道："此时君子、女儿两位国王忽然到此，不知何故？莫非都属轩辕所辖，前来朝贺么？"多九公道："他们各霸一方，向来并无统属。此番到此，大约素日契好，前来拜望，亦未可知。"唐敖摇头道："小弟记得：我们自从今正来到海外，所过之国，第一先到君子，其次大人、淑士……以至女儿，共计三十国。走了九月之久，才到此地。若君子国王来此，往返岂不要走年半之久？如此遥远，特来拜望，只怕未必。"多九公道："我们因要卖货，不问道路遥远，只拣商贩通处绕去，所行之地，并非直路，所以耽搁。他们直来直往，何须多日。当日我们在君子国同吴氏弟兄闲谈，他家仆人，曾有'国王要到轩辕'之说；前在女儿国，若花姪女在宫，亦向林兄言过，国王要来轩辕。可见二位国王俱走在我们之后，却到在我们之先。直来直往，即此可为明证。但这两国毕竟为何到此，待老夫且去打听。"

不多时，回来道："此番我们来的凑巧。此地国王，乃黄帝之后，向来为人圣德。凡有邻邦，无论远近，莫不和

雉尾，也叫翎子，就是野鸡尾巴，尺寸很长，最长二米左右。两根翎子插在头上，作为英雄或戏曲人物装饰品

故事情节充满奇幻，凤卵如鸡蛋一样，在当地也不算稀罕物。作者想象丰富，突破思维局限，将神话变为现实。

多九公回忆过往，结合实际进行推断，得出了比较可靠的结论。可见多九公是个善于观察、冷静思考的人。

好。而且有求必应，最肯排难解纷，每遇两国争斗，他即代为解和，海外因此省了许多刀兵，活了若干民命。今年恰值一千岁整寿，臣民俱献梨园①祝嘏，远近各国齐来庆贺。明日就是寿诞之期。今日各国都在千秋殿预祝，大排筵宴，殿外共有数十处梨园演戏。无论军民，只管进去瞻仰，竟是'与民同乐，共跻寿域'之意。我们何不同去看看？"唐敖听罢，不胜之喜，随即举步道："请教九公：此地国王何以竟有千秋之寿？"多九公道："老夫记得古人言：'轩辕之人，不寿者八百岁。'大约千岁还不算高寿哩。"唐敖道："以此看来：轩辕之人，虽非大罗神仙，也可算得地仙了。当日轩辕黄帝骑龙上天，小臣不舍，有持龙须而堕的，有抱其弓而号的。那些小臣，既有随去之意，何必这等号呼？若凡心未退，纵能跟去，又有何益？倘主意拿定，心如死灰，何处不可去，又何必持其龙须以为依附？——未免可笑！"多九公道："难道今日唐兄之心已如死灰么？"唐敖道："岂但今日！"多九公笑道："唐兄又要发呆了！"

从这几句对话可以看出，唐敖离尘脱俗心意已决，由此可见，他日后入仙山不归，也就是很自然的事了。

说笑间，迎面有座冲霄牌楼，霞光四射，金碧辉煌，上有四个金字，写的是"礼维义范"。穿过牌楼，又是一座金门。走过金门，才望见千秋殿。那殿约有十余丈高，极其宽大；四面都是亭台楼阁，将千秋殿环抱居中。各处音乐不断，接接连连，都是梨园演戏。唐敖一心要看国王，无心看戏，直向千秋殿走来。殿外立着一对青鸾，身高六尺，尾长一丈，其形如凤，浑身青翠，鸣的悠扬宛转，就如五音齐奏一般。唐敖道："怪不得古人以鸾鸣叫作'鸾歌'，真比歌儿唱的还妙。九公！你看那个身形略小的，想是雌鸾了？为何雄鸣他鸣，雄不鸣他也不鸣呢？"

鸾，又名青鸾，是古代中国神话传说中的鸟，在凤凰的异名中，可能是最为人熟知的

---

① 梨园：李隆基(唐玄宗)训练伶人的地方。后来泛指演戏的场所和戏班，因而也泛称伶人做"梨园子弟"。

多九公道:"那个小的虽是雌鸾,其实名'和'。《礼》云:'在舆则闻鸾和之音。'上古之时,鸾舆顺动,此鸟辄集车上,雄鸣于前,雌应于后,所以雄鸣雌也鸣了。"

　　原来殿上也是演戏。那看的人虽如人山人海,好在国王久已出示,毋许驱逐闲人,悉听庶民瞻仰。二人挤在人丛中,也步入殿内。只见主位坐着轩辕国王:头戴金冠,身穿黄袍,后面一条蛇尾,高高盘在金冠上。殿上许多国王,都是奇形怪状。唐敖略略看了一遍,内中除君子、大人、智佳、女儿各国约略晓得,其余俱是素昧平生。因暗暗问道:"请教九公:小弟闻得轩辕之人有'尾交首上'之说,想来就是主席国王了。其余这些国王,除了我们到过的,内中许多奇形怪状,小弟看来看去,只觉眼花撩乱,辨不明白。那边有位国王,头上披着长发,两腿伸在殿上约有两丈长,其国何名?"多九公轻轻答道:"这是长股国,又名有乔国。我们天朝以双木续足,叫作'高骠',就是仿他作的。长股之旁有位国王,一个大头、三个身躯的,名叫三身国。三身对面有个身有双翼、人面鸟嘴的,名叫驩兜国。驩兜上首有位头大如斗、身长三尺的,名叫周饶国。——就是能做飞车的周饶。迎面有位脚胫相交的,名叫交胫国。交胫旁边有位面中三目、一只长臂的,名叫奇肱国。奇肱下首坐着一位三首一身的,名叫三首国。"唐敖道:"那边一位三身一首,这边一位三首一身,两位设或对看,只怕彼此都有羡慕之意哩。"

　　林之洋听见此处演戏,也来殿上,恰好三人遇在一处。唐敖道:"这些国王,舅兄都熟识么?"林之洋看了,也有认得的,也有认不得的,——诸如三苗、丈夫之类,都向多九公暗暗请教一番。唐敖道:"内中有个'舅夫国',九公可曾看见?"多九公道:"海外各国,老夫虽未全到,但这国名无有不知,从未见有'舅夫'之说。唐兄从何见来?"唐敖道:"林兄是小弟妻舅,女儿国王又是小弟妻舅

轩辕国诸
王祝寿
蓬莱岛二
老游山

之夫，以此而论，那女儿国王岂非小弟'舅夫'么？"多九公笑道："若论亲眷，唐兄还是女儿国王的妻妹婿哩。据老夫愚见：林兄须要躲避躲避；惟恐令夫见你在外丢丑，把脚放大，一时气恼，倘命保母过来，那定痛人参汤，老兄又要吃一杯了。"林之洋道："你们二位也躲避躲避才好，俺闻黑齿国王背后狠怪你们哩。"唐敖道："我们同他毫无干涉，为何要怪？"林之洋道："他说自从你们到他国中谈了一回文，把他国中文风弄坏，至今染了你们习气，还是黑气冲天哩。"唐敖道："如今淑士国王四处访拿猎户，智佳国王四处访拿和尚，闻得也因谈文弄的祸根。舅兄可晓得？"林之洋道："俺不晓得。"多九公道："据老夫看来：只怕'鸟枪打'同那'到处化缘'旧案发作了。"林之洋道："两位国王如把俺捉去，俺在他跟前多称几个'晚生'，自然把俺放了。"多九公道："你看殿上厌火国王那张大嘴忽又冒出火光，林兄小心胡须要紧！此时才留几根儿，莫被烧去，教人看着眼馋，又要生出穿耳、裹脚那些花样了。"

谈笑之中道尽一路游历的艰辛，起起落落转眼都成了茶余饭后的平常事了。可见几人的心境有了许多变化。

话说林之洋同唐、多二人嘲笑，招架不住，渐觉词钝，因众国王在殿上闲谈，就势说道："九公且莫斗趣。你看那边智佳国王同轩辕国王说话，他把轩辕国王称作'太老太公'，这是甚么称呼？"多九公道："智佳之人向来寿相最短，大约不过四五十岁就算一世。今轩辕国王业已千岁；若论世谊，同他二十代祖宗就算相交。所以智佳国王无可相称，只好称作'太老太公'。好在今日众国王所说之话，都学轩辕口音，十分易懂，省得唐兄问来问去，老夫又作通使了。"

多九公对林之洋的冷嘲热讽，其实是一种关爱。毕竟海外很多地方风俗习惯不同，人心难测，必须谨慎才好。

只听那边长臂国王向长股国王道："小弟同王兄凑起来，却是好好一个渔翁。"长股国王道："王兄此话怎讲？"长臂国王道："王兄腿长两丈，小弟臂长两丈。若到海中取鱼，王兄将我驮在肩上：你的腿长，可以不怕水漫；我的

两个国王的对话颇为风趣幽默。作者的描写总是在谈笑之间阐明道理，启发世人。

臂长，可以深处取鱼。岂非绝好渔翁么？"长股国王道："把你驮在肩上，虽可取鱼；但你一时撒起尿来，小弟却朝何处躲呢？"翼民国王道："聂耳王兄耳最长大，王兄尽可躲在其内。"结胸国王道："聂耳王兄耳虽长大，但他近来耳软，喜听谗言，每每误事。"穿胸国王道："据小弟愚见：莫若躲在两面王兄浩然巾内，倒还稳妥。"毛民国王道："浩然巾内久已藏着一张坏脸。他的两面业已难防，岂可再添一面。若果如此，我们只好望影而逃了。"两面国王道："那边现在有位三首王兄，他就是三面，为何王兄又不望影而逃呢？"大人国王道："莫讲三首王兄只得三面，就是再添几面，又有何妨。他的喜怒爱恶，全摆脸上，令人一望而知，并且形像总是一样，从无参差；不比两面王兄对着人是一张脸，背着人又是一张脸，变幻无常，捉摸不定，不知藏着是何吉凶，令人不由不怕，只得望影而逃了。"淑士国王道："小弟偶然想起天朝有部书，是夏朝人作的，晋朝人注的[1]，可惜把书名忘了。上面注解曾言'长股人常驮长臂人入海取鱼'，谁知长臂王兄今日巧巧也说此话，倒像故意弄这故典，以致诸位王兄从中生出许多妙论。"

元股国王道："此书小弟从未看过，不知载着甚么？"黑齿国王道："小弟当日曾见此书，上面奇奇怪怪，无所不有，大约诸位王兄同小弟家谱都在上面。"白民国王道："若果如此，小弟现在正修家谱，将来倒要购求一部考考宗派。"歧舌国王道："若提家谱，小弟每要修理，竟无从下笔。当初不知何人硬将我国派作歧舌，又有人唤作反舌。那'歧舌'二字，业已可厌；至于'反舌'，尤其荒唐。况天朝向来有鸟名叫反舌，将人比鸟，岂非不伦

---

[1] 天朝有部书，是夏朝人作的，晋朝人注的：指《山海经》。传说《山海经》是夏代禹、益所作，晋代郭璞注解。

么？"无国王道："小弟闻那反舌一交五月，他即无声；此时已交十月，王兄还照常开谈，其非反舌，可想而知。那是前人把你委屈了。"巫咸国王道："小弟闻得海外麟凤山有个反舌，他是不按时令只管乱叫，或者王兄是他支派，也未可知。"小人国王道："王兄日后如修家谱，这条倒可采取的。"歧舌国王道："小弟因这'反舌'二字不过说他比得不伦，怎么王兄竟将小弟同禽鸟论起支派？这更胡闹了！"君子国王道：<u>"天朝书上虽有反舌鸟，但世间俗称却是百舌。即如当日蜀王望帝名子规，今杜鹃亦名子规。命名相同的甚多，亦有何碍。"</u>歧舌国王道："话虽如此，但这名字究竟不雅。小弟意欲奉求诸位替我改换一字。"长人国王道："敝处国号向以'长人'为名。据小弟愚见：王兄国号莫若也以'长'字为名，就叫'长舌'。我们联起宗来，岂不是好？"歧舌国王道："小弟即使换个'长'字，何能与兄就算同宗？王兄此话，未免过于矫强。难道如今世上联宗都是这样么？"智佳国王道："近来世上联宗有两等：有应联而不联的；有不应联而联的。即如，两人论起支派，当初本是一家，此时叙起，原当联宗；无如现在一贫一富，或一贵一贱，那富贵人恐其玷辱，躲之尚恐不及，岂肯与之联宗？只好把那'根本'二字暂置度外。又有一等，论起支派，本非一家，无须联宗：因一时同在富贵场中，彼此门第相等，要图亲热，所以联起宗来；谁知他不认本家，只顾外面混去联宗，把根本弄的糊里糊涂，久而久之，连他自己也辨不出是谁家子孙了。"长人国王道："这是世俗常情，近来每多如此。弟虽不才，现在忝为一国之主！想来也无玷辱王兄之处。<u>将来我们如果联宗，我算你家支派也可，你算我家子孙也可，这有何妨！"</u>歧舌国王摇头道："王兄这句话，把我算了你家子孙，未免言重了！别的事情可以矫强算得，怎么把我算起人家子孙？况贵邦人莫不身长，故有'长'字之名；敝处

宋代寒禽图

禽，鸟兽的总称

反舌、百舌、长舌，家谱究竟怎样修才好？歧舌国王已然昏了头，不知所措。作者借此讽刺那些花言巧语、信口开河的人。

歧舌国王竟然不知自己是谁家孙子，这个笑话闹大了。作者文笔流畅，语言绵里藏针，颇具讽刺意味。

人舌又不长，为何唤作'长舌'？"毗骞国王道："王兄素精音律，他日小弟敬诣贵邦，王兄如将韵学赐教，小弟定赠美号，以为'投桃之报'。王兄意下如何？"歧舌国王道："此事虽可，但恐传了韵学，庶民闻知，只怕贱内还有离异之患哩。"

伯虑国王道："诸位王兄都讲修理家谱，歧舌王兄又要更正旧名，都是极美之事。小弟虽有此志，但终年抱病，兼之俗务纷纭，精神疲惫，近来竟如废人一般。小弟因想人生在世，无论贤愚，莫不秉着气血而生，为何敝处人向多短寿？即如小弟现在年未三旬，业已老迈。女儿王兄比我年长，却如此少壮，想来必有服食养生妙术，何不指教一二？"女儿国王道："王兄本有养命金丹，今不反本求源，倒去求那服食养生之术，即使有益，何能抵得万分之一，岂非舍实求虚么？"厌火国王道："王兄如将诸务略为看破，忧虑稍为减些，把心放宽，不必只管熬夜，该睡则睡，该起则起，也就是养生之术了。"劳民国王摇着身子道："倒是敝处人每日跑来跑去，劳劳碌碌，不知忧愁为何物。到了夜间，把头才放枕上，却已沉沉睡去。无论何时，总是这样。谁知过来过去，无灾无病，倒会敷衍百岁光景。"轩辕国王道："据这言谈，可见劳心劳力，竟是大相悬殊。"犬封国王道："伯虑王兄尊躯既弱，何不弄些饮食调养？即如小弟一生无所好，就只最喜讲究享点口福。今日吃了这几样，明日又吃那几样，总是想着法儿，变着样儿，给他一味狠吃。并且把他就算一件工课，每日苦思恶想，自然生出许多可口东西。况心机与其用在别的事上，何不用在自己身上，乐得嘴头快活，岂不有趣？"伯虑国王道："此说虽善，无如小弟丝毫不谙，这却怎好？"犬封国王道："这有何难！王兄如高兴，将来小弟即到贵邦奉陪王兄住几时，就近指拨贵庖，不过一年半载，再无不妙。但必须小弟在彼日日亲尝口味，时时指点，方能日见其妙。"豕喙国王道："小弟素于烹调虽不甚精，也还略知一二。伯虑王兄如邀犬封王兄，小弟也可奉陪，或者可以稍参末议，亦未可知。"

正在谈论，谁知女儿国王忽见林之洋杂在众人中，如鹤立鸡群一般，更觉白俊可爱，呆呆望着。众国王见他出神，也都朝外细看：那深目国王手举一只大眼，对着林之洋更是目不转睛；聂耳国王只将两耳乱摇；劳民国王更将身子乱摆；无肠国王惟有望着垂涎；跂踵国王只管踮着脚尖儿仔细定睛。林之洋被众人看的站立不住，只得携了唐、多二人，走出殿外。多九公道："看这光景，不独女儿国王难割旧爱，就是众国王也有许多眷恋之意哩。"说的林之洋满面通红，唐敖惟有发笑。

一连游了几日，林之洋货物十去八九。这日，天朝来了一只货船，尹元寄有书信。唐敖拆看，才知骆红蕖姻事业已说定，十分欢悦。登时开船。

行了几时，又过几个小国，如三苗、丈夫之类，唐敖仍同多九公各处游玩，林之洋货物将及卖完。这日，大家谈起海外各国，唐敖偶然想起前在智佳猜谜，林之洋曾以"永锡难老"打个"不死国"，因问多九公，才知就在邻近。并闻：国中有座员邱山，山上有颗不死树，食之可以长生；国中又有赤泉，其水甚红，饮之亦可不老。所以唐敖要去走走。无如此国僻处万山中，须过许多海岛，才至其地，乃人迹罕到之处。多九公意欲不去。林之洋闻彼处有个赤泉，心里也想饮些泉水，希冀长生；兼之唐敖因古人有"赤泉驻年，神木养命；稟此遐龄，悠悠无竟"之话，那怕难走，执意要去。因此打起罗盘，竟朝不死国进发。喜得正是小阳春当令，还不甚冷。

这日，三人正在船后闲谈，多九公忽然嘱付众水手道："那边有块乌云渐渐上来，少刻即有风暴，必须将篷落下一半，绳索结束牢固；惟恐不能收口，只好顺着风头飘

虽是说笑，也是在说明世人常常为情所困、难以自拔，平添烦恼。借此告诫人们凡事应顺其自然为好。

小阳春，指农历十月。明谢肇淛《五杂组·天部二》："十月有阳月之称，即天地之气四月多寒而十月多煖，有桃李生华者，俗谓之小阳春。"

林之洋精通天文，所以他知道这云的威力。可见古代对于天人合一思想研究的重视。人与自然环境密不可分。

说笑之中不知身在何处，这少有的大风也比喻人生的风浪，常常让人不知所措，但也常有峰回路转的可能。

小蓬莱

三山岛是太湖中的小岛。太湖流域也是中华民族发祥地。《史记》："海中有三神山，名曰蓬莱、方丈、瀛洲，仙人居之。"

了。"唐敖听罢，朝外一望，只见日朗风清，毫无起风形象。惟见有块乌云，微微上升，其长不及一丈。看罢，不觉笑道："若说这样晴明好天却有风暴，小弟就不信了。难道这块小小乌云就藏许多风暴？那有此事！"林之洋道："那明明是块风云，妹夫那里晓得。"言还未了，四面呼呼乱响，顷刻狂风大作，波浪滔天。那船顺风吹去，就是乌骓快马也赶他不上。越刮越大，真是翻江搅海，十分利害。唐敖躲在舱中，这才佩服多九公眼力不错。这个风暴，再也不息。沿途虽有收口处，无奈风势甚狂，那里由你做主。不但不能收口，并且船篷被风鼓住，随你用力，也难落下。一连刮了三日，这才略略小些，费尽气力，才泊到一个山脚下。唐敖来到后梢，看众人收拾篷索。林之洋道："俺自幼年就在大洋来来往往，眼中见的风暴也多，从未见过无早无晚，一连三日，总不肯歇。如今弄的昏头昏脑，也不知来到甚么地方。这风若朝俺们来的旧路刮去，再走两日，只怕就可到家了。"

唐敖道："如此大风，却也少见。此时顺风飘来，又有若干路程？此处是何地名？"多九公道："老夫记得此处叫作普度湾。岸上有条峻岭，十分高大，自来从未上去。至于程途，若以此风约计，每日可行三五千里，今三日之久，已有一万余里。"林之洋道："春间俺同妹夫说'水路日期难以预定'，就是这个缘故。"唐敖因风头略小，立在柁楼，四处观望。只见船旁这座大岭，较之东口、麟凤等山甚觉高阔，远远看着，清光满目，黛色参天。望了多时，早已垂涎，要去游玩。林之洋因受了风寒，不能同去；即同多九公上岸。喜得那风被山遮住，并不甚大，随即上了山坡。多九公道："此处乃海外极南之地，我们若非风暴，何能至此！老夫幼年虽由此地路过，山中却未到过，惟闻人说，此地有个海岛，名叫小蓬莱。不知可是？我们且到前面，如有人烟，就好访问。"又走多时，迎面有一石碑，上镌"小蓬莱"三个大字。唐敖道："果然九公所说不错。"绕过峭壁，穿过崇林，再四处一看：水秀山清，无穷美景；越朝前进，山景越佳，宛如登了仙界一般。

　　话说二人游玩多时，唐敖道："我们前在东口游玩，小弟以为天下之山，无出其右；那知此山处处都是仙境。即如这些仙鹤麋鹿之类，任人抚摩，并不惊走，若非有些仙气，安能如此？到处松实柏子，啖之满口清香，都是仙人所服之物。如此美地，岂无真仙？原来这个风暴，却为小弟而设。"多九公道："此山景致虽佳，我们只顾前进，少刻天晚，山路崎岖，如何行走？今且回去。明日如风大不能开船，仍好上来。林兄现在有病，我们更该早回才是。"唐敖正游的高兴，虽然转身，仍是恋恋不舍，四处观望。多九公道："唐兄：要像这样，走到何时，才能上船？设或黄昏，如何下得山去？"唐敖道："不瞒九公说：小弟自从登了此山，不但利名之心都尽，只觉万事皆空。此时所以迟迟吾行者，竟有懒入红尘之意了。"多九公笑道："老夫素日常听人说：读书人每每读到后来入了魔境，要变成'书呆子'。尊驾读书虽未变成书呆子，今游来游去，竟要变成'游呆子'。唐兄快些走罢，不要斗趣了。"唐敖听罢，仍是各处观望。忽见迎面走过一个白猿，手中拿着一枝灵芝，身长不满二尺，两只红眼，一身朱砂斑，极其好看。多九公道："唐兄：你看白猿手中那枝灵芝，必是仙草。我们何不把他捉住，将灵芝分吃，岂不是好？"唐敖点头。都向白猿赶来，登时赶到跟前，刚要用手去捉，那白猿连撺带跳，却又跑远。一连数次，总未捉住。好在白猿所去之路，就是下山旧路。正在追赶，路旁有个石洞，白猿跑了进去。唐敖赶至跟前，恰好此洞甚浅，毫不费力，用手捉住，将灵芝夺过，给多九公吃了。多九公十分欢喜，把白猿接过，抱在怀中，急急下山。

仙鹤，即丹顶鹤，神话传说中仙人骑乘和饲养的鹤。唐代王勃《还冀州别洛下知己序》："宾鸿逐暖，孤飞万里之中；仙鹤随云，直去千年之后。"

白猿：白色毛发的猿。人们常把猿、猴并称，有时候将猴也称为猿，猿有时也会被称猴，而它们在生物学上是不同的动物。猴有尾巴，而猿没有

多九公思量游历途中种种情形，以及林之洋的梦境，判断唐敖可能是成仙去了。作者借此帮我们梳理了之前的故事情节，今昔相呼应，读来更有启发。

到了船上，林之洋因身上不爽，业已睡了。婉如听见捉住白猿，向多九公讨来，用绳缚住，与兰音、若花一同顽耍。唐敖吃了晚饭，将衣囊收拾安置。次日转过顺风，众人收拾开船，唐敖却早早上山去了。等候到晚，吕氏不见唐敖回来，甚不放心；林之洋病在床上，听见此事，也甚着急。次日，托多九公同众水手分路去找。多九公因吃了灵芝，只觉腹泻，不能前去。众水手寻访一日，毫无消息。林之洋病体略好，也支撑上去。一连找了几日，那有踪影。这日多九公肚腹已好，因向林之洋道："我看唐兄此番来至海外，名虽游玩，其实并不为此，大约久有修行了道之意。前者林兄有病，老夫同他上山游了多时，他竟懒于下山。后来因我再三催逼，明知不能脱身，就借赶捉白猿同老夫回来。到了次日，并不约我，却一人独往。岂非看破红尘，顿开名缰利索么？况他久已服了肉芝，又食朱草，并非毫无根基之人。我们三人一路同游，这些肉芝、朱草，独他一人得去，岂是等闲？而且前在东口、轩辕等处，口中业已露意；兼之林兄前在女儿国又有异梦；那歧舌通使又闻异人有唐氏大仙之称：以此看来，此人必是成仙而去。今已数日，岂有回来之理？我劝林兄不必找了。你就再找两月，也是枉然。"林之洋听了，虽觉有理；但至亲相关，何能歇心？仍是日日寻找。众水手也不知催过几十遍，要想回去，无奈林之洋夫妻务要等唐敖回来，才肯开船。

这日众水手因等的心焦，大家约齐，来至船中，向林之洋道："这座大岭既无人烟，又多猛兽，我们每夜提着器械，轮流巡更，还不放心，何况唐相公一人独往？今已去了多日，即不遭猛兽之害，就是饿也饿死了，何能等到今日？我们再不开船，徒然耽搁。趁着顺风不走，一经遇了逆风，缺了水米，只顾等他一人，大家性命只怕都要送在此处了。"众人说之再再，林之洋只管搔首，毫无主意。

吕氏在内说道："你们众人说的也是。但俺们同唐相公乃骨肉至亲，如今不得下落，怎好就走？倘唐相公回来不见船只，岂不送他性命？你们既要回去，俺们也不多耽时日，就以今日为始，再等半月，如无消息，任凭开船就是了。"众人无可奈何，只得静静等候，每日怨声不绝。林之洋只作不知，仍是日日上山。不知不觉，到了半月之期，众水手收拾开船。林之洋心犹不死，务要约了多九公再到山上看看，方肯开船。多九公只得同了上山，各处跑了多时，出了几身大汗，走的腿脚无力，这才回归旧路。行了数里，路过小蓬莱石碑跟前，只见上面有诗一首，写的龙蛇飞舞，墨迹淋漓，原来是首七言绝句：

逐浪随波几度秋，此身幸未付东流。今朝才到源头处，岂肯操舟复出游！

诗后写着："某年月日，因返小蓬莱旧馆，谢绝世人，特题二十八字。唐敖偶识。"多九公道："林兄可看见了？老夫久已说过，唐兄必是成仙而去，林兄总不相信。他的诗句且不必讲，你只看他'谢绝世人'四字，其余可想而知。我们走罢，还去痴心寻找甚么！"回到船上，将诗句写出，给吕氏诸人看了。林之洋无可奈何，只得含着一把眼泪，听凭众人开船。兰音望着小蓬莱惟有恸哭；婉如、若花也泪落不止。登时扬帆往岭南而来。一路无话。

走有半年之久，于次岁六月到了岭南。多九公各自交代回去。林之洋同妻女带着兰音、若花回家，见了江氏，彼此见礼。众水手将行李发来。再细细查点唐敖包裹，所有衣履被褥都在行囊之内，惟笔砚不知去向。林之洋夫妇睹物伤情，好不悲感。江氏问知详细，也甚叹息，因说道："姑娘那边这两年不时着人问信，并嘱如有回来之期，千万送个信去，以免悬望。"林之洋不觉顿足道："这事教俺怎对妹子！他埋怨还是小事，倘悲恸成病，又送一条性命，这便怎处？"吕氏道："此时莫若暂且隐瞒。俺们见了

站在林之洋的视角来看，等待唐敖也是人之常情。毕竟林之洋存一份好心，有情有义。

果然被多九公说中了，从诗句之中可以得到消息，唐敖已经成仙去了。所谓人各有志，众人看过诗句，也只好顺其自然了。

笔砚，泛指文具

姑娘，就说姑爷已上长安，等赴试后，方能回来。如此支吾，且保眼下清静。俟过几时，再作商量。"林之洋道："你身上有孕，不便前去。明日俺去见见妹子，只好权且扯谎。但妹夫包裹须要藏好，惟恐妹子回来看见，不大稳便。"

吕氏道："刚才兰音甥女要去见他寄母，明日就便把他带去。"林之洋道："论理自应把他送去；倘他口角不稳，露出话来，那便怎好？——也罢，俺同九公商量，且把兰音、若花暂寄九公家内，同他甥女且去作伴，俺们慢慢再议长久之计。"当时同多九公议定，把兰音、若花送了过去。二人摸不着头脑，又不敢违拗，只得暂且住下。喜得多九公把两个甥女也接来作伴，一名田凤翾，一名秦小春，幼年都跟多九公读书，生得品貌俊秀，诗书满腹，而且都是一手好针黹，兰音、若花就便跟着习学。好在四人年纪相仿，每逢闲暇，谈谈文墨，倒也消遣。林之洋谆托多九公一切照应。回到家中，嘱付丈母女儿千万不可露风。次日，雇了小船，带了水手，把女儿国所送银子发到船上，向唐家而来。

那唐敖妻子林氏自从得了唐敖降为秀才之信，日日盼望。后来得了家书，才知丈夫虽回岭南，因郁闷多病，羞归故乡，已同哥嫂上了海船，飘洋去了。林氏听了此信，恐丈夫受不惯海面辛苦，不时焦心，常与女儿小山埋怨哥嫂不了；就是唐敏夫妇，也是时常埋怨。不知不觉，过了一年。这日，唐小山因想念父亲，闷坐无聊，偶然题了一首思亲诗，是七言律诗一首：

> 梦醒黄粱击唾壶，不归故里觅仙都。九皋
> 有路招云鹤，
>
> 三匝无枝泣夜乌。松菊荒凉秋月淡，蓬莱
> 缥缈客星孤。
>
> 此身虽恨非男子，缩地能寻计可图。

林之洋行事细心周到，注重情理，实在难得。所以唐敖能顺利登仙山，也与同行人的照顾关系不小。所以古人说"应与智者交"，确有道理。

妻女的思念是人之常情，也并无错处。唐敖虽去成仙，但从他一路所为来看，为人处事都很用心。由此可见，成仙得道之人并非无情无义。

小山写完，只见唐敏笑嘻嘻走来，把诗看了，不觉点头道："满腔思亲之意，句句流露纸上。不意侄女诗学近来竟如此大进！末句意思虽佳，但茫茫大海，从何寻访？大约不久也就同你母舅回来了。"小山侍立一旁道："今日叔父为何满面笑容？莫非得了父亲回来之信么？"唐敏道："刚才我在学中见了一道恩诏，乃盛世旷典，自古罕有。欣逢其时，所以不觉欢喜。"小山道："是何恩诏？莫非太后把天下秀才赏了官职，叔父从此可以作官么？"唐敏笑道："若把天下秀才都去作官，那教书营生倒没人作了。"你道此诏为何而发？原来太后因女后为帝，自古少有；今登极以来，十有余年，屡逢大有，天下太平；明年恰值七旬万寿，因此特降恩旨。

未知如何，下回分解。

赏析

唐敖等人来到轩辕国，正巧遇见君子国、女儿国、长臂国等三十国的国王来为轩辕国主祝寿，人物繁多，场面热闹。作者笔力深厚，场景描写十分精彩。而后，众人来到蓬莱，遇着一只白猿，唐敖却一去不归了。作者写到此处，故事也算告一段落，唐敖成仙去了，唐小山粉墨登场，却成了一个新的开始。作者寄情于山水，字里行间尽是诗情画意。

唐敏的话很有道理。教书育人是十分重要的事，每个有成就的人，都曾得到过师长教诲。

第十五回　开女试太后颁恩诏
笃亲情佳人盼好音

·导读·

武则天发布诏令，想让天下才女进京考试，于是唐小山等人用功备考。其间因思父心切，便同舅父出海寻找父亲唐敖，不知这一路会有怎样的奇遇。

小山看罢，不觉叹道："侄女生逢其时，得睹如此奇文，可谓三生有幸。不知太后有何旷典？"唐敏道："太后自见此图，十分喜爱。因思如今天下之大，人物之广，其深闺绣阁能文之女，固不能如苏蕙超今迈古之妙，但多才多艺如史幽探、哀萃芳之类，自复不少。设俱湮没无闻，岂不可惜？因存这个爱才念头，日与延臣酌议，欲令天下才女俱赴廷试，以文之高下，定以等第，赐与才女匾额，准其父母冠带荣身。不独鼓励人才，为天下有才之女增许多光耀；亦是千秋佳话。因谕部臣议定条款，续添考才女恩诏一条。闻得明年改元'圣历'，大约来春正月颁行天下。考期虽尚未定，此信甚确。侄女须赶紧用功，早作准备。据你学问，要竖才女匾额，只算探囊取物。去年你曾问我女科，谁知此话今日果真应了。"小山不觉喜道："天下竟有如此奇事！怪不得叔叔说是我们闺中千载难逢际遇，真是旷古少有。话虽如此，侄女何能有这福分，就竖才女匾呢。况学业未精，如何敢萌妄想？此后惟有勉力习学，尚求叔叔不时教诲，或者可以前去观光。如考期尚有时日，还有几希之望；倘明年就要考试，侄女只好把这妄想歇了。"唐敏诧异道："侄女此话怎讲？"

话说唐敏问小山道："何以明年考试，就把想头歇了，

苏蕙，魏晋三大才女之一，回文诗之集大成者，传世之作仅一幅用不同颜色的丝线绣制织锦《璇玑图》。《晋书》记载，苏蕙从小天资聪慧，三岁学字。五岁学诗，七岁学画，九岁学绣，十二岁学织锦

这却为何？"小山道："考期如迟，还可赶紧用功；若就要考试，侄女学问空疏，年纪过小，何能去呢？"唐敏道："学问却是要紧；至于年纪，据我看来，倒是越小越好。——将来恩诏发下，只怕年纪过大，还不准考哩。你只管用功。即或明年就要考试，你的笔下业已清通，也不妨的。"小山连连点头，每日在家读书。

到了次年，唐敏不时出去探信。

小山自此虽同小峰日日读书，奈父亲总无音信，不免牵挂；林氏也因悬念丈夫，时刻令人回家问信。这日，正在盼望，恰好唐敏领林之洋进来。林氏见了，只当丈夫业已回家，不胜之喜。慌忙见礼让坐；小山、小峰也来拜见。林氏道："哥哥只顾将你妹夫带上海船，这两年，合家大小，何曾放心！……"小山不等说完，即接着说道："今舅舅既已回家，怎么父亲又不同来？"林之洋道："昨日俺们船只抵岸，正发行李，你父亲因革了探花，恐街邻耻笑，无颜回家，要到京里静心用功，等下科再中探花才肯回来。俺同你舅母再三劝阻，无奈执意不听。今把海外赚的银子，托俺送来，他向京里去了。"林氏同小山听罢，不觉目瞪口呆。唐敏道："哥哥向日虽功名心胜，近来性情为何一变至此？岂有相离咫尺，竟过门不入？况功名迟早，何能拿得定，设或下科不中，难道总不回家么？"林之洋道："这话令兄也说过，若榜上无名，大家莫想他回来。他这般立志，俺也劝不改的。"林氏道："这怪哥哥不该带到海外。今游来游去，索性连家也不顾了！"林之洋道："当日俺原不肯带去，任凭百般阻挡，他立意要去，教俺怎能拦得住！"

小山道："当日我父亲到海外，是舅舅带去的；今我父亲到西京，又是舅舅放去的：舅舅就推不得干净了。为今之计，别无良策，惟有求舅舅把我送到西京。即或父亲不肯回家，甥女见见父亲之面，也好放心。"林之洋被小山

由唐敏的话可知，唐小山的才学修养都很不错，文章清新流畅，明年的考试很有希望。

林之洋的谎言是善意的，他唯恐大家担心，所以才这样说。由此可见林之洋为人仗义，待人处事有自己的独到之处。

林之洋急中生智，对唐小山百般劝慰，只是想安定她的心，好好地备考。但唐小山能否听得进去？故事充满悬念。

几句话吃了一吓道："你恁小年纪，怎吃外面劳苦？当年你父亲出游在外，一去两三年，总是好好回来。俺闻人说，他这名字，就因好游取的，你只细想这个'敖'字，可肯好好在家？今在西京读书，下科考过，自然还家，甥女为甚这样性急？岭南到彼几千路程，这样千山万水，问你令叔，你们女子如去得，俺就同令叔送你前去。"唐敏听见林之洋教他同去，连忙说道："据我主意：好在将来侄女也要上京赴试，莫若明年赴过郡考，早早进京，借赴试之便，就近省亲，岂非一举两便？况你父亲向来在外闲散惯的，在家多住几时，就要生灾害病，倒是在外无拘无束，身子倒觉强壮。他向来生性如此，也勉强不来。当日父母在堂，虽说好游，还不敢远离；及至父母去世，不是一去一年，就是一去两载。这些光景，你母亲也都深知。侄女只管放心，他虽做客在外，只怕比在家还好哩。"小山听了，滴了几点眼泪，只得勉强点头道："叔父分付也是。"

中药

林之洋将女儿国一万银子交代明白，并将廉家女子所送明珠也都交代。唐敏款待饭毕，又坐了半晌。因妹子、甥女口口声声只是埋怨，一时想起妹夫，真是坐立不安，随即推故有事，匆匆回家。把燕窝货卖，置了几顷庄田。过了几时，生了一子，着人给妹子送信。

林氏听了，甚觉欢慰，喜得林家有后。到了三朝，带了小山、小峰来家与哥嫂贺喜。谁知吕氏产后，忽感风寒；兼之怀孕半年之久，秉气又弱，血分不足，病势甚重。幸亏县官正在遵奉御旨，各处延请名医，设立药局，吕氏趁此医治，吃了两服药，这才好些。林氏见嫂子有病，就在娘家住下。这日，小山同婉如在江氏房中闲话，只见海外带来那个白猿，忽从床下把唐敖枕头取了出来。

白猿调皮可爱，但通人性。可见这只白猿也非同一般，自有它的来历。故事情节环环相扣，引人入胜。

话说小山这日正同江氏闲谈，只见海外带来那个白猿，忽从江氏床下取出一个枕头在那里顽耍。小山见了，向江氏笑道："婆婆：原来这个白猿却会淘气，才把婉如妹妹字帖拿着翻看，此时又将舅舅客枕取出乱掷。怪不得古人说是'意马心猿'，果然竟无一刻安宁。但如此好枕，为何放在床下？"因向白猿手中取过，看了一看，却像自己家中之物；随即掀起床帏，朝下一看，只见地板上放着一个包裹。正要动手去拉，江氏忙拦住道："那是我的旧被，上面腌腌臢臢，姑娘不可拿他！"小山见江氏举止惊慌，更觉疑惑，硬把包裹拉出，细细一看，却是父亲之物。正向江氏追问，适值林氏走来，听见此事，见了丈夫包裹，又见江氏惊慌样子，只吓的魂不附体，知道其中凶多吉少，不觉放声恸哭。小峰糊里糊涂，见了这个样子，也跟着啼哭。

意马心猿，形容心思不定，好像猴子跳、马奔跑一样控制不住。出自汉代魏伯阳《参同契》："心猿不定，意马四驰。"

小山忍着眼泪，走到吕氏房中把林之洋请来，指着包裹，一面哭泣，一面追问父亲下落。林之洋暗暗顿足道："他的包裹，起初原放在橱内，他们恐妹子回家看见，特藏在丈母床下。今被看破，这便怎处？"思忖多时，明知难以隐瞒，只得说道："妹夫又不生灾，又不害病，如今住在山中修行养性，为甚这样恸哭！你们略把哭声止止，也好听俺讲这根由。"林氏听了，强把悲声忍住。林之洋就把"遇见风暴，吹到小蓬莱，妹夫上去游玩，竟一去不归。俺们日日寻找，足足候了一月，等的米也完了，水也干了，一船性命难保，只得回来"前前后后，说了一遍。小山同林氏听了，更恸哭不止。江氏再三解劝，何能止悲。小山泣道："舅舅同我父亲骨肉至亲，当日寻找，既未见面，一经回家，就该将这情节告诉我们，也好前去寻访，怎么一味隐瞒？若非今日看见包裹，我们还在梦中。难道舅舅就听父亲永在海外么？此时甥女心如刀割！舅舅若不将我父亲好好还出，我这性命也只好送给舅舅了！"说罢，哭泣不已。林之洋无言可答。江氏只得把他母女劝到吕氏房中。吕氏因身体虚弱，还未下床，扎挣起来，同林之洋再三相劝；无奈小山口口声声只教舅舅还他父亲。

心理描写，事情已经暴露，恐怕隐瞒不了，林之洋内心忐忑不安。故事情节层层展开，林之洋只能向大家道出唐敖至今不归的缘由了。

唐小山的哭泣与林之洋的沉默意味深长。人物虽然暂时无话，但是此情此景、心中滋味，都令人感慨不已。

林之洋道："甥女要你父亲，也等你舅母病好，俺们再到海外替你寻去；如今坐在家中，教俺怎样还你？"吕氏道："甥女向来最是明理，莫要啼哭，将来俺们少不得要去贩货，自然替你寻来。"林之洋把唐敖所题诗句向婉如讨来，递给小山道："这是你父亲在小蓬莱留的诗句，你看舅舅可曾骗你？"小山接过看了，即送林氏面前，细细读了一遍。林之洋道："他后两句，说是：'今朝才到源头处，岂肯操舟复出游！'看这话头，他明明看破红尘，贪图仙景，任俺寻找，总不出来。"

小山道："母亲且免伤悲。据这诗句，且喜父亲现在小蓬莱。此时只好权且忍耐，俟舅母过了满月，女儿跟随舅舅同到海外去找父亲便了。"林氏道："你自幼未曾上过海船，并且从未远出，如何去得！看来只好你同兄弟在家跟着叔叔读书，我同他们前去，就是在外三年五载，也不误你们读书。将来倘能中个才女，不但你自己荣耀，就是做父母的也觉增光。你若跟着舅舅去到海外，这水面程途，最难刻期，设或误了考试，岂不可惜！"小山道："如今父亲远隔数万里之外，存亡未卜，女儿心里只知寻亲一事，那里还讲考试！若教母亲一人前去，女儿何能放心？还是母亲同兄弟在家，女儿去的为是。若不如此，就让母亲寻见父亲，也恐父亲未必肯来。"林氏道："这话怎讲？"小山道："母亲倘竟寻见父亲，父亲因看破红尘，执意不肯回来，母亲又将如何？若女儿寻见父亲，如不肯来，女儿可以哭诉，可以跪求，还可谎说母亲焦愁患病。女儿一因母病，二因父亲远隔外洋，所以不惮数万里特来寻亲。父亲听了这番说话，又见女儿悲恸跪求，或者怜我一点孝心，一时肯回，也未可知。况母亲非女儿可比：女儿此去，虽说抛头露面，不大稳便，究竟年纪还轻，就是这边寻寻，那边访访，行动也还容易；至于母亲，非我们幼女可比，何能抛头露面，各处寻访？"林氏听了，半晌无言。林之洋道：“甥女虽然年幼，也觉不好出头露面。据俺主意：你们都不用去，还是俺去替你寻访，倒还省事。”小山道：“此话虽是；但舅舅设或寻不回来，甥女岂能甘心？少不得仍要劳动舅舅同我前去。与其将来费事，莫若此番同去。只要到了小蓬莱寻着父亲，无论来与不来，甥女也就无怨了。”

　　林之洋见拗不过，只得说道：“甥女这等悬念，立意要去，俺们也难相阻。只好等你舅母满月，俺置些货物同去便了。”于是大家议定八月初一日起身。林氏要替女儿置办行装，随即带着女儿别了哥嫂，把丈夫包裹也带了回来。唐敏问知详细，手足关心，好不伤感。小山回来，每日令乳母把些桌椅高高下下罗列庭中，不时跳在上面盘旋行走。这日林氏看见，问道：“我儿：你这两日莫非入了魔境？为何只管跳上跳下，四处乱跑，这是何意？”小山道：“女儿闻得外面山路难行，今在家中，若不预先操练操练，将来到了小蓬莱如何上山呢？”林氏道：“原来如此，却也想的到。”不知不觉到了七月三十日。小山带着乳母拜别母亲、叔、婶。林氏千丁宁，万嘱咐，无非“寻着父亲，早早回来”的话，洒泪而别。

　　唐敏把小山送到林家，并将路费一千两交代明白。别了林之洋，仍去处馆。后来本郡太守因太后开了女科，慕唐敏才名，聘请课读女儿去了。

　　林之洋置了货物。因多九公老诚可靠，仍要恳他同去照应。无奈多九公因在歧舌得了一千银子，颇可度日；兼之前在小蓬莱吃了灵芝，大泻之后，精神甚觉疲惫：如今在家，专以传方舍药济世消遣，那肯再到海外。禁不起林之洋再再恳求，情不可却，只得勉强应了。

　　当时商量兰音、若花作何安置。多九公道：“此时唐小姐既到海外，林兄何不就将兰音小姐送与令妹做伴？况此人乃唐兄义女，自应送去为是。至若花小姐，乃尊驾义

唐小山心意已决，一定要亲自赴蓬莱寻找父亲才甘心。由此可见唐小山对父亲的深厚感情，以及她坚韧不拔的个性。

古代私塾展示图

处馆，就是在私塾中教书。《初刻拍案惊奇》卷二十："话说吴江有个秀才萧王宾，胸藏锦绣，笔走龙蛇，因家贫，在近处人家处馆，早出晚归。"

女，仍带船上与侄女同居，日后回来，替他择一婚配，完其终身，也算以德报德了。"林之洋连连点头。当时将兰音、若花接到家中；田凤翾、秦小春也都过来，与小山诸人见礼。林之洋一一告知详细，小山这才明白。大家一经聚谈，倒像都有凤缘，莫不亲热。彼此序了年齿，都是姐妹相称。小山问起若花为何远出之故，若花把立储被害各话说了，那眼泪不因不由就落将下来。小山道："姐姐以龙凤之质，储贰之尊，忽遭此患，固为时势所迫，亦是命中小有驳杂，何足为害？妹子细观姐姐举止，真是大度汪洋，器宇不凡，将来必有非常奇遇，断不可因目前小有不足，致生烦恼，有伤贵体。久后姐姐才知妹子眼力不错哩。"若花道："承阿妹过奖，无非宽慰愚姐之意，敢不自己排解，仰副尊命！"林之洋又把要送兰音与妹子做伴之意说了。小山大喜道："甥女正愁母亲在家寂寞，今得兰音妹妹过去，不但诸事可代甥女之劳，并可免了母亲许多牵挂。"于是谆托兰音在家照应："日后寻亲回来，再为拜谢。"兰音道："姐姐说那里话来！妹子当日若非寄父带来医治，久已性命不保。如此大德，岂敢相忘！今姐姐海外寻亲，妹子分应在家侍奉寄母，何须相托。此去千万保重！妹子在家静候好音。"

小山道："妹子向闻凤翾、小春二位姐姐都是博学，可惜才得相逢，就要奉别，不能畅聆大教，真是恨事！"二人连道："不敢！……"田凤翾道："姐姐此去，明年六月可能回来？"小山道："道路甚远，即使来往风顺，明秋亦难赶回，将来只好奉扰二位姐姐高中喜酒了。"秦小春道："我们虽有观光之意，奈路途遥远，无人伴送。前已同母舅商议，原想到了彼时，如姐姐高兴赴试，我姐妹可以附

凤缘是前生因缘；命中注定的缘分。作者的描写颇有心意，可以看出几个姐妹的似曾相识，必定是有缘故的。

秦小春的话情深意切，可见她与唐小山的感情十分深厚。这也预示着大家的命运紧密相连，殊途同归。

骥①一往。不意姐姐忽有海外之行，我家母舅又被林叔叔邀往船上照应，看来我们这个妄想也只好中止了。"

林之洋道："去年俺同妹夫正月起身，今年六月才回，足足走了五百四十天。今同甥女前去，就算沿途顺风，各国不去耽搁，单绕那座门户山，也须绕他几个月，明年六月怎能赶回？前日俺得考才女这信，也想教俺婉如随着甥女同去考考，倘碰个才女，也替俺祖上增光。那知甥女务必要教俺同到海外；看来俺这封君②也做不成，纱帽也戴不成。据俺想来：如今有这考试旷典，也是千载难逢的，甥女何不略停一年，把才女考过再去寻亲？倘中才女，替你父母挣顶纱帽，挣副冠带，岂不是好？"小山道："甥女如果赴试，这个才女也未必轮到身上。即使有望，一经中后，挣得纱帽回来，却教那个戴呢？若把父亲丢在脑后，只顾考试，就中才女，也免不了'不孝'二字。既是不孝，所谓衣冠禽兽，要那才女又有何用？"说着，不觉滴下泪来。若花暗暗点头。兰音道："姐姐此话，实是正论，自应寻亲为是。但大家明日就要起身，乳母此地又生，却教那个把我送去？"林之洋道："此时俺又有事，只好托俺丈母送甥女回去。好在往返不过四五十里，他于夜间赶回，也不误事。"当时雇了一只熟船，托江氏带了乳母把兰音送交林氏，即于半夜赶回。到了次日，田凤翾、秦小春拜辞回去。

林之洋仍托丈母在家照应，同妻、女、小山、若花由小船来到海边，上了大船。登时扬帆。走了三月之久，才绕出门户山。林之洋惟恐小山思亲成病，沿途凡遇名山，必令小山朝外看看，谁知小山看了，倒添愁烦，每每堕

扬帆远航的大船

> 时间飞逝，转眼离上次出海游历已经一年多了，而在林之洋心里却还是记忆犹新，就连天数也记得清清楚楚。

> 唐小山的肺腑之言，道出她的真性情。作者借此阐明自己的观点：功名当以做人为先。

---

① 附骥：原意是指依靠别人而成功、成名的意思，这里作追随解释。古人说：苍蝇虽然飞不远，但附在良马的尾上，也可以跑到千里以外。语出《史记》。

② 封君：对因子孙做官而受到皇帝封赠官爵的人的尊称。

名山大川，泛指有名的高山和源远流长的大河

泪。林之洋甚觉不解。这日，同多九公闲谈道："当日俺妹夫来到海外，凡遇名山大川，一经他眼，处处都是美景，总是赞不绝口。今俺甥女来到海外，俺要借这山景替他开心，那知他见这些景致，倒添烦闷。这是甚意？难道海外景致与当日不同么？"多九公道："海外景致，虽然照旧，各人所处境界不同：当日唐兄一意游玩，毫无挂牵，只觉逍遥自在，但凡耳之所闻，目之所见，皆属乐境，甚至游玩之时，还恐不能尽兴，往往恋恋不舍；如今唐小姐一意寻亲，心中无限牵挂，只觉愁绪填胸，忧思满腹，所以耳闻目见，不是触动在外离思，就是感动父亲流落天涯之苦，纵有许多景致，到他眼中，也变作无限苦境了。昔人云：'无云之月，有目者所快睹也，而盗贼所忌；花鸟之玩，以娱人也，而感时惜别者因之堕泪惊心。'故或见境以生情，或缘情而起境，莫不由于心造，丝毫不能勉强。"林之洋点头道："原来有这讲究，等俺慢慢再去劝他。"

这日，小山在船闷坐。林之洋道："前在岭南，俺见甥女带有书来；今若烦闷，为甚不去看书？婉如、若花都闲在那里，就是讲讲学问，也是好的。俺们此去，倘能常遇顺风，将来回家，赶上赴考，也难定的。俺们行路，必须把这路程不放心上。若像甥女今日也问，明日也问，日日盼望，只怕一年路程比十年还长哩！"小山道："舅舅议论虽是；无如书到面前，就觉磕睡。好在连日静坐，倒觉清爽。舅舅只管放心：甥女虽然不时盼望，晓得路途遥远，却不敢着急，只要寻得父亲回来，那怕多走三年两载，亦有何妨。至于考试得中才女，固替父母增光；但未见父亲之面，何能计及于此？况明年六月即要报名入考，就让往返顺风，也赶不上了。"林之洋无计可施，惟有时常解劝而已。

未知如何，下回分解。

"感时花溅泪，恨别鸟惊心。"唐敖与小山心境迥然不同，面对同样景致，一悲一喜，感受却大不一样。

唐小山知书达理，心地清朗，又存至孝之心，实在令人赞叹。作者字里行间流露着人性的温暖和力量。

第十六回　小孝女岭上访红蕖
老道姑舟中献瑞草

·导读·

　　唐小山出海寻父，路遇道姑为其治疗，全身上下百病全消。唐小山去拜访红蕖，不想却遭遇了危难。

　　话说林之洋惟恐小山忧闷成疾，不时解劝，每逢闲暇，就便谈些海外风景，或讲些各国人物以及所出土产之类，意欲借此替他消遣。谈来谈去，恰好小山向在家中，如海外各书，都曾看过，因事涉虚渺，将信将疑，不意今听舅舅所言，竟有大半都是古人书中所有的，于是疑团顿释。沿途就借这些闲话，倒也解闷。无如林之洋虽在海外走过几次，诸事并不留心，究竟见闻不广，被小山盘根问底，今日也谈，明日也谈，腹中所有若干故典，久已告竣。幸喜多九公本系吕氏至亲，兼之年已八旬，向来吕氏、小山，也都时常见面，到了无事时，林之洋无话可谈，就把多老翁邀来闲话。多九公本是久惯江湖，见多识广，每逢谈到海外风景，竟是滔滔不绝。一路上不独小山解去许多愁烦，就是婉如、若花也长许多见识。——虽不寂寞，奈小山受不惯海面风浪，兼之水土不服，竟自大病，卧床不起。足足病了一月，这才好些。眠食虽然照旧，身体甚弱。不知不觉，已交新春。

　　这日到了东口山，将船泊岸。林之洋说起当日骆红蕖打虎一事："妹夫因他至孝，甚为喜爱，曾托业师尹大人作媒替外甥求婚。后来到了轩辕，接着尹大人书信，才晓这段婚姻业已定了。"小山道："前者甥女看见父亲行囊内有

　　唐小山好学好问，而满腹经纶的林之洋也早已黔驴技穷，这种状况也为后来的故事情节发展埋下伏笔。

　　水土不服，是指对于一个地方的气候条件或饮食习惯不能适应。

书一封，内中提着兄弟姻事，甥女正要请问舅舅，后来匆匆忙忙，也就忘了，适闻舅舅说起，才知有这缘故。今既到此，甥女自应上去探望，问他何日才回家乡，日后住在何处，彼此也好通个音信。况他既能打虎，若肯陪伴甥女同去寻亲，那更好了。"林之洋道："甥女这话甚是。但你身子甚弱，上面山路又不好走，这便怎处？"小山道："将来到了小蓬莱，甥女还要寻访父亲，若怕难走，岂有不去之理？好在甥女前在家中，已将腿脚练的灵便，如今正好借这山路操练操练，省得到了小蓬莱又要费事。此时身子虽弱，借此走走，倒可消遣消遣。"林之洋点头。随即带了器械。婉如、若花也要同去。林之洋托多九公在船照应，带了几个水手，一同登岸。小山姊妹三人一同携手慢慢上了山坡，略为歇息，又朝前进。走了多时，歇息数次，才到了莲花菴。走进里面，并无一人。正在诧异，只见菴旁走过两个农人，林之洋上前访问骆太公下落。那两个农人道："我们就是骆太公佃户。自从前年太公去世，骆小姐搬到水仙村居住，就把这些田地赏给我们种了。此山大虫，亏得骆小姐杀的一干二净，我们才能在此安业。今年正月，骆小姐忽把太公灵柩搬去，闻得要回天朝，不知何时才来。这位小姐在此除了大害，至今人人感仰。但愿他配个好女婿，也不枉众人感戴一场。"小山听了，闷闷不乐，只得同众人仍归旧路。

慢慢来到岸边，离船不远，只见多九公站在岸上同一年老道姑在那里讲话。一齐进前，看那道姑身穿一件破衣，手中拿着一枝芝草，满面青气，好不怕人。林之洋道："这个花子既来化缘，九公就该教水手随便拿些钱米与他，同他谈甚么！"多九公道："这个道姑疯疯颠颠，并非化缘。手中拿着灵芝，口里唱着歌儿，要求我们渡到前面，他将灵芝就算船钱。及至老夫问他渡到甚么地方，他说要到'回头岸'去。老夫在海外多年，从未听见有个甚

灵芝，外形伞状，具有补气安神、止咳平喘的功效，用于眩晕不眠、心悸气短、虚劳咳喘

唐小山聪明伶俐，考虑问题周全，而她的心思都在寻找父亲这件事上面，即使是拜访红蕖，也是为有力气登蓬莱做准备。

么'回头岸'。这样颠颠倒倒，岂非是个疯子么？"只听
那道姑口中又唱起歌儿。他唱的是：

　　我是蓬莱百草仙，与卿相聚不知年；因怜
谪贬来沧海，愿献灵芝续旧缘。

　　小山听了，忽觉心中动了一动，连忙上前合掌道："仙
姑既要渡过彼岸，我就渡你过去。不知那枝灵芝可肯见
赐？"道姑道："女菩萨如发慈心，渡我过去，这枝灵芝，
岂敢不献？况女菩萨面带病容，非此不能平复。"小山道：
"既如此，就请登舟，我们也好趱路。"道姑听了，即同三
人上船。多、林二人望着，不好拦挡，只得收拾扬帆。

　　多九公道："他这灵芝，并非仙品，唐小姐须要留神，
不可为妖人所骗。老夫前在小蓬莱吃了一枝，破腹多日，
几乎丧命，近来身体疲惫，还是这个病根。"道姑道："这
是老翁与这灵芝无缘，其实灵芝何害人。即如桑椹，人
能久服，可以延年益寿；斑鸠食之，则昏迷不醒。又如人
服薄荷则清热；猫食之则醉。灵芝原是仙品，如遇有缘，
自能立登仙界；若误给猫狗吃了，安知不生他病？此是物
类相感，各有不同，岂能一概而论！"多九公听了，晓得
道姑语带讥刺，只气的火星乱冒。

　　小山把道姑让进舱内，同婉如、若花一齐归坐。刚要
问话，那道姑把灵芝递给小山道："且请女菩萨把这仙芝用
过，涤荡涤荡凡心，倘悟些前因出来，我们更好谈了。"
小山接过，一面道谢，一面把灵芝吃了，登时只觉神清气
爽。再把道姑一看，只见满面仙风道骨，极其和蔼，脸上
并无一毫青气。因向婉如耳边暗暗问道："这位仙姑脸上本
有一股青气，此时忽然不见，另变做慈善模样，你可见
么？"婉如暗暗答道："他的脸上那股青气，妹子看着正在
害怕，姐姐怎说不见？这也奇了！"二人正在附耳议论，
只见道姑道："请问女菩萨：《毛诗》云：'谁知乌之雌雄？'
此言人非其类，所以不能辨其雌雄。不知这些鸟儿，他们

诗情画意之中道尽前
世今生，道姑与唐小
山本来同道中人，故
有这一次的相聚。作
者构思巧妙，文笔
流畅。

道姑的话很犀利，听
起来颇为刺耳，多九
公又是自讨没趣，凭
着自己旧有的经验妄
下结论，故此受辱。

毛诗书卷

毛诗，指战国末年时，鲁
国毛亨和赵国毛苌所辑注
的古文《诗》，也就是现
在流行于世的《诗经》

可能自辨？"小山道："他是一类，如何不辨？自然一望而知。"道姑道："既如此，何以人仙就不各有一类呢？《易》云：'仁者见之谓之仁，智者见之谓之智。'女菩萨若明此义，其余就可想见了。"小山不觉忖道："怎么我同婉如妹妹暗中之话，他竟有些知觉？好生奇怪！"因问道："请教仙姑大号？"道姑道："我是百花友人。"小山暗暗诧异道："他这'百花'二字，我一经入耳，倒像把我当头一棒，只觉心中生出无限牵挂。莫非'百花'二字与我有甚宿缘？他说他是'百花友人'，若以'友人'二字而论，他非'百花'，可想而知。俗语说的：'真人不露相。'我且用话探他一探。"因问道："仙姑此时从何处至此？"道姑道："我从不忍山烦恼洞轮回道上而来。"小山暗暗点头道："因其不能容忍，所以要生烦恼；既生烦恼，自然要堕轮回了。此话不知说的还是'百花'，还是'友人'？含含糊糊，令人不解。他这言谈，句句含着禅机，倒也有些意味。"因又问道："仙姑此时何往？"道姑道："我要到苦海边回头岸去。"小山忖道："据这禅语，明是'苦海无边''回头是岸'了。"连忙问道："那'回头岸'上，可有名山？可有仙洞？"道姑道："彼处有座仙岛，名唤返本岛；岛内有个仙洞，名唤还原洞。"小山不等说完，即又问道："仙姑所访何人？"道姑道："我所访的，并非别人，是那总司群芳的化身。"小山听了，心中若悟若迷，如醉如醒，不知怎样才好。呆了半晌，不觉下拜道："弟子愚昧，今在苦海，求仙姑大发慈悲，倘能超度，脱离红尘，情愿作为弟子。"

这里小山只顾求那道姑。那知多九公因被道姑讥刺，着实气恼，因同林之洋暗在前舱窃听。今见小山如此光景，因向林之洋道："令甥女不知利害。受了道姑蛊惑，忽要求他超度，若不急急把他赶去，只怕唐小姐还有性命之忧哩！……"林之洋不等说完，一脚跨进舱去，指着道姑

"不识庐山真面目，只缘身在此山中。"唐小山心中的诧异，可谓机缘成熟，有所领悟。作者此处描写给人启发，耕耘自有收获。

林之洋与唐小山同在一条船上，所思所感却迥然不同，作者描写颇有生趣，耐人寻味。

道：“你这怪物，敢在俺的船上妖言惑众？还不快走！且吃俺一拳！”小山忙拦住道：“舅舅：他是真仙，不可动手！”道姑冷笑道：“‘缠足大仙’何必动怒！——我今到此，原因当日红孩大仙有言，意欲稍效微劳，解脱灾患，庶不负同山之谊；谁知无缘，竟不能同往。幸而前途有人，谅无大害。”因向小山道：“此时暂且失陪，我们后会有期，大约回头岸上即可相见。”说罢，下船去了。小山埋怨舅舅，不该把这道姑得罪。林之洋道：“俺不看甥女情面，早已给他一顿好打；如今还算待他好的。”小山道：“刚才仙姑忽把舅舅称作‘缠足大仙’，彼时我见舅舅听他相称，脸上忽然通红，不知何故？”林之洋道：“你看他疯疯颠颠，随嘴乱说，俺那有工夫同他搬驳，只好随他说去。”小山见林之洋支吾，不便细问。走了几时，不独百病消除，只觉精神大长。

这日船泊水仙村。小山因东口山农人所言骆红蕖之事不甚明白，即托舅舅上去访问。原来廉锦枫已于正月同骆红蕖回家乡去了。林之洋得了此信，随即回来。离船不远，忽见海中撺出许多水怪，跳在船上，一个个青面獠牙，跑进船去。适值众水手都在岸上。林之洋喊叫：“快些上船放枪！”众人手忙脚乱，才上三板，还未渡到大船，那些水怪忽从舱内把小山拖出，一齐撺入海内。

话说那群水怪把小山拖下海去，林之洋这一吓非同小可，连忙上船，只见婉如、若花、乳母，都放声恸哭。吕氏向林之洋哭道：“俺们正在闲话，不意来了许多妖怪，忽把甥女拖去，你可看见？”林之洋顿足道：“俺在岸上怎么不见！如今已将甥女拖下海去，这便怎处？”登时多九公得了此信，即从船后走来道：“幸喜天气和暖，为今之计，且教水手下去看是何怪，再作道理。”二人来至船头，就教当日探听廉锦枫那个水手下去。水手听了，因刚才看见那些水怪，心中害怕，不敢独往，又拉了一个会水的一同

语言描写风趣幽默，林之洋盛气凌人却遭道姑奚落，可谓自讨苦吃，自不量力。

事实胜于雄辩，唐小山的身体恢复且精神更好，由此得知道姑来相助的妙处。

可见远行寻父之辛苦。“若非一番寒彻骨，怎得梅花扑鼻香。”做什么事，不付出智慧和勇气是不行的。

下去。不多时，上来回报道："此处并非大洋，里面并无动静。那些水怪，不知都藏何处，无处寻找。"说罢，都到后梢换衣去了。

林之洋不觉恸哭道："我的甥女！你死的好苦！你教俺怎么回去见你母亲！俺也只好跟你去了！"将身一纵，撺入海中。多九公措手不及，吓的只管喊叫救人。那两个水手正在后面换衣，听见外面喊叫，慌忙穿了小衣，跳下海去。迟了半晌，才把林之洋救了上来，业已腹胀如鼓，口中无气。吕氏同婉如、若花哭成一片。多九公即命水手取了一口大锅，将林之洋轻轻放在锅上，控了片时，口中冒出许多海水，腹胀已消，苏醒过来，——婉如同若花上前搀扶进舱，换了衣服。——口口声声，只哭"甥女死的好苦"。多九公走来道："林兄才吃许多海水，脾胃未免受伤，休要悲恸。老夫适才想起一事，唐小姐似乎该有救星。"林之洋道："俺在海里，不过喝了两口水，就人事不知，俺的甥女下海多时，怎么还能有救？"多九公道："前在东口所遇那个道姑，虽是疯疯颠颠，但他曾言解脱甚么灾难，又言：'幸而前途有人，尚无大害。'据他这话，岂非尚有可救么？况'缠足大仙'四字，乃唐兄在船同你斗趣之话，除了唐兄，只有你知、我知。这个道姑才见林兄，就呼缠足大仙，此人若无来历，何能道此四字？"林之洋连连点头道："九公说的是。俺就出去求神仙相救。"说罢，拿了拐杖，勉强举步，来到外面，分付水手岸上排了香案；随即登岸，净手拈香，跪在地下，暗暗祷告，只求神仙救命。跪了多时，天已日暮。多九公道："林兄身上欠安，今日已晚，只好回船养息养息，明日再求罢。"林之洋道："这样大月色，俺正好跪求，九公只管请便。俺林之洋既发这个愿心，若无人救，只得跪死方休，今生今世，叫俺起来也不能了。"不觉放声大哭。多九公在旁惟有连声叹气。

多九公的睿智，让林之洋暂时安心许多。作者也在借此帮人们梳理故事情节，这样反而激发了人们的阅读兴致。

愿心，是一种愿望、诉求，在万般无奈之际，林之洋只好祈求上天，他的心情百感交集。

不知不觉，皓月当空，船上已交三鼓。忽见远远来了两个道人，手执拂尘，飘然而至。生的甚觉丑陋，月光之下看的明白：一个黄面獠牙，一个黑面獠牙，头上都戴束发金箍，身后跟着四个童儿。林之洋一见，连连叩头，口口声声只求："神仙救俺甥女之命！"两个道人道："居士请起。我们今既到此，自然要助一臂之力，何须相求。"因唤："屠龙童儿！剖龟童儿！速到苦海，即将孽龙、恶蚌擒来，立等问话！"二童答应，撺下海去。林之洋立起道："俺的甥女现在海内，还求神仙慈悲相救。"两个道人道："这个自然。"因向身旁两个童儿，暗暗分付几句，二童答应，也都撺入海去。不多时，回报道："已将百花化身护送归舟。"两个道人将手一摆，二童仍立两旁。

拂尘，用以拂除蚊虫的用具。拂尘也是汉传佛教法器，象征扫去烦恼

只见剖龟童儿手中牵着一个大蚌从海中上来，走到黑面道人跟前，交了法旨。

随后屠龙童儿也来岸上，向黄面道人道："孽龙出言不逊，不肯上来。弟子本要将其屠戮，因未奉法旨，不敢擅专，特来请示。"黄面道人道："这孽畜如此无礼，且等我去会他一会。"将身一纵，撺入海中，两脚立在水面，如履平地一般。手执拂尘，朝下一指，登时海水两分，让出一路，竟向海中而去。迟了片晌，带着一条青龙来至岸上，道："你这孽畜，既已罪犯天条，谪入苦海，自应静修，以赎前愆，今又做此违法之事，是何道理？"孽龙伏在地下道："小龙自从被谪到此，从未妄为。昨因海岸忽然飘出一种异香，芬芳四射，彻于海底。偶然问及大蚌，才知唐大仙之女从此经过。小龙素昧平生，原无他意。大蚌忽造谣言，说唐大仙之女，乃百花化身，如与婚配，即可寿与天齐。小龙一时被惑，故将此女摄去。不意此女吃了海水，昏迷不醒。小龙即至海岛，拟觅仙草以救其命。到了蓬莱，路遇百草仙姑，求他赐了回生草，急急赶回。那知才把仙草觅来，就被洞主擒获。现有仙草为证，只求

仙草又名仙人草、凉粉草，属唇形科，是一年生草本宿根植物，秋末开花，有清暑、解热利尿的功能

超生！”

黑面道人道：“你这恶蚌，既修行多年，自应广种福田，以求善果，为何设此毒计，暗害于人？从实说来！”大蚌道：“前年唐大仙从此经过，曾救廉家孝女。那孝女因感救命之恩，竟将我子杀害，取珠献于唐大仙，以报其德。彼时我子虽丧廉孝女之手，究因唐大仙而起。昨日适逢其女从此经过，异香彻入苦海，小蚌要报杀子之仇，才献此计。只求洞主详察。”黑面道人道：“当日你子性好饕餮，凡水族之类，莫不充其口腹。伤生既多，恶贯乃满。故借孝女之刀，以除水族之患。此理所必然，亦天命造定。岂可移恨于唐大仙，又迁害其女？如此昏愦奸险，岂可仍留人世，遗害苍生？剖龟童儿！立时与我剖开者！”

黄面道人道：“大仙且请息怒。这两个孽畜，如此行为，自应立时屠剖。但上苍有好生之德；兼且孽龙业已觅了仙草，百花服过，不独起死回生，并可超凡入圣。他既有这功劳，自应法外施仁，免其一死。第孽龙好色贪花，恶蚌移祸害人，都非良善之辈。据小仙之意：即将二畜禁锢无肠国东厕，日受粪气熏蒸，食其秽物，以为贪花害人者戒。大仙以为何如？”黑面道人点头道：“大仙所见极是。二畜罪恶甚重，必须禁锢在无肠国富室的东厕，始足蔽辜①。”黄面道人道：“加等办理，固觉过刻，亦是二畜罪由自取。”因将回生草取了递给林之洋道：“居士即将此草给令甥女服了，自能起死回生。我们去了。”林之洋接过下拜道：“请神仙留下名姓，俺日后也好感念。”黄面道人指着黑面道人道：“他是百介山人，贫道乃百鳞山人。今因闲游，路过此地，不意解此烦恼，莫非前缘，何谢之有！”正要举步，那孽龙、大蚌都一齐跪求道：“蒙恩主禁于无肠东厕，小畜业已难受；若再迁于富室东厕，我们如

蚌，一种软体动物。用鳃呼吸，有两扇坚硬的石灰质的壳，生活在淡水中

---

① 蔽辜：抵罪。

何禁当得起？——不独三次四次之粪臭不可当，而且那股铜臭尤不可耐。惟求法外施仁，没齿难忘！"林之洋上前打躬道："俺向大仙讲个人情：他们不愿东厕，把他罚在西席，可好？"蜃龙、大蚌道："西席虽然有些酸臭，毕竟比那铜臭好挨。我们愿在西席。"两个道人道："且随我来，自有道理。"一齐去了。众水手在旁看着，人人吐舌，个个称奇。

没齿难忘，意思是一辈子也忘不了，出自《为汝南公华州贺赦表》。

　　多、林二人回船，将仙草给小山灌入，吐了几口海水，登时复旧如初，精神更觉清爽。大家都替他道喜。小山道："只要寻得父亲回来，就是受些魔难，我也情愿。"林之洋把水仙村之话说了。随即开船，向小蓬莱进发。

唐小山寻父心切，至诚之心感天动地。在生死危难关头信念不改，反而愈挫愈坚，真是令人敬佩。

　　又走多时，如轩辕、三苗等国都已过去。这日，多、林二人在船后闲谈。多九公道："林兄，你看：去岁起风，岂不就在此地？今年有意要到小蓬莱，偏又不遇风暴。若像去年，何等爽快！老夫素于此处甚生，恰好前面有个小国，只好到彼问问。"随即收口，上去打听。原来此间是丈夫国交界。及至细问小蓬莱路径，众国人听了，莫不害怕，都说："离此千余里，地名田木岛，有一亥木山，近来

橘，常绿乔木，果实多汁，味酸甜。种子、树叶、果皮均可入药

忽生许多妖怪出来伤人，来往船只，每每被害。"二人慌忙回来，告诉众人，都不愿去；小山那里肯依。多、林二人说之至再，小山宁死也要前去。二人明知劝也无用，只得拼命朝前进发。

这日正行之际，迎面有座大岭，细看路径，须由山角绕过，方能出口。走了多时，离岭不远，只见上面密密层层许多果树，如桃、李、橘、枣之类，四时果品，无般不有。那股果香，阵阵向面上扑来，令人好不垂涎。柁工被这果香钻入鼻孔，一心想啖，不因不由把船靠了山角。方才泊岸，船上众人早已一拥齐上，遇见鲜果，不论好歹，摘来就吃，口中莫不叫好。多、林二人也饱餐一顿。林之洋摘了许多桃、李、橘、枣之类，送上船来。吕氏正在垂涎，即同小山姐妹大家分吃。小山道："舅舅为何将船泊在此处？前日打听路径，都说前面有妖怪，怎么今日就忘了？"林之洋道："俺自闻了这股果香，心里迷迷惑惑，只顾想吃，那里还顾甚么妖怪！俺去催他们开船。"于是来至外面道："俺们走罢！莫要遇着妖怪出来。"众水手道："今日吃了这样鲜果，浑身绵软，就如酒醉一般，好不快活！那个还有气力开船！"说着，个个睡在树下。

多、林二人站在船头，只觉天旋地转，遍体酥麻，站立不住。正在发慌，山中忽然走出许多妇女，来到船上，把吕氏、小山、婉如、若花、乳母，搀扶上岸；又有两个，把多、林二人也搀了下船；还有几十个，把众水手也都搀起，走上山来。众人心里虽觉明白，就只口不能言，浑身发软。小山此时虽然照旧，因见众人这宗光景，明知寡不敌众，只好且装酒醉，跟着同来，看他怎样，再作道理。不多时，来至石洞跟前。进了石洞，又走两层庭院，进了厅堂。正面坐着一个女妖，头戴凤冠，身穿蟒衫，极其美貌；面上有条指痕，从那指痕之中，更增许多妩媚。旁边坐着一个男妖，年纪不到二旬，生得齿白唇红，面如

林之洋被果香迷惑，忘了归路，也因此中了妖精的圈套。作者在此提醒世人切莫因为只看眼前利益，而迷失了正道。

傅粉，虽是男妖，却是女装。多九公看了，身上虽觉瘫软，心里却还明白，暗暗忖道："这个男妖，怎是妇女打扮？此时林兄见这模样，回想当日女儿国风味，只怕又要吃惊了。"只见下首还有两个男妖：一个面如黑枣，一个脸似黄橘，赤发蓬头，极其凶恶。

忽听女妖笑道："他们只知吃果，那知其中藏有酒母。果然毫不费事，就都跟来。此皆贤妹并二位爱卿赞画之力，将来自然慢慢一同受享。但这倮儿①有三十余口之多，不知贤妹可能别出心裁，另有炮制？"少年男妖答道："这些倮儿刚才已吃酒母，皮肉未免带有酒味，若照向日烹调，恐不合口。据妹子愚见：莫若竟将这些倮儿酿为美酒，其名就叫'倮儿酒'。姐姐以为何如？"女妖喜道："如此极妙！"黑面男妖道："以倮为酒，固是美品，但清浊不分，亦恐酒味不佳。据臣看来：女倮之味必清，男倮之味必浊，将来酿时，必须预分两处，庶清浊不致紊乱。"黄面男妖道："今日倮儿如此之多，其中酒量大的谅亦不少，莫若先将好酒给他尽量而饮，教他吃的烂醉，日后酿出酒来，岂不更觉有力？"

女妖道："两位爱卿所见极是。"因指林之洋向少年男妖笑道："这个倮儿与贤妹模样相仿，莫若把他留下，给贤妹做伴如何？"少年男妖笑道："这倮儿生的虽好，就只嘴上新留几根须儿，令人可厌。他如拔的光光如人鞿一般，我才笑纳哩。"因向黄面、黑面二妖道："二位可要留他做伴？"二妖道："弥君嫌他新留几根须儿，所以不喜；那知我二人因他须儿过少，也不慊意。他如满部胡须，抑或络腮，我倒喜的。"少年男妖道："这却为何？"二妖道："这叫作'人弃我取'。"少年男妖笑道："若据二公之言，难道

五谷酿出的美酒

林之洋因之前曾在女儿国受辱，所以今日见此情景心生恐怖。但这次会与之前不同在哪里呢？

妖精的想法可谓别出心裁，唐小山等人会有怎样的遭遇？故事情节跌宕起伏，一切都成了悬念。

①倮儿：倮，同裸。倮儿，指人。古人把没有羽毛鳞介的动物，总称作"倮虫"，人也是倮虫之一。

世间胡子都是弃物么？你要晓得：'十个胡子九个臊。'他要发起臊风，比那没须的还更有趣哩。"说着，一齐大笑。

女妖分付手下，将众倮儿带至后面，多将好酒令其畅饮，以便蒸熟酿酒。众妖答应，把众人带到后面，七手八脚，各去取酒。小山随即跪下，望空垂泪，暗暗祷告道："我唐小山因来海外寻亲，忽遇妖魔，性命只在顷刻。务望过往神灵，早赐拯拔！倘脱火坑，情愿身入空门，一世焚顶①。"——忽见有个道姑走来道："女菩萨休要害怕，小道特来相救。"

未知如何，下回分解。

唐小山没有办法脱身，只能在内心默默祈求神灵相助，而道姑的飘然而至，也是恰到好处。

赏析

　　唐小山一行人出海，路遇道姑，所谓无缘之人难遇，道姑正是唐小山的故知，这从道姑的诗中便可以看出。作者巧妙的构思，让故事生动，情节顺其自然。在道姑的帮助下，唐小山百病全消，精神振奋。她去拜访红蕖，不料却遭遇了危险，又有奇人相救，才转危为安。而后再遇险难，道姑再次相救。故事情节曲折离奇，充满人性温度。

----

① 焚顶：焚香顶礼的省词。顶礼，把头顶接触被尊敬者的脚，是佛家最敬的礼节。

第十七回　水月村樵夫寄信　镜花岭孝女寻亲

·导读·

唐小山等人一路奇遇，来到镜花岭，遇到樵夫。原来是唐敖托樵夫带信给小山，嘱咐小山要按时参加这次考试。

话说道姑向小山道："女菩萨不消焦心，小道特来相救。"随即杂在众人之中。众小妖把酒取到，道姑道："他们不会饮酒。我的量大，拿来我吃。"众小妖道："刚才进来，未曾留神，原来却是六个女倮。"把酒送至道姑面前。道姑饮完，又教快去取酒。这些小妖来往取酒，就如穿梭一般。一面取酒，一面只说："好量！"道姑一面饮着，一面只教取酒。登时把洞内若干美酒，饮的一滴无存，还是催着取酒。众小妖无酒可取，只得禀知女妖。女妖那里肯信，即同三个男妖来至后面。道姑一见，把口一张，那酒就如涌泉一般，一道白光，滔滔不断，直向四妖喷去。登时洞里洞外，酒气扑鼻。这股酒香，非比泛常，乃百种鲜果酿成，芬芳透脑，若教好饮的闻了，真可神迷心醉，望风垂涎。道姑一面喷酒，把手一张，只听呱剌剌雷声振耳，霹雳之中，现出一朵彩云；彩云之上，端端正正托着桃、李、橘、枣四样果品，直向四怪顶门打将下去。道姑大声喝道："四个孽畜！尔等胞衣巢穴，现俱在此，还不速现原形，等待何时！"四怪刚要逃走，不防云中四样果品落下，只打的满地乱滚，霎时变出本相。远远看去，个个小如弹丸，不知何物。道姑上前，拾在手内。众小妖都变本相，无非山精水怪，四散奔逃。

观世音菩萨像

菩萨，是菩提萨埵，意为：觉有情。以智上求无上菩提，以悲下化众生，修诸波罗密行，于未来成就佛果之修行者

此时大家都已苏醒，俱向道姑叩谢。小山道："请问仙姑尊姓大名？这四个是何妖怪？"道姑道："我是百果山人。因与女菩萨有缘，特来相救。"手中取出四个物件道："女菩萨请看：这就是四怪原形。"小山同众人进前观看，原来却是一个李核，一个桃核，一个枣核，一个橘核。多九公道："世间此物甚多，何以竟能为怪？莫非都是异种么？"道姑道："此核虽非异种，但俱生于周朝，至今千有余年。李核名叫'樜李'，当初西施因其味美，素最喜食；桃核虽非仙品，当年弥子瑕曾以其半分之卫君；橘核，昔日晏子至楚，楚王曾有黄橘之赐；枣核名唤'羊枣'，当日曾晰最喜。这四核虽是微末废物，因昔年或在美人口中受了口脂之香，或在贤人口内染了翰墨之味，或在姣童口边感了龙阳①之情，或在良臣口里得了忠义之气，久而久之，精气凝结，兼之受了日精月华，所以成形为患。今遇贫道，也是他气数当绝。"多九公忖道："怪不得男相女装，原来却是'分桃主人'。"因问道："请教仙姑：刚才那美妇人同那美男子，自然就是西施、弥子瑕形状了。但那两怪，一个面如黑枣，一个脸似黄橘，难道当年曾晰同晏子就是这个模样么？"道姑道："西施、弥子瑕俱以美色蛊惑其君，非正人可比，故精灵都能窃肖其形；至曾晰、晏子，身为贤士，名传不朽，其人虽死犹生，这些精灵，安能窃肖其形？所谓邪不能侵正。故枣怪面似黑枣，橘怪面似黄橘。任他变幻，何能脱却本来面目！"小山道："请问仙姑：此去小蓬莱，还有若干路程？"道姑道："远在天边，近在眼前，女菩萨自去问心，休来问我。"收了四核，出洞去了。

多、林二人把人数查明，一齐上船前进。一路谈起仙

---

① 龙阳：传说中战国时魏王宠幸的臣子。魏王有了他，就不要别人再介绍美女。古时因用"龙阳"二字做男色的代词。

姑相救之事。多九公道："这是唐小姐至孝所感，故屡遇异人相救。若据前日大蚌所言，唐兄已成神仙无疑了。"林之洋道："俺妹夫如成了神仙，俺甥女遇了灾难，自然该有仙人来救。俗语说的：'官官相护'，难道不准'仙仙相护'？俺最疑惑的：他们所说'百花'二字，不知隐着甚么机关？莫非俺甥女是百花托生么？"小山笑道："若谓百花，自然是百样花了。岂有百花俱托生一人？——断无此理。即使竟是百花托生，甥女也不情愿。舅舅莫把这件好事替我揽在身上。"林之洋道："若是百花托生，莫不红红绿绿，甥女为甚倒不情愿？"小山道："舅舅要知：这些百花无非草木之类，有何根基？此时甥女如系天上列宿托生，将来倘要修仙，有此根基或者可冀得一善果；若是草木托生，既无根基，何能再萌妄想？即使苦修，亦觉费事。当日有人言：狐狸修仙最苦，因其素无根基，必须修到人身，方能修仙，须费两层工夫。即如甥女，若是百花托生，如要修仙，必须修的有了根基，方能再讲修仙，岂不过于费事？"林之洋道："若这样，俺倒盼你根基浅些，倒觉安静，省得胡思乱想，又生别的事来。"

若花道："刚才那个少年男妖，为何搽胭抹粉，装作女人模样？"多九公道："侄女：你不知么？他这模样，是从你们女儿国学的；并且还会缠的上好小足，穿的绝妙耳眼哩。"林之洋忍不住要笑。小山不解，再三追问。婉如把当日女儿国穿耳缠足之事说了。小山这才明白，道："怪不得前在东口那个道姑把舅舅称作'缠足大仙'，舅舅满面绯红，原来是这缘故。"

狐狸种类繁多，分北极狐、赤狐、银黑狐、沙狐等。性格机敏，在远古曾被作为图腾，后来或多与狡诈鬼祟相关联，狐妖狐仙，常出现在各种小说趣闻中

忽听众水手喊道："刚走的好好的，前面又要绕路了！"多、林二人忙至船头，只见迎面又有一座大岭拦住去路。多九公道："前年到此，被风暴刮的神魂颠倒，并未理会有甚山岛。今年走到这条路上，纯是大岭。要像这样乱绕，只怕再走一年还不到哩。"林之洋道："俺们上去探

探路径。"将船停泊，二人上了山坡。走了多时，迎面有一石碑，上面写的也是"小蓬莱"三个大字。多、林二人看了，这才晓得此山就是小蓬莱。多九公道："怪不得那道姑说：'远在天边，近在眼前。'谁知今已到了。"随即走回，告知小山。

蓬莱仙境

小山欢喜非常，惟有暗暗念佛。因天色已晚，不能上山。次日，起个绝早；吕氏同婉如、若花也都起来。水手已备早饭，大家饱餐一顿。婉如、若花也要陪着同去。林之洋手拿器械，带了水手，一同登岸，上了山坡。上面有条山路，弯弯曲曲，虽觉难走，幸喜接连树木，可以攀藤附木而行。林之洋揽着小山，小山手挽婉如，婉如手拉若花，慢慢步上山来。到了平川之地，歇息片响，又朝前行。转过"小蓬莱"石碑，只见唐敖当日所题诗句，仍是墨迹淋漓。小山一见，泪落不止。又向四处细细眺望，暗暗点头道："看了此山景致，凡念皆空，宛如登了仙界。如此洞天福地，无怪父亲不肯回来。此处不独清秀幽僻，而且前面层岩错落，远峰重叠，一望无际，不知有几许路程。此时只好略观大概，少刻回船，再同舅舅商议。"

不知不觉天已下午。林之洋恐天晚难行，即同小山姐妹下山。及至到船，业已日暮。吃了晚饭，吕氏问问山上光景。小山道："今日细看此山，道路甚远，非三五天可以走遍。甥女父亲既要修行，自然该在深山之内。若照今日这样寻访，除非父亲出来，方能一见；若不自己露面，就再找一年，也是无用。今甥女立定主意：明日舅舅在此看守船只；甥女一人深入山内，耽搁数日，细细搜寻，或者机缘凑巧，也未可知。"林之洋道："甥女独去，俺怎放心？自然俺要同去。"小山道："话虽如此。奈船上都是水手，并无着己之亲；多老翁虽有亲谊，究竟过于年老；此处又非内地可比：若舅舅同去，虽可做伴，船上无主，甥女反添牵挂，何能在内过于耽搁？与其寻的半途而废，终非了局，莫若甥女自去，倒觉爽利。好在此山既少人烟，又无野兽，纯是一派仙景，舅舅只管放心。甥女此去，多则一月，少则半月。如能寻着固妙；即或寻不着，略将里面大概看看，亦即回来先送一信，使舅舅放心，然后再去细访。必须如此，两下方无牵挂。甥女主意已定，务望舅舅曲从。"若花道："阿父如不放心，女儿向在东宫，也曾习过骑射，随常兵器，也曾练过。莫若女儿带了器械，与阿妹同去，也好照应。"婉如道："若是这样，俺也同去。"小山道："妹妹与乳母一样，行路甚慢，如何去得？至若花姐姐近日虽然缠足，他自幼男装走惯，尚不费力，倘能同去，倒可做伴。"

胡服骑射图

骑射，骑马和射箭。《战国策》："今吾将胡服骑射，以教百姓，而世必议寡人矣。"

吕氏道："甥女上去，上面既无房屋，又无茶饭，夜间何处栖身？日间所吃何物呢？"小山听了，不觉痿了一痿。沉思半晌道："甥女今日细观此山，层岩峭壁，怪石攒峰，错错落落，接连不断，虽无屋宇，到处尽可藏身；就是那些松阴茂林之下，也可栖止；设遇现成石洞，那更好了。至所食之物，甥女细想：古人草根树皮，尚可充饥，何况此山果木甚多，柏子松实，处处皆有，岂有腹饥之患！"吕氏道："那些东西，岂能当饭？此时俺倒想起一事：当日俺们制有救荒豆末，自从初次飘洋用过一次，喜得后来从未绝粮。今甥女上山，倒可用着了。"林之洋道："亏你提起，俺倒忘了。"从箱中取出一包豆面并一包麻子，递给小山道："你明日未曾上山，先将豆面尽量吃饱，就可七日不饥。至第八日再吃一顿，就可四十九日不饥。如觉口干，可将麻子拌些水吃，就不渴了。这是俺们海船救命仙丹，须好好收了。"

吕氏问的虽是俗事，但这些俗事没有安顿好，想去寻仙访道谈何容易？幸好唐小山心中早有打算。

小山接道："此豆怎样炮制，就有如此功效？如果灵验，若到荒年济世，岂不好么？"林之洋道："这个原是备荒用的。你道这方俺怎得知？——是你父亲传给俺的。据说当初晋惠帝永宁二年，黄门侍郎刘景先因年岁荒旱，曾

林之洋的救命仙丹，此刻派上用场，还由此引出一段故事来。唐小山的心思却在济世救人上面，实在令人赞叹。

黑豆易于消化，对满足人体对蛋白质的需要具有重要意义。除满足人体对脂肪的需要外，还有降低血液中胆固醇的作用

具表奏道：'臣遇太白山隐士传授"济饥辟谷仙方"。臣家大小七十余口，以此为粮，不食别物。若不如斯，臣一家甘受刑戮。'其方：用黑大豆五斗，淘净，蒸三遍，去皮；用火麻子三斗，浸一宿，亦蒸三遍，令口开，取仁，去皮；同大豆各捣为末，和捣做团如拳大。入甑内，从戌时蒸至子时止，寅时出甑，午时晒干，为末。干服之，以饱为度，不得再吃别物。第一顿七日不饥；第二顿四十九日不饥；第三顿三百日不饥；第四顿二千四百日不饥；不必再服，永不饥了。不问老少，但依法服食，不但辟谷，且令人强壮，容貌红白，永不憔悴。口渴，研麻子汤饮之，更润脏腑。若要重吃他物，用葵子三合为末，煎汤冷服，解下药如金色；任吃他物，并无所损。前知随州郡守，教民用之有验，序其原委，勒石于汉阳兴国寺。还有一方：用黑豆五斗，淘净，蒸三遍，晒干，去皮为末；火麻子三升，浸去皮，晒研为末；糯米三升，做粥，入前二样和捣为团，如拳大。入甑内，蒸一宿，取晒为末；用小红枣五斗，煮去皮核，入前末和捣如拳大。再蒸一夜，晒干为末。服之以饱为度，最能辟谷。如渴，饮麻子水，能润脏腑；或饮脂麻水亦可，但不得食一切物。当日你父亲传俺此方，俺配一料带在船上。那知头一次飘洋，就遭风暴，偏遇连阴大雨，耽搁多日，缺了柴米，幸亏这物才救一船性命。这是你父亲积的阴德，俺同你舅母至今还是感念。"吕氏道："谁知这样一个好人，偏偏教他功名蹭蹬①！若早早做了官，他又何能到此访甚么仙、炼甚么性呢？"小山听了，触动思亲之心，更觉伤感。当时议定若花同去。次日，姐妹二人，绝早起来。

话说小山同若花清晨起来，梳洗已毕，将衣履结束，腰间都系了丝绦，挂一口防身宝剑；外面穿一件大红猩猩

①蹭蹬：遭遇挫折；不得意。

毡箭衣；头上戴一顶大红猩猩毡帽兜；外带一件棉衣，用包袱包了；又带一个椰瓢，同豆面都放包袱内。——二人打扮不差上下，惟若花身穿杏黄箭衣。——将豆面饱餐一顿。收拾完毕，各把包袱背在肩上，一齐告别。吕氏见这样子，不由心酸落泪道："甥女一路小心！若花女儿务须好好照应！虽说此山并无虎豹，到了夜晚，究竟寻个掩密藏身之处，才觉放心。甥女如此孝心，上天自必垂怜，一切事情，自然逢凶化吉。但愿此去寻得父亲，早早回来！"婉如也垂泪道："姐姐千万保重，莫教人两眼望穿！俺不远送了。"小山答应，同若花上岸。林之洋仍旧搀扶送到平阳之处，又丁宁几句，洒泪而别。林之洋见他们去远，这才止泪回船。

姐妹两个，背着包袱，朝前走了数里。小山因山路弯曲，恐将来回转认不清楚，每逢行到转弯处，就在山石树木上用宝剑画一圆圈，或画"唐小山"三字，以便回来好照旧路而行。一面走着，歇息数次，越过几个峰头，幸喜山路平坦。走了一日，看看日暮，二人商议找一宿处。看来看去，并无可以栖身之地，只得又向前进。正在探望，只见路旁许多松树，都大有数围。内有一株古松，枝叶虽青，因年代久了，其本已枯，外面虽有一层薄皮，里面却是空的。二人见了，不胜之喜，即将包袱取下，一齐将身探入。内中松叶堆积甚厚，坐下倒也绵软。姐妹两个，因一路走乏，身子困倦，把包袱放在树内，坐在上面；睡了一觉，早已天明，连忙探出身来，背上包袱，离了松林。走了半日，小山道："昨日吃了豆面，腹中果然不饥；此时喉中微觉发干。姐姐可觉口渴？妹子意欲吃些泉水才好。"若花道："如此甚妙。"各用椰瓢就在山泉取了一瓢凉水，拌些麻子，胡乱饮了几口；又取一瓢凉水，略把手面洗洗。仍望前走。到了日暮，恰喜那边峭壁下有一天然石洞，尽可存身，就在石洞住了。次日，又朝前进。一路上

豆面，是以豆类为主要原料的食物

看不尽的怪竹奇树，观不了的异草仙花。沿途景致虽多，无如小山之意并不在此，若花也不过略略领略。

一连走了几日，各处寻踪觅迹，再朝前面望去，那些山冈仍是一望无际。小山道："姐姐：你看这个光景，大约非数十日不能走到。妹子前在舅舅面前，曾说无论寻着寻不着，总在一月半月回去送信。今再前进，设或遥远，一时骤难转回，岂不失信么？"若花道："今既到此，据我愚见：只好且朝前进。我们就是耽迟几日，阿父也断无埋怨之理，何必回去送信。"小山道："妹子之意：并非专为送信，意欲借此将姐姐送回，妹子才好独往。"若花道："愚姐正要同你前去，为何忽发此言？"小山道："连日细看此山，道路甚远，一经前进，归期竟难预定。因此要将姐姐送回，以便一人前进。即使回来过迟，舅舅不能守候，妹子得能寻见父亲，就同父亲在彼修炼，也是人生难得之事。倘不能寻见父亲，纵让舅舅终年守候，妹子何颜归家去见母亲？以此看来：惟有寻到此山尽头，非见父亲之面，不能回家。若姐姐同去，妹子何能只管前进呢？"若花道："愚姐若怕路远，也不来了。此时前进若无消息，不独阿妹不应回转，就是愚姐也无半途而废之理。况我本是虎口余生，诸事久已看破，设或耽搁过迟，阿父不能守候，我就在此同你静修，也未尝不可。阿妹倒不必虑及于我。即如我今日到此，还是图名呢？还是为利呢？无非念阿妹一团孝心，惟恐孤身无人照应，才肯挺身而来。若要误认我不过一时高兴上来走走，并未虑及后来之事，那就错了。"小山不觉滴泪道："姐姐如此用心，真令妹子感激涕零，此时也不敢以套言相谢，惟有永铭心版了。"说罢，又向前进。

松子，是松树的种子。含脂肪、蛋白质、碳水化合物等。松子久食健康身心，滋润皮肤，延年益寿

若花道："今日忽觉饥饿，这是何意？"小山道："只顾走路，原来今已八日。那豆面第一顿只能管得七日不饥，今日如何不饿？恰好此处遍地松实柏子，我才吃了几

个，只觉满口清香；姐姐何不也吃几个？如能充饥，我们就以此物为粮，岂不更觉有趣？"若花随即吃了许多。走了多时，也就不觉甚饿。于是日以松实柏子充饥。路上或讲讲古迹，谈谈诗赋。不知不觉又走了六七日。

柏子仁，中药名。秋、冬二季采收成熟种子，晒干，去皮。具有养心安神、润肠通便、止汗的功效

这日正望前进，猛见迎面倒像一人走来。小山道："我们走了十余日，未见一人，怎么今日忽然走出人来？"若花道："莫非前面已有人家？"只见那人渐渐临近，再细细一看，原来是个白发樵夫。小山见是老年人，因站路旁问道："请问老翁：此山何名？前面可有人家？"樵夫也立住道："此山总名小蓬莱。前面这条长岭，名叫镜花岭；岭下有一荒塚；过了此塚，有个乡村，名叫水月村。此地已是水月村交界。前面村内，虽有居民，无非几个山人。你问他怎么？"小山道："我问路境，不为别事。只因我们天朝大唐国有位姓唐的，前年曾入此山，如今可在前面乡村之内？敢求老翁指示，永感不忘！"樵夫道："你问的莫非岭南唐以亭么？"小山喜道："我问的正是此人。老翁何以得知？"樵夫道："我们常在一处，如何不知。前日他有一信托我带到山下，交天朝便船寄至河源，今日恰好凑巧。"于是把书取出，放在斧柄上递去。小山接过，只见信面写着"吾女闺臣开拆"。虽是父亲亲笔，那信面所写名字，却又不同。<u>只听樵夫道："你看了家书，再到前面看看泣红亭景致，就知书中之意了。"说着，飘然而去。</u>

小山把信拆开，同若花看了一遍，道："父亲既说等我中过才女与我相聚，何不就在此时同我回去，岂不更便？并且命我改名'闺臣'，方可应试，不知又是何意。"若花道："据我看来，其中大有深意：按'唐闺臣'三字而论，大约姑夫因太后久已改唐为周，其意以为将来阿妹赴试，虽在伪周中了才女，其实乃唐朝闺中之臣，以明并不忘本之意。信内嘱阿妹若不速回，误了考期，不替父亲争气，就算不孝。既有如此严命，阿妹竟难再朝前进哩。"小山

道："话虽如此；但我们迢迢数万里至此，岂有不见一面之理？况父亲既在此山，也未有寻不见的。且到前面，再作计较。"

松林云雾缭绕

　　一齐举步越过岭去，只见路旁有一坟墓。小山道："此是仙境，为何却有坟墓？莫非就是樵夫所说荒塚么？"若花道："阿妹：你看那边峭壁上镌着'镜花塚'三个大字，原来此墓所葬却是'镜花'；不知是何形象？可惜刚才未曾问问樵夫。"略为歇息，转过峭壁，走未一里，正面有一白玉牌楼，上镌"水月村"三个大字。穿过牌楼，四面观望，并无人烟。迎面有一长溪拦住去路。虽无桥梁，喜得溪边有株数人合抱不来的一颗大松，由这边山坡，歪歪斜斜一直铺到对面山坡，倒像推倒一般，天然一座松根桥梁。二人攀着松枝，渡了过去。面前一带松林，密密层层，约有半里之遥。穿过松林，再四处一看，真是水秀山清，无穷美景。远远望那山峰上面，俱是琼台玉洞，金殿瑶池，那派清幽景象，竟是别有洞天。正在观看，忽见对面祥云缭绕，紫雾缤纷，从那山清水秀之中，透出一座红亭。

凡尘俗世非假，镜花水月非真，唐小山和若花受了唐敖的点播，一步步走向泣红亭。故事情节就此展开。

　　未知如何，下回分解。

赏析

　　唐小山等人一路上遭遇险难，也有很多奇遇。故事充满奇幻，情节妙趣横生。来到镜花岭，父亲唐敖以信传情，嘱咐小山要做好人间事。这也表现出作者既有超脱的内心境界，又有安身立命的积极思想。

第十八回　观图章微明示妙旨
　　　　　泣红亭书叶传佳话

·导读·

　　唐小山、若花等人来到泣红亭，遇见魁星，也在石碑上看到了自己的芳踪。小山感念父亲为自己改名的恩情，不料又遇险难，得道姑给的神奇大米充饥。

　　话说唐小山同阴若花渡过小溪，因景致甚佳，正在观玩，忽见迎面清光之中，透出一座红亭，只觉金光万道，瑞气千条，灿烂辉煌，华彩夺目。随即举步上前。只见那参天的奇松怪柏，冲霄的野竹枯藤，都在亭子四面盘转，几如翠盖一般；四壁厢异草奇花，也不知多少。亭子面前悬一金字大匾，上书"泣红亭"三个大字。旁边有一对联，写的是：

> 桃花流水杳然去，朗月清风到处游。

　　小山道："刚才那樵夫教我望望泣红亭景致，那知却在此地。内中有何美景，我们何不进去看看？"若花道："原来阿妹认得科斗文字①，却也难得。"刚要举步，忽听亭内响了一声，现出万道红光。红光之内，摔出一位魁星：左手执笔，右手执斗；生得花容月貌，美如天仙。驾着彩云，四面红光旋绕，霎时起在空中，直向斗宫去了。若花道："我同阿妹素日最敬魁星，谁知此间竟遇女身出现。原来魁星却有两像。"小山道："将来回到家乡，如遇庙宇供

野竹古藤

---

① 科斗文字：科斗，就是蝌蚪。上古的篆字，头粗尾细，很像蝌蚪，所以有这个名称。

有魁星，妹子发个心愿，于男像之旁，另塑一尊女像，也不枉今日瞻仰一番。"二人随即对空叩拜。走进亭内，只见当中设一碧玉座，座旁安两条石柱，柱上也有一副对联：

红颜莫道人间少，薄命谁言座上无？

正面也有一匾，写的是"镜花水月"。

小山把人名看过，不觉忖道："父亲命我改名，那知此碑一等第十一名就是'唐闺臣'，并且若花姐姐同婉如、兰音妹妹也在上面。我闻古人有'梦观天榜'之说，莫非此碑就是天榜？为何又有司花字样？以此看来，又非天榜了。"因向若花道："姐姐：你看此碑可是天榜么？"若花道："我看此碑都是篆文，一字不识，谁见甚么天榜？"小山道："妹子真心请问，怎么姐姐忽然斗起趣来？"若花道："愚姐怎么斗趣？"小山道："此碑所镌都是随常楷书，姐姐说是篆文，岂非斗趣么？"若花听了，把眼揉了一揉，又朝碑上细看道："上面各字，与外面匾对一样，都是科斗古文，若有一字认得，算我有心欺你。果真不识，岂有戏言！"小山不觉诧异道："明明都是楷书，为何到了姐姐眼里，却变作古文？世间竟有如此奇事？怪不得姐姐说我认得科斗文字，原来却是这个缘故。以此看来，可见凡事只要有缘：妹子同他有缘，所以一望而知；姐姐同他无缘，因此变成古篆。"

若花道："此碑我虽不识，幸喜阿妹都知，就请费心把这情节讲说一遍，愚姐也就如同目睹了。"小山道："上面所载，俱是我们姊妹日后之事，约计百人之多。此时姐姐既于碑上一无所见，可见仙机不可泄漏。妹子若要捏造虚言，权且支吾，未免欺了姐姐；若说出实情，又恐泄漏天机，致生灾患。好在碑上之事，将来总要出现，妹子意欲等待事后再细细面陈。姐姐以为何如？"若花道："阿妹所见极是。但我望着此碑，只觉红光四射，两眼被这红光耀

唐小山行过千山万水，才到镜花水月之地。作者在此点出故事主题，一切过往，悲欢离合，不过镜花缘中事，唐小山自此也明了自己的归途。

的只觉发昏。字既不识，站在这里甚觉无味，莫若且到亭外走走。阿妹在此，把这情节细细记在心里，事后告诉我们，也是一段佳话。"小山道："姐姐言这碑上红光四射；与我所见，又是两样，妹子望去，只觉一股清气。今姐姐看是红光，可见姐姐将来必是受享洪福之人，与妹子迥不相同。"若花道："我现在离乡背井，孑然一身，将来得能附骥，考个才女，心愿足矣，那里还有甚么洪福轮到身上！——若有洪福，也不投奔他邦了。"说着，滴下两点眼泪，把包袱取下放在石几上，走出去了。

人间洪福，仙境清福，二人看同样景致，而心境迥然不同。一切事物总在变化，全看自己如何把握和用心。

小山看罢，忖道："这'唐时遇唐，流布遐荒'八个字，细细揣夺，如今正当唐时，我又姓唐，又亲见此碑，岂非教我流传海内么？仙机虽是如此，奈此碑所列百人之多，不独头绪纷繁，就是人名也甚难记，这是苦我所难了！"思忖多时，因走路辛苦，要寻坐处歇息，恰好旁边有一石几，石几面前有条石凳，就在凳上坐了。把包袱取下，放在几上，歇息片晌。复又想道："这个碑记，明明教我流传海内，偏偏笔砚又未带来，这却怎好？——也罢，莫若把他读的烂熟，记在心里，也是一样。"于是望着玉碑从头读去。读了几句，甚觉拗口。正在为难，只见若花走了进来。

芭蕉叶可入药，性寒味甘，具有清热、利尿、解毒之功效

话说若花走进亭子，也在石凳坐下，道："阿妹可曾记清？外面绝好景致，何不出去看看？"小山道："姐姐来的正好，妹子有件难事正要请教。"因把图章念了一遍，道："姐姐：你看这个图章，岂非教我流传么？上面字迹过多，强记既难，就是名姓也甚难记。又无笔砚，这却怎处？"若花道："阿妹若要笔砚，刚才愚姐因看山景要想题诗，却有绝好笔砚在此。"即到外面取了几片蕉叶进来道："阿妹何不就以此叶权且抄去？俟到船上，再用纸笔誊清，岂不好么？"小山道："蕉叶虽好，妹子从未写过，不知可能应手。"随到亭外，用剑削了几枝竹签进来，将蕉叶放在几

人在画中游，蓬莱仙境，随手拈来都是好笔好砚。可见此地的不俗，也可见才女的聪敏灵巧。

上，手执竹签，写了数字，笔画分明，毫不费事。不觉大喜。

刚要抄写，因向若花道："刚才未进此亭时，远远望着对面都是琼台玉洞，金殿瑶池，宛如天堂一般。如此仙境，想我父亲必在其内。此时既到了可以寻踪觅迹处，只应朝前追寻，岂可半途而废？况这碑记并非立时就可抄完，莫若且把父亲寻来，慢慢再抄，也不为迟。"若花道："阿妹话虽有理，但恐寻而不遇，也是枉然。我们只好且到前面，再作道理。"各人背了包袱，步出亭外；走了多时，那些台殿渐渐相近。正在欢喜，忽听水声如雷。连忙趱行，越过山坡，迎面有一深潭，乃各处瀑布汇归之所，约宽数十丈，竟把去路拦住。小山看罢，只急的暗暗叫苦。即同若花登在高峰，细细眺望。谁知这道深潭，当中冒出这股水，竟把此山从中分为两处，并无一线可通。二人走来走去，无计可施。若花道："今日那个樵夫，转眼间无踪无影，明是仙人前来点化。我想姑夫既托仙人寄信，那仙人又说常聚一处，岂是等闲！信中既催阿妹速去考试，允你日后见面，想来自有道理。为今之计，莫若抄了碑记，早早回去。不独可以赴试，就是姑母接了此信，见了阿妹，也好放心，也免许多倚闾之望[1]。愚见如此，阿妹以为何如？"小山听了，虽觉有理，但思亲之心，一时何能撇下？正在犹疑，只见路旁石壁上有许多大字。上前观看，原来是首七言绝句：

义关至性岂能忘？踏遍天涯枉断肠！聚首
还须回首忆，蓬莱顶上是家乡。

诗后写着"某年月日岭南唐以亭即事偶题"。小山看

深潭，深水池。也指河流中水极深而有回流处

---

[1] 倚闾之望：闾，里弄的大门。倚闾之望，指父母期盼子女归来。战国时，王孙贾的母亲和王孙贾说：你早出晚归，我倚门而望；你晚出而不回来，我倚闾而望。出《战国策》。

観碑記默喩
仙機観圖章微
明妙旨

蓬莱山顶风光

到末二句，猛然宁神，倒像想起从前一事；及至细细寻思，却又似是而非。惟有呆呆点头，不知怎样才好。若花道："阿妹不必发呆了！你看诗后所载年月，恰恰就是今日！诗中寓意，我虽不知，若以'即事'二字而论，岂非知你寻亲到此？那'踏遍天涯枉断肠'之句，岂非说你寻遍天涯也是枉然？况且前日阿妹所谈去年题的思亲之诗，我还记得第六句是'蓬莱缥缈客星孤'；今姑夫恰恰回你一句'蓬莱顶上是家乡'。彼时阿妹不过因'蓬莱'二字都是草名，对那松菊，觉的别致；那知今日竟成了诗谶。可见此事已有先兆。并且刚才从此走过，壁上并无所见；转眼间，就有诗句题在上面，若非仙家作为，何能如此？此时我们只好权遵慈命，暂回岭南，俟过几时，安知姑夫不来度脱你我都去成仙呢？"说罢，携了小山的手，仍向泣红亭走来。一路吃些松实柏子。又摘了许多蕉叶，削了几枝竹签。来至亭内，放下包袱，略为歇息。

若花道："此碑共有若干字？"小山道："共约二千。赶紧抄写，明日可完。"若花道："既如此，阿妹只管请写，不必分心管我。好在此地到处皆是美景，即或耽搁十日，也游不厌的。"于是自去游玩。小山写了一日，到晚同若花就在亭内宿歇。次日正要抄写，只见碑记名姓之下，忽又现出许多事迹，自己名下写着："只因一局之误，致遭七情之磨。"若花名下写着："虽屈花王之选，终期藩服之荣。"其余如兰音、婉如诸人，莫不注有事迹。看罢，不觉忖道："我又不会下棋，这一局之误，从何而来？"因将碑记现出事迹之话，告诉若花。若花道："既有如此奇事，自应一总抄去为是。我还出去游玩，好让阿妹静写。"说罢，去了。小山写了多时，出来走动走动。若花正四处观玩，忽见小山出来，不觉忖道："碑上仙机固不可泄漏；他所抄之字不知可是古篆？趁他在外，何不进去望望？"即到石几跟前一看，蕉叶上也是科斗文字。连忙退出。只见小山从瀑布面前走来。若花道："原来阿妹去看瀑布，可谓'忙里偷闲'了。"小山道："妹子前去净手，并非去看瀑布。姐姐忽从亭内走出，莫非偷看碑记么？倘泄漏仙机，乃姐姐自己造孽，与妹子无涉。"若花道："愚姐岂肯如此！因要领教尊书，进去望望；谁知阿妹竟写许多古篆，仍是一字不识。你弄这些花样，好不令人气闷。"小山道："这又奇了！妹子何尝会写篆字？倒要奉请再去看看。"一齐走进亭内。若花又把二目揉了一揉道："怎么我的眼睛今日忽然生出毛病，竟会看差了？"小山笑道："姐姐并非看差，只怕是眼岔了。"若花道："莫要使巧骂人！准备孽龙从无肠东厕逃回，只怕还要托人求亲哩。'乘龙[1]'佳婿倒还不差，就只近来身上有些臭气，若非配个身有异香的，就是熏也熏死了。"于是看那蕉叶上面，明明白白都是古篆，并无一字可识。又把玉碑看了道："你这抄的笔画，同那碑上都是一样；碑上字我既不识，又何能识此呢？"

瀑布是从山壁上或河床突然降落的地方流下的水，远看好像挂着的白布，地质学上叫跌水

小山不觉叹道："妹子所写，原是楷书，谁知到了姐姐眼中，竟变成古篆！怪不得俗语说是：'有缘千里来相会，无缘对面不相逢。'妹子可谓有缘，姐姐竟是无缘了。"若花道："我虽无缘，今得亲至其地，亦算无缘中又有缘了。"小山道："姐姐虽善于词令，但你所说'有缘'二字，究竟牵强，何能及得妹子来的自然。"若花一道："据我看来：有缘固妙；若以现在情形而论，倒不如无缘来的自在。"小山道："此话怎讲？"若花道："即如此时遍山美景，我能畅游；阿妹惟有拿着一枝毛锥在那里钻刺，不免为缘所累：所以倒不如无缘自在。"小山道："姐姐要知：无缘的不过看看山景；那有缘的不但饱览仙机，而且能知未

故事情节耐人寻味，唐小山与若花观感不同，好似儒墨之辩，难有结果。作者借此表达人性虽同，对待事物的看法却各不相同，也正因为如此，人间才有百花竞放的美景。

---

[1] 乘龙：对他人女婿的赞词。故事传说：东汉桓焉有两个女儿，一嫁黄尚，一嫁李膺。黄、李二人，都有声誉，当时人说：桓焉两女乘龙。意思比喻桓焉选得的两个女婿都像天上的龙。出《艺文类聚》。

来，——即如姐姐并婉如诸位妹妹一生休咎，莫不在我胸中。可见又比观看山景胜强万万。"

若花道："据你所言，我们来历，我们结果，你都晓得了。我要请问阿妹：你的来历，你的结果，你可晓得？"小山听了，登时汗流浃背，不觉疼了一疼道："姐姐：你既不自知，你又何必问我？至于我知、我不知，我又何必告诉你？况你非我，你又安知我不自知？俗语说的：'工夫各自忙。'姐姐请去闲游，妹子又要写了。"若花道："你知，固好；我不知，也未尝不妙。总而言之：大家'无常'一到，不独我不知的化为飞灰，依然无用；就是你知的也不过同我一样，安能又有甚么长生妙术！"说着，出亭去了。小山听了，心里只觉七上八下，不知怎样才好。思忖多时，只得且抄碑记。写了半晌，天色已晚，又在亭中同若花歇了一宿。

次日抄完，放在包袱内。二人收拾完毕，背了包袱，步出泣红亭。小山朝着上面台殿跪下，拜了两拜，不觉一阵心酸，滴下泪来。拜罢起身，一同回归旧路，仍是泪落不止，不时回顾。不多时，穿过松林，渡过小溪，过了水月村，越过镜花岭，真是归心似箭。走了一日，到晚寻个石洞住了。一连走了两日。这日正朝前进，路旁有一瀑布，只闻水声如雷，峭壁上镌着"流翠浦"三个大字。瀑布流下之水，漫延四处，道路甚滑。二人只得携手，提着衣裙，缓缓而行。走了多时，过了流翠浦。前面弯弯曲曲，尽是羊肠小道，岔路甚多，甚难分辨。小山道："前日来时，途中虽有几处瀑布，并无如许之大。今日莫非走差了？我们且找来时所画字迹，照着再走。"寻了半晌，虽将字迹寻着，及至细看，竟将"唐小山"三字改做"唐闺臣"。小山看了诧异道："怎么竟有如此奇事！"若花道："此非仙家作为，何能如此？看来又是姑夫弄的手段了。"大家于是放心前进。恰好走到前面，凡遇歧途难辨之处，

唐小山与若花的谈话颇为有趣，妙与不妙，自己知道，不必东问西问。作者在此表达对于做人处事乃至学问修养的态度，一切全在自己努力，求人不如求己！

蓬莱仙境，妙不可言。故事情节充满奇幻，唐小山改名唐闺臣，被搞得一头雾水，若花猜是唐敖所为。作者想象丰富，构思巧妙，引发人的联想。

路旁山石或树木上总有"唐闺臣"三字。二人也不辨是否，只管顺着字迹走去。

这日在路闲谈，小山道："我们自从上山，走了半月，才到镜花岭；如今从泣红亭回来，已走七日，看来已有一半路程。这二十余日，舅舅、舅母，不知怎样盼望！"若花道："婉如阿妹缺了伴侣，只怕还更想哩。"

忽听林内有人叫道："好了！好了！你们回来了！"二人不觉吃了一吓，忙按宝剑，将脚立住。遥见林之洋气喘嘘嘘跑来道："俺在那边树下远远看着两人，头戴帽兜，背着包袱，俺说必是你们回来。好极！好极！几乎盼杀俺了！"小山道："甥女别后，舅母身上可好？舅舅为何不在山下看守船只，却走出若干路程，吃这辛苦？"若花道："阿父山下何日起身？离船几日了？阿母、阿妹，身体可安？"林之洋道："你们两个想是把路走迷了？前面已到小蓬莱石碑，顷刻就要下山，怎说这话？俺因你们去了二十多日不见回来，心里记挂，每日上来望望。今日来了多时，正在盼望，那知你们巧巧回来。"二人听了，如梦方醒，更叹仙家作用之奇。即同林之洋下山上船，放下包袱，见过吕氏、婉如；乳母替他们除了帽兜，脱去箭衣。喘息定了，小山才把"遇见樵夫，接着父亲之信，嘱我回去赴试，俟中才女，方能相见"的话，告诉一遍。林之洋把信看了，欢喜道："妹夫说等甥女中过方能相聚。——不过再隔一年，就可相见了。"小山道："话虽如此，安知父亲不是骗我？况海外又无便船，如何就能回乡？"林之洋听了，惟恐小山又要上去，连忙说道："据俺看来：这话决不骗你。他若立意不肯回家，为甚寄信与你？甥女只管放心！好在这路俺常贩货来往，将来甥女考过，你父亲如不回家，俺们仍旧同来；如今早早回去，也免你母亲在家挂念。"小山听罢，正中下怀，暗暗欢喜，故意说道："舅舅既允日后仍旧同来，甥女何必忙在一时？就遵舅舅之命，

蓬莱仙境，仙人指路，唐小山与若花如在梦中，而又处处受到启发，清楚归路。作者关于蓬莱仙境的描写妙趣横生，读来让人回味无穷。

唐小山如梦方醒，原来镜花水月之中，自己与父亲唐敖精神相契，虽然未见，却胜似相见。作者在此启发世人，看待事物，莫只看表面，而应溯本求源，在平常之处探微妙。

化缘，僧人以募化乞食广结善缘，故称化缘。化缘，指化度的因缘

暂且回去，将来再作计较。"林之洋点头道："甥女这话才是。但你父亲信内嘱你改名'闺臣'，自然有个道理，今后必须改了，才不负你父亲之意。"因向婉如道："已后把他叫作闺臣姐姐，莫叫小山姐姐了。"随即张罗开船。唐闺臣把信收过。吕氏见闺臣肯回岭南，也甚喜道："此番速速回去，不独你母亲放心，那考才女也是一桩大事。你若中了才女，你父母面上荣耀，不必说了；就是俺们在亲友面前，也觉光彩。倘能携带若花、婉如也能得中，那更好了。"

大家一路闲谈。姊妹三个，都将诗赋日日用功。忽见岸上走过一个道姑，手中提着一个花篮，满面焦黄，前来化缘。众水手道："船上已两日不见米的金面，我们还想上去化缘，你倒先来了。"那道姑听了，口中唱出几句歌儿。唱的是：

> 我是蓬莱百谷仙，与卿相聚不知年；因怜
> 谪贬来沧海，愿献"清肠"续旧缘。

闺臣听了，忽然想起去年在东口山遇见那个道姑，口里唱的倒像也是这个歌儿，不知"清肠"又是何物，何不问他一声。因携若花三人来至船头道："仙姑请了：何不请上献茶，歇息谈谈，岂不是好？"道姑道："小道要去观

诗情画意之间暗藏深意，看着陌生的道人却是重聚，故事情节层层展开，含而不露，让每一位读者探寻其中的奥妙。

光，那有工夫闲谈，只求布施一斋足矣。"闺臣忖道："他这'观光'二字，岂非说着我么？"因说道："请问仙姑：你们出家人为何也去观光？"道姑道："女菩萨：你要晓得一经观光之后，也就算功行圆满，一天大事都完了。"闺臣不觉点头道："原来这样。请问仙姑从何至此？"道姑道："我从聚首山回首洞而来。"闺臣听了，猛然想起"聚首还须回首忆"之句，心中动了一动道："仙姑此时何往？"道姑道："我到飞升岛极乐洞去。"闺臣忖道："难道'观光''回首'之后，就有此等好处？我再追进一句，看他怎说。"因问道："请教仙姑：这'极乐洞'虽在'飞升岛'，若以地里而论，却在何地？"道姑道："无非总在心地。"闺臣连连点头道："原来如此，承仙姑指教了。但仙姑化斋，理应奉敬，奈船上已绝粮数日，尚求海涵！"

道姑道："小道化缘，只论有缘无缘，却与别人不同：若逢无缘，即使彼处米谷如山，我也不化；如遇有缘，设或缺了米谷，我这篮内之稻，也可随缘乐助。"若花笑道："你这小小花篮，所盛之稻，可想而知。我们船上有三十余人，你那篮内何能布施许多？"道姑道："我这花篮，据女菩萨看去虽觉甚微，但能大能小，与众不同。"红红道："请问仙姑：大可盛得若干？"道姑道："大可收尽天下百谷。"婉如道："请教小呢？"道姑道："小亦敷衍你们船上三月之粮。"闺臣道："仙姑花篮既有如此之妙，不知合船人可与仙姑有缘？"道姑道："船上共有三十余人，安能个个有缘。"闺臣道："我们四人可与仙姑有缘？"道姑道："今日相逢，岂是无缘：不但有缘，而且都有宿缘；因宿缘，所以来结良缘；因结良缘，不免又续旧缘；因续旧缘，以致普结众缘；结了众缘，然后才了尘缘。"说罢，将花篮掷上船头道："可惜此稻所存无多，每人只能结得半半之缘。"婉如把稻取出，命水手将花篮送交道姑。道姑接了花篮，向闺臣道："女菩萨千万保重！我们后会有期，

道姑的话充满禅机，又很朴实。道姑与众人有缘，乐助众人，也是一种化缘。语言描写蕴含哲理，给人启发。

此段描述，无外乎一个"缘"字。作者以故事来阐明道理，让人在不知不觉中得到启发，珍惜生活里的人和事。

暂且失陪。"说罢，去了。

婉如道："三位姐姐请看：道姑给的这个大米，竟有一尺长，无如只得八个。"三人看了，正在诧异，适值多九公走来道："此物从何而来？"闺臣告知详细。多九公道："此是'清肠稻'。当日老夫曾在海外吃过一个，足足一年不饥。现在我们船上共计三十二人，今将此稻每个分作四段，恰恰可够一顿，大约可以数十日不饥了。"若花道："怪不得那道姑说'只能结得半半之缘'，原来按人分派，每人只能吃得四分之一，恰恰一半之半了。"多、林二人即将清肠稻拿到后面，每个切作四段，分在几锅煮了。大家吃了一顿，个个精神陡长，都念道姑救命之德。

語言描写生动有趣，若花的话具有旁白作用，让每个人都读懂了"半半之缘"。

赏析 ▶

在这一回，唐小山、若花等人来到了泣红亭，遇见了魁星。谈笑间，小山也在石碑上看明了自己的身世之谜。小山感念父亲为自己改名的恩情，又遇险难，得道姑相救，众人用道姑给的大米充饥，精神抖擞，心怀感激。作者巧妙吸收了神话和民间传说的素材，让故事充满神话色彩，却又不失清新感，并不教条之味。

第十九回　小才女卞府谒师　老国舅黄门进表

· 导读 ·

众人谈论《滕王阁序》，透着满满书卷气。唐小山来到长安考试，众才女
齐聚红文馆。书香、花香，沁人心脾，妙不可言。

话说林之洋见船只撺进山口，乐不可支，即至舱中把
这话告知众人，莫不欢喜。次日出了山口。林之洋望着闺
臣笑道："前日俺说王勃亏了神风，成就他做了一篇《滕王
阁序》；那知如今甥女要去赶考，山神却替你开路。原来
风神、山神都喜凑趣，将来甥女中了才女，俺要满满敬他
一杯了。"众姊妹听了，个个发笑。闺臣道："此去道路尚
远，能否赶上，也还未定。即或赶上，还恐甥女学问浅
薄，未能入选。无论得中不得中，倘父亲竟不回家，将来
还要舅舅带着甥女再走一遍哩。"林之洋道："俺在小蓬莱
既已允你，倘你父亲竟不回来，做舅舅的怎好骗你？自然
再走一遍。"吕氏道："据俺看来：你父亲业已成仙，就是
不肯回来，你又何必千山万水去寻他。难道作神仙长年不
老还不好么？"闺臣道："长年不老，如何不好！但父亲把
我母亲兄弟抛撇在家，甥女心里既觉不安；兼之父亲孤身
在外，无人侍奉，甥女却在家中养尊处优，一经想起，更
是坐立不宁：因此务要寻着才了甥女心愿哩。"

一路行来，不知不觉到了七月下旬，船抵岭南。这日
县考，缁氏也随他们姊妹十一个同去赴试。喜得太后诏内
有命女亲随一二人伴其出入之话，因此，凡有女眷伴考，
都不稽查。点名时，暗用丫环顶替，缁氏混在其内，胡乱

《滕王阁序》全称《秋日登洪府滕王阁饯别序》，亦名《滕王阁诗序》，骈文名篇。滕王阁位于江西省南昌市赣江滨。王勃省父过此，即席而作。文中铺叙滕王阁一带形势景色和宴会盛况

考了一回。到了发案，闰臣取了第一；若花、红红、亭亭也都高标；惟缁氏取在末名，心中好不懊恼；颜紫绡文字不佳，幸亏众姊妹替他润色，才能取中。各人都竖了匾额。

到了郡考，众人以为缁氏必不肯去，谁知他还是兴致勃勃道："以天朝之大，岂无看文巨眼？此番再去，安知不遇知音？"又进去考了一场。及至放榜，竟中第一名郡元；若花第二，闰臣第三，红红第四，亭亭第五；其余亦皆前列；颜紫绡亏众人相帮，也得高中。大家忙乱去拜老师，缁氏只得装作染病。各家都竖起"文学淑女"匾额，好不荣耀。

花再芳道："殿试若不弥封，那殿元我倒有点想头。"锺绣田道："何以见得？"花再芳道："闻得当年我们还未出世时，太后曾命百花齐放，大宴群臣，吟诗做赋，甚为欢喜。明年阅卷，看见我'花再芳'三字，倒像又要百花齐放光景，一时心喜，把我点作殿元，也不可知哩。"秦小春冷笑道："这是姐姐过谦。若论文字，姐姐就可点得殿元，何在尊名。"花再芳道："外面锣鼓声喧，这样好戏，我们却在此清谈，岂不辜负主人美意？如诸位姐姐不去，妹子要失陪了。"闰臣忙道："姐姐既喜看戏，妹子奉陪同去。"骆红蕖道："此处客多，姐姐是主人，只好在此陪客；妹子替你代劳陪再芳姐姐去。"再芳道："姐姐是客，怎好劳驾。"宋良箴道："他虽是客，他是唐府人，也算半主，这有何妨！"红蕖听了，把良箴瞅了一眼，满面绯红，同再芳去了。窦耕烟道："红蕖姐姐莫非就是世嫂么？"闰臣道："正是。"残冬过去，到了正月，闰臣同众人要去赴试。

一路晓行夜住，这日到了长安。多九公预先进城找寻下处。恰好太后恐天下众才女到京住在客店不便，因当日抄没九王府一所，院落宽阔，房屋甚多，又命工部盖了许多群房，赐名红文馆，如愿住者，悉听其便。多九公闻之

俗话说"胜败乃兵家常事"，取长补短，相互促进才是正路。仙子们落在凡尘，文思超群，令人称奇。

锣鼓是一种音响强烈、节奏鲜明的乐器，有锣鼓伴奏配合，能增强戏曲律动、表演节奏感和动作准确性，烘托舞台气氛

由此可见武则天爱才之切，作者也在暗喻封建时代重男轻女的陋习和陈腐观念。"红文馆"颇有深意。

甚喜，即将众人文书呈验；用了些须使费，检了一所大院落。通知众人一齐进城，来到寓所。多九公引众小姐各处看了一遍：前后六层，两傍群房无数，另有一个总门出入；若把总门闭了，宛是一家宅院。众人看了，无不欢喜。

宅院一角

闺臣见人才济济，十分欢悦，因与书香、兰芳商议："既是至亲，此间房屋甚多，何不请他们搬来同住，彼此都有照应，岂不是好？"书香即将此意向兰英、尧春诸人说了，个个欢喜，无不情愿，随即各命仆婢将行李搬来。闺臣托末空带着众丫环铺设床帐，安排桌椅。到晚就在厅房摆了十桌酒席，当时唐闺臣、林婉如、骆红蕖、廉锦枫、黎红红、卢亭亭、枝兰音、阴若花、田凤翾、秦小春、颜紫绡、宋良箴、余丽蓉、司徒妪儿、林书香、阳墨香、崔小莺、蔡兰芳、谭蕙芳、叶琼芳、褚月芳、燕紫琼、张凤雏、姜丽楼、易紫菱、薛蘅香、姚芷馨、尹红萸、魏紫樱、章兰英、邵红英、戴琼英、由秀英、田舜英、钱玉英、井尧春、左融春、廖熙春、邺芳春、郦锦春、邹婉春、施艳春、柳瑞春、潘丽春、陶秀春，共四十五位小姐，无分宾主，各按年齿归坐，饮酒畅谈。

不知不觉到了四月初一殿试之期。闺臣于五鼓起来，带着众姊妹到了禁城，同众才女密密层层，齐集朝堂，山呼万岁；朝参已毕，分两旁侍立。那时天已发晓，武后闪目细细观看，只见个个花能蕴藉，玉有精神，于那娉婷妪媚之中，无不带着一团书卷秀气，虽非国色天香，却是妪妪儒雅。古人云："秀色可餐。"观之真可忘饥。越看越爱，心中着实欢喜。因略略问了史幽探、哀萃芳所绎《璇玑图》诗句的话；又将唐闺臣、国瑞徵、周庆覃三人宣来问道："你三人名字都是近时取的么？"闺臣道："当日臣女

才女齐聚，犹如百花齐放，赏心悦目。作者借此表达男女平等的进步观念，在封建时代实在难得。

秀色可餐，原形容妇女美貌。后也形容景物秀丽。出自晋代陆机《日出东南隅行》："鲜肤一何润，秀色若可餐。"

生时，臣女之父，曾梦仙人指示，说臣女日后名标蕊榜[1]，必须好好读书。所以臣女之父当时就替取了这个名字。"国瑞徵同周庆覃道："臣女之名，都是去岁新近取的。"武后点点头道："你们两人名字都暗寓颂扬之意，自然是近时取的；至于唐闺臣名字，如果也是近时取的，那就错了。"又将孟、卜几家姊妹宣至面前看了一遍道："虽系姐妹，难得年纪都相仿。"又赞了几句，随即出了题。众才女俱各归位，——武后也不回宫，就在偏殿进膳。——到了申刻光景，众才女俱各交卷退出。原来当年唐朝举子赴过部试，向无殿试之说，自武后开了女试，才有此例。此是殿试之始。当时武后命上官婉儿帮同阅卷。所有前十名，仍命六部大臣酌定甲乙。诸臣取了唐闺臣第一名殿元，阴若花第二名亚元。择于初三日五鼓放榜。

秦小春同林婉如这日闻得明日就要放榜，心里又是欢喜，又是发愁。

话说众才女因初三日五鼓放榜，预先分付家人："如有报子到门，不必进来送信；每中一名，即放一炮，里面听得炮声若干，自然晓得中的名数；等报子报完，把二门开了，再将报单传进。"谁知自从五更放了三十七炮，等到日高三丈，并未再添一炮，眼见得竟有八位要在孙山之外。不觉个个发慌，人人胆落，究竟不知谁在八名之内；一时害怕起来，不独面目更色，那鼻涕眼泪也就落个不止。小春、婉如见众人这宗样子，再想想自己文字，由不得怕：只觉身上一阵冰冷，那股寒气直从头顶心冒将出来；三十六个牙齿登时一对一对撕打；浑身抖战筛糠，连椅子也摇动起来。婉如一面抖着，一面说道："这……这……这样乱抖，俺……俺……可受不住了！"小春也抖

申时，15时至17时，猴子喜欢在这时候啼叫。中国古代把一天划分为12个时辰，每时辰两小时，西周时就已使用。

鞭炮起源有2000多年的历史。没有火药和纸张时，古代人便用火烧竹子，使之爆裂发声，以驱逐瘟神

夸张的描写，幽默的文风，恰到好处的比喻，都让故事情节变得生动起来。作者的文字写出了小春、婉如忐忑不安的心情。

---

[1] 蕊榜：传说道家大罗天的神仙在蕊珠宫放榜。从前恭维科举功名，把中进士的比作神仙，因而称录取进士的榜为蕊榜。

着道："你……你……你受不住，我……我……我又何曾受得住！今……今……今日这命要送在……在此处了！"闺臣叹了几声道："今又等了多时，仍无响动，看来八位落第竟难免了。妹子屡要开门，大家务要且缓，难道此时还要等报么？"婉如一面抖着，一面哽咽道："起……起初俺原想早些开门，如……如今俺又不愿开门了。——你不开门，俺……俺还有点想头；倘……倘或开门，说……说俺不中，俺……俺就死了！实……实对你们说罢，除……除非把俺杀了，方准开哩。"

众人内心忐忑不安，连说话也快要语无伦次了。作者的描写风趣幽默，文字极具表现力，让人有身临其境之感，也不由得为众人物着急。

若花道："此时业已如此，也是莫可如何。若据闺臣阿妹追想碑记，我们在坐四十五人，似乎并无一人落第；那知今日竟有八人之多！可见天道不测，造化弄人，你又从何捉摸！但此门久久不开，也不成事，莫若叫人隔着二门问问九公，昨日婉如、小春二位阿妹所托题名录想已买来，如今求他细细查看，如题名录只得三十七人，此门就是不开也不中用。——况所中之人，只怕还要进朝谢恩，何能过缓？"闺臣道："姐姐此言甚是。"即分付丫环去问多九公，谁知九公还未回来。闺臣道："昨在部里打听，准于五鼓吉时放榜，无人不知；现在已交卯正，题名录还未买来，岂非怪事！"秀英道："今日如已放榜，何以九公此时还不回来？若说尚未放榜，现在却又报过三十七人。其中必有缘故。"

旧时科举榜单

忽听外面隐隐的一片喧嚷，原来多九公回来要面见众小姐。闺臣忙把钥匙递给丫环，众人都迎到门前。不多时，只见多九公跑的满脸是汗，走到厅前，望着众人说了一声"恭……"，那个"喜"字不曾说完，只是吁吁气喘，说不出话来。小春一面抖着，同田凤翾把九公搀进厅房，坐在椅上，丫环送了两杯茶，喘的略觉好些。小春滴着泪向九公道："甥……甥女可有分么？"多九公一面喘着，把头点了两点。婉如也滴泪道："九……九公！俺呢？"多九

多九公高兴得不能自已，连话也说不上来了。作者借此表现在封建时代男女平等的可贵，文化进步的可贵。

公也把头点了两点。闺臣道："请问九公：题名录可曾买来？"多九公连连摇头。停了片刻，望着众人把胸前指了一指，凤翙从怀中取出一个名单递给闺臣。闺臣展开同众人观看，只见上面写着："钦取一等才女五十名、二等才女四十名、三等才女十名。……"若花恐众人看不见，未免着急，就便顺口高声朗诵，从头念了下去。若花把榜念完，众才女这才转悲为喜。

多九公喘息已定。众人都问："何以报子漏报八名？这个名次，从何处抄来？"九公道："老夫今日三鼓就在那里守榜。略略用点使费，所以里面信息也通。起初原是闺臣小姐第一名殿元，若花小姐是第二名亚元。谁知榜已填到八九，太后忽然想起闺臣小姐名姓不好，因史幽探、哀萃芳向日绎的诗句甚佳，登时把前十名移到后面，后十名移到前面，复又从新填榜；如此往返转折，耽搁许多工夫，以致天明还未放榜。老夫惟恐众小姐等的心焦；况且报子里面信息虽通，只能填一名，报一名，那知这些移换之事，若等他报，不知等到何时。老夫只得托人把榜上等第、名次，匆匆抄了，连籍贯也不及写，飞忙赶回，跑的连气也喘不过来。并且闻得这是自古未有旷典，一经放榜，就要上朝会齐谢恩，因此更要赶回告知此事。我们宁可走在人先。诸位小姐收拾收拾，用些饭食，急速去罢。……"话未说完，只听外面接连放了八声大炮。九公道："你听：这炮就是移到后面前十名。原来向日填榜，惟恐前几名太后仍要更换，故此先从末名填起：今日也是这样。所以前二十名倒报在众人之后了。老夫足足一夜未曾合眼，且去歇歇，明日慢慢再领喜酒。"说罢，外面去了。

众人连忙收拾。谁知小春、婉如忽然不见，四处找寻，好容易才从茅厕找了出来。原来二人却立在净桶旁边，你望着我，我望着你，倒像疯颠一般，只管大笑；见了众人，这才把笑止住。舜英道："二位姐姐即或乐的受不

榜单上整整一百名，百花仙子齐聚，如愿以偿，此事真是大好因缘。故事情节推向高潮。

多九公急急匆匆来报信，催促众人上朝谢恩。这才引出了后面百花齐聚的故事情节。作者描写环环相扣，充满意趣。

谜底终于揭开，大家的心也放了下来。虽是计划赶不上变化，世事难料，但努力过后，终会有所收获。

得，也该检个好地方。你们只顾在此开心，设或沾了此中气味，将来做诗还恐有些屁臭哩。"说的众人不觉好笑。

都到厅房用过饭，匆匆来至朝房，会同众才女上殿谢恩。武后将一等的授为"女学士"之职，二等授"女博士"之职，三等授"女儒士"之职。授职已毕，各赐金花一对；随即传旨命膳部大排红文宴；筵宴之际，武后越看越喜，因又颁赐许多大缎异香。一连赐宴三日，接着公主又赐了两日宴。众才女天天聚会，唤姐呼妹，彼此叙谈，不但个个熟识，并且极其亲热，每到席散分手，甚觉恋恋不舍。众人都说："我们虽聚了五日，究竟拘束，不能尽兴；怎能检个幽僻去处，得能畅聚几日，那就天从人愿了！"至第六日，乃佛诞之期，大家约会谢了公主；这才得闲来拜老师，——都向卞府而来。

这日，宝云带着七个妹妹同众才女谢了公主，听见众人要到他家，忙命仆人回府通知。卞滨听了，命人在凝翠馆调摆桌椅，预备酒饭。登时众人都到门前，先投门生名帖并贽见①礼。卞滨迎至二门。众才女除卞、孟两家姊妹在后，其余都是按名鱼贯而入。进了二门，穿过厅房，丫环引至凝翠馆。卞滨先说道："众位才女且慢行礼，老夫有句话说：若论师生之谊，自然该受半礼才是。无如今日人多，若大家一齐行礼，这里也挤不开；若是一位一位行礼，今日只好尽行礼了。莫若通身行个常礼，我倒欢喜的。"史幽探道："老师话虽如此，但门生们蒙老师知遇提携，得能恭与盛典；若以宝云……七位姐姐而论，又属年谊，亦是晚辈：今初次晋谒，那有不行全礼之理！"哀萃芳道："既是老师怕行礼过慢，我们就十人为一排，不过顷刻也就行完了。"史幽探即命众丫环把拜垫依次铺下。卞滨无法，只得受了两礼。

众才女相聚

①贽见：初次见面的礼物。古时多用食物，后来多用钱，即见面时的礼金。

众人拜完，兰芝姊妹也上来行礼。卞滨笑道："怎么你们八个也是我门生么？"紫芝道："不但我们是舅舅门生，只怕宝云……七位姐姐也是舅舅门生哩。难道我们前日补考卷子不是舅舅定的名次？"卞滨笑道："定却是我定的，你说那些批语可好？但有点好处，我就批出。我向来看文总是如此，从不昧人之善。你看你们这些卷子可有委屈去处？"紫芝把脸红一红道："舅舅还说不屈，单单把我考在红椅子①上！我还要同舅舅不依哩。"卞滨不觉大笑道："原来第三十三名却是你的卷子。后来拆了弥封，我也不曾理会。当时我看卷时，本来要把你这本取在十名前的，后来不知怎样就弄到后头了。"紫芝道："这是过后好看话，我不领情。"众人听了，都抿口而笑。

行过礼，丫环刚收拜垫，史幽探道："且慢。"因向卞滨道："门生们还要请师母出来叩见。"卞滨道："也罢，若是不见，你们也不依。刚才我已受过礼，师母出来只好行个常礼罢。"不多时，宝云姊妹把夫人请来。众人谦让多时，仍是照前把礼行过。又同宝云姊妹行了礼。卞滨向宝云道："我已教人备了早饭，你们姐妹同兰芝……八个甥女都替我款待款待。今日不过便饭，改日我还下帖请来你们大家聚聚。我也不陪了。"到了外面，教家人卞彪把赞见礼都璧回道："你告诉送礼的，说我向来从不收礼，断不要再送。倘众才女心里不安，不妨日后得闲，或写把扇子，写个对联，如会画的就画点东西，我倒收的。至于古字古画我更不要。好在众才女墨卷我都见过，即或写的不佳，我也欢喜，不过算点情分罢了。"众家人又送两遍，见不肯收，只得各各带回。

那成氏夫人扶着宝云，把众才女挨次望望，心里好不

---

① 红椅子：考试录取的榜示，每每在最后一名的底下，用红笔勾一下，表示名单到此为止。习惯上因之就称最后一名为"坐红椅子"。

欢喜。真是看看这个夸两句，瞧瞧那个又赞两句，不知从那一个问起才好。看了半晌，因说道："今日诸位年侄女初次见面，我也没备甚么见面礼，这却怎好！也罢，我向来最喜说吉利话，往往说去都有灵验，我就送你们几句吉利话儿：'从此中后，诸事如意，福寿绵长。'这几个字就算我的见面礼罢。"众人齐道："多谢师母吉言！师母是福寿双全之人，所赐的话，自然也是多福多寿的。"夫人道："你们姐妹随便坐坐顽顽。少刻用饭，这里又是老师，又算年伯，比别处不同，都要依实才好。我也不陪了。"众丫环伺候去了。

这里宝云正在让坐，只见史幽探丫环道："刚才家人来报：圣上有旨，宣众位才女进朝领御赐笔砚，并召若花小姐问话。"登时各家都有信来。大家连忙别过卞滨，齐到朝房。武后御便殿宣入，行礼，两旁侍立。若花跪在丹墀道："臣阴若花见驾。"武后道："适才朕览你家国王表章，并细问来使，才知你因避难到此；不期如今倒在我天朝中了才女，且又经朕授为女学士之职，可谓千秋未有佳话。"

笔砚

说若花看罢表章，不觉滴泪奏道："臣蒙皇上高厚，特擢才女，叠沐鸿施，涓埃未报，岂忍竟回本国。况臣自到天朝，业经两载，私制金瓯之颂，幸依玉烛之光，食德饮和，感恩恋阙。此时家难未靖，荆棘丛生，一经还乡，存亡莫保，臣稍知利害，岂肯自投罗网。尚祈皇上俯念苦衷，始终成全，即敕来使归国，俾臣得保蚁命；此后有生之年，莫非主上所赐，惟求格外垂怜！"连连叩首，泪落不止。武后见若花不愿回国，又爱他学问，心中也不愿他回去。无如业已收了国王许多财宝，究竟这个有贝之"财"，胜于无贝之"才"，却不过"家兄①"情面，只得说

---

① "家兄"：这里指钱。晋鲁褒作《钱神论》，讽刺当时人的贪鄙，文中有"亲之如兄，字曰孔方"，又有"见我家兄，莫不惊视"等句。

借飛車
國王訪儲
子放黃榜
太后考闈才

道："你之所以出亡者，原惧西宫谗害之祸。今西宫已没，其子又殇，该国王除你之外，别无子嗣。况他情辞恳切，殊觉可怜；而且不惜重费，特于邻国借请飞车，可见望子甚殷。尔自应急急回去，善为侍奉，以尽为子之道，庶不失天伦之情。俟他百年之后，缵承藩服，翼戴天朝，这才是你一生一世的正事。且国王表内多是后悔之话，你纵百般委屈，看了这表，心中也该释然。朕意已决，不必再奏。今朕封尔为'文艳王'爵，特赐蟒衣一袭，玉带一条。可速返本国，下慰臣民之望，上宽尔父之心，即随来使去罢。"

蟒袍玉带，绣有大蟒的长袍，饰有玉石的腰带，指古代官服，也指传统戏曲演出中帝王将相的服装

　　若花连连叩首道："臣蒙圣上天高地厚，破格荣封，虽粉身碎骨，不能仰报万一。第此时臣国西宫之患虽除，无如族人甚众，良莠不齐，每每心怀异志，祸起萧墙，若稍不留神，未有不遭其害；此国中历来风气如此，臣知之最悉，故不敢仍返故国。今蒙皇上谆谆劝谕，敢不凛遵。惟是臣离本邦业已二载，当日读书东朝，既未树援，此时回国，亦岂另有腹心；势甚孤而年又稚，安得不时切悚惶！倘蒙格外垂慈，许留宇下，策其犬马之劳，万死不悔！如圣意必欲命臣归国，尚恳别开天地之恩，特派能事宫娥三四人，伴臣数载，使族中无知之徒，知天朝大皇帝有钦差护卫之事，凭借天威，自可消其异志；俟臣稍能自立，即敬送钦差还朝。如蒙俞允，臣当生生世世，永戴尧天，感且不朽！"武后道："此事虽易，但朕跟前能事宫娥不过数人，皆朕随身伺候不可缺的；若使庸懦无能之辈跟随前去，不独教他们笑我天朝无人，反与尔事有碍。朕何惜此三四人，无如人才难得，这便怎处？"

　　若花道："臣意中虽有三人，惟恐冒渎天颜，不敢妄奏。"武后道："这三人是何名姓？都是何等样人？你且奏来。"若花道："这三人皆新中才女，殿试俱蒙特取一等。一名枝兰音，歧舌国人；一名黎红薇，一名卢紫萱，俱黑

祸起萧墙，就是祸患起于内部。《论语·季氏》："吾恐季孙之忧，不在颛臾，而在萧墙之内也。"

语言描写，武则天是个爱才之人，也善用人才。她提倡人才要宁缺毋滥，而非滥竽充数。

若花至诚恳切，举贤不避亲疏，可见内心光明坦荡。作者在字里行间赞美德才兼备的读书人。

齿国人；向在外洋遇难，赖臣寄父林之洋陆续相救，带至天朝，适值女试，均沐恩荣。此三人文理尚优，遇事谨慎，足可为臣膀臂。倘蒙圣上俯如所请，敕此三人同去，臣得保全，没齿难忘。"武后道："他们既是海外之人，趁此伴你回国，彼此倒觉有益；久后在彼如能相安固妙，即或不然，亦可就近各归本乡。"因命近臣宣枝兰音、黎红薇、卢紫萱谕话。登时三人都到丹墀跪下。武后道："朕命阴若花回他本国，你们本系海外之人，原拟各遣归国；今因阴若花奏请，特派尔等伴他回去，皆授为东宫护卫大臣，职有专司，钦承宠命。今授尔枝兰音为东宫少师学士之职，尔黎红薇为东宫少傅学士之职，尔卢紫萱为东宫少保学士之职。各赐蟒衣一件，玉带一条。限十日内即随来使护送若花回国。倘能竭忠翊赞，俟若花奏到，再沛殊恩。"说罢，命太监把笔砚分赐众才女，随即回宫。诸臣退出，众才女来到朝房。宝云面邀众人过去用饭；众人因要谒见孟老师并同考四位老师，惟恐回来过晚，再三辞谢；即到各处谒见完毕，各自散了。

闺臣同众人回至红文馆，刚进总门，只见婉如眼泪汪汪从外面哭至厅房，同众人坐下，道："俺们自从若花、兰音、红红、亭亭四位姐姐相聚以来，从无片刻相离，今被无道女儿国王把若花姐姐讨去，就如快刀把俺心割去！今太后又将兰音、红红、亭亭三位姐姐也教跟去，岂不把俺肝肺五脏全都割去！俺要这命何用！与其日后活活想死，倒不如一刀杀了，倒也干净！"说着，悲泣不已。众人无不落泪，若花更是哽咽难止，兰音、红红也都流涕。只有亭亭满面笑容，心中颇觉得意。婉如见他这样，不觉发话道："俺把你这没良心的！你看俺们这样落泪，你不伤心也罢了，为何反倒满面笑容？难道相聚这几年，你就这样狠心，毫无依恋么？大约你因太后封你做了'少保'，你就乐了？幸而是少保，若封做'老保'，还不知怎样得意哩！俺把你这没良心的混帐黄子！"

亭亭正色道："少保何足为奇？愚姐志岂在此！我之所以欢喜者，有个缘故：我同他们三位，或居天朝，或回本国，无非庸庸碌碌，虚度一生；今日忽奉太后敕旨，伴送若花姐姐回国，正是千载难逢际遇。将来若花姐姐做了国王，我们同心协力，各矢忠诚：或定礼制乐，或兴利剔弊，或除暴安良，或举贤去佞，或敬慎刑名，或留心案牍。——扶佐他做一国贤君，自己也落个'女名臣'的美号，日后史册流芳，岂非千秋佳话。那知婉如妹妹不明此义，只图目前快聚。你要晓得：再聚几十年，也不过如此，与若花姐姐有何益处？若说愚姐毫无依恋：我们相聚既久，情投意合，岂不知远别为悲？况闺臣妹妹情深义重，尤令人片刻难忘，何忍一旦舍之而去？然天下未有不散的筵席，且喜尚有十日之限，仍可畅聚痛谈。若今日先已如此，以后十日，岂不都成苦境？据我愚见：我们此后既相聚无几，更宜趁时分外欢聚为是。此时只算无此一事，暂把'离别'二字置之度外，每日轮流作东，大家尽欢；俟到别时，再痛痛快快哭他一场，做个悬崖撒手，庶悲欢不致混杂。而且欢有九日之多，悲不过一时。若照婉如妹妹只管悲泣，纵哭到临期，也不过一哭而别，试问此十日内有何益处？古人云：'人生行乐耳。'此时离行期尚远，正当及时行乐；反要伤悲，岂不将好好时光都变成苦海么？"几句话，把众人说的登时眼泪全无，个个称善。

闺臣道："我们自从殿试授职之后，连日进朝匆忙，尚未吃得庆贺筵席。今日妹子就遵亭亭姐姐之令，先做东道主人。"婉如道："明日俺也做个主人。"闺臣命人预备酒席。亭亭即将此事写了家书，托多九公寄去，以安缇氏之心。

只见门上来回：国舅过来。若花仍命请到书房，随即出去相见，道："阿舅前者回去，走了几日到家？阿父身上可安？"国舅道："我自那日别了贤甥，幸遇顺风，走了六日，即到本国。不意国主因想念贤甥，业已成疾，及至看见回书，更自悲恸不止；再三踌躇，只得备了许多财宝并表章一道，命我再来天朝，敬献大皇帝，恳其敕令贤甥还国。惟恐飞车装了财宝，行走不快，又到周饶借了二车。三车分装，甚觉轻便，兼遇顺风，所以走了五日，即到此地。适阅邸报①，知有三位钦差同去。现在我们主仆两个，连贤甥共计六人，三车还不过重，即使路上多走几日，这也无妨。"因从怀中取出表章底稿递给若花道："我恐贤甥今日在朝未将此表细看，特将底稿带来，贤甥细细一看，就知国主悔过想念贤甥的至情了。"说罢，辞去。若花托多九公分付长班打听住处，以便过去拜望。随即进来，把底稿给众人看了，莫不点头嗟叹。婉如道："这个稿子，兰音、红红、亭亭三位姐姐都要记在心里，日后若花姐姐做了国王，这些笔墨都是不能免的。"亭亭道："此表不独典雅恳切，并且对的字字工稳，若教我们动手，何能有此巧思。岂但我要记熟，只怕你们做词臣的，更要揣摩哩！"小春道："姐姐说他对的工稳，只怕'孤雏'对'党类'，似乎远些。"亭亭听了，不觉扑嗤笑了一声。正要开谈，只见多九公进来对若花道："适才打听国舅住处，离此甚近，已分付他们套了车了，何不就去一拜？"若花匆匆去了。

闺臣向阳墨香道："若花、兰音、红红、亭亭四位姐姐不日就要远别，闻得姐姐丹青甚佳，妹子要画个'长安送别图'，大家或赠诗赠赋，不拘一格，姐姐可肯留点笔墨传到数万里外？也是自古画师未有的佳话。"大家都道："如此极妙！"阳墨香道："妹子虽画的不好，却要洒点墨雨替他去压风涛。少时先画个稿子，俟姐姐改正定了，我再慢慢去画。这比不得寻常画债可以歪着良心随意涂抹

---

① 邸报：政府的官报。

的。"小春道："妹子明日也做两首送别诗，就只写的不好，只好求书香姐姐替我写写。"婉如道："你求书香姐姐，俺只好托月芳姐姐了。"舜英道："据我愚见：二位姐姐的诗也托人代做才好；若要自做，恐怕还有茅厕那股气味哩。"说笑间，若花业已回来。只见管门家人拿着许多帖子进来道："卞老爷着人下帖，请诸位才女明日午饭，并有早面，请早些过去。"众人都将帖子留下，回复来人，明日清晨过去。

原来宝云从朝中散后，同众人拜过各位老师，带着六个妹子回家，见了卞滨，把女儿国进表及赐笔砚各话告诉一遍。卞滨道："我只当阴若花是女儿国民人，原来却是一位储君；那知你们才女榜上，却有一位国王、三位宫保在内，倒也是段佳话。散朝之后，为何不将他们邀来？"宝云道："大家因谒见孟家姑夫并同考四位伯伯，天已不早，都再三致谢，各自散了。"卞滨道："也罢，索性明日备个戏酒，请他们过来。"宝云道："戏倒可以不用；只备两顿饭，我们倒可叙叙。他们都是外省居多，大约早晚也要请假回去。连日虽在一处，因过于拘束，不能畅谈；明日这一聚，大家说话还说不清，那里还能看戏。"卞滨点点头，即到外边分付家人卞彪预备请帖。卞彪道："这个帖儿从没备过，请示怎样写法？"卞滨笑道："正是，我倒忘了，还没告诉你。这个帖儿，只消一个封套，一个红签，一个单帖。那帖子上首只写'初九日'，不必写'候光''候叙'的话，下首赘过'某人拜订'。那签子上就照殿试的名次，即如：第一名是史幽探，你把签子当中写'史才女'三个大字，旁边添一行小字，写'钦取第一等第一名'八个字。其余都照这样写去就是了。"卞彪答应，随即下帖，并命看园的各处多备桌椅。

次日清晨，卞滨分付家人备了二十五桌酒席，就在凝翠馆摆列。原来这凝翠馆对面是个戏台；两旁都是丹桂；

桂树开花了

桂花，质坚皮薄，叶长椭圆形面端尖，对生，经冬不凋。花生叶腋间，花冠合瓣四裂，形小，最具代表性的有金桂、银桂、丹桂、月桂等

桂树之外，周围山石堆成一道松岭，四面接连俱是青松翠柏：把这凝翠馆团团围在居中，极其清雅。卞滨每逢做戏筵宴，就在此地起坐，取其宽阔敞亮。若到桂花盛开之时，衬着四围青翠，那种幽香都从松阴中飞来，尤其别有风味，所以又名"松涛桂液之轩"。卞滨命人把这二十五席正面向南，由东至西，分做五行摆开，每行五席，每席四坐。正在分派，部中来请议事，因命宝云在家接待，即匆匆去了。不多时，家人来报众才女到了。

未知如何，下回分解。

 赏 析 ▶

　　在这一回里，唐小山等人赴长安考试终如愿，众才女齐聚红文馆。作者笔下人物繁多，场面描写十分精彩，文字中充满书卷气。百花再聚，香满书卷，作者文笔清丽，文字质朴。阅读文字，可以感受到作者的美好心境与喜悦之情，阅读故事，有冬去春来、春意浓浓之感。

運巧思對酒
繼諧談飛觴
句富筵行妙令

第二十回　众美奉宠赴华筵
百花齐聚晚芳园

·导读·

故事接近尾声，百花出尘，各自归位，又是一年光景，又是一场离别。文末，作者借仙猿受百花仙子之托寻访文人墨客写书的情节，来抒发内心情感。

投壶游戏图

投壶，是中国古代士大夫宴饮时做的一种投掷游戏，也是一种礼仪。战国时期较为盛行，到唐朝时发扬光大

话说卞滨去后，家人来报："孟府、蒋府、董府、掌府、吕府诸位小姐到了。"宝云带着妹子彩云、锦云、紫云、香云、素云、绿云连忙迎出。只见孟兰芝、孟华芝、孟芸芝、孟芳芝、孟琼芝、孟瑶芝、孟紫芝、孟玉芝、蒋春辉、蒋秋辉、蒋星辉、蒋月辉、蒋素辉、蒋丽辉、董宝钿、董翠钿、董珠钿、董花钿、董青钿、掌红珠、掌乘珠、掌骊珠、掌浦珠、吕尧蓂、吕祥蓂、吕瑞蓂一齐进来，大家见礼。因成氏夫人偶患头晕，懒于见客，于是都在厅房坐了。紫芝道："前在公主府内，也是我们姊妹三十三个先会面；今日不期而遇，又是如此。据我看来：只怕还是签上'前三三后三三'的余波哩。"玉芝道："前日在那里弹琴、下棋、马吊、投壶、花湖、十湖、状元筹、升官图，狠够顽了，偏偏公主又要联韵。及至轮到妹子，又是险韵，想了许多句子，再也压不稳，那时心里一急，把点饮食存在心里，亏得吃了许多普洱茶，这才好了。前日还亏尧蓂、尧春二位姐姐同公主弹琴，才免了许多诗。今日宝云姐姐务要想个好顽的，若再教我搜索枯肠，那真坑死人了。"

只见家人拿着许多名帖进来，原来是红文馆所住的唐闺臣、林婉如、骆红蕖、廉锦枫、黎红薇、卢紫萱、枝兰音、阴若花、田凤翾、秦小春、颜紫绡、宋良箴、余丽蓉、司徒妗儿、林书香、阳墨香、崔小莺、蔡兰芳、谭蕙芳、叶琼芳、褚月芳、燕紫琼、张凤雏、姜丽楼、易紫菱、薛蘅香、姚芷馨、魏紫樱、尹红萸、章兰英、邵红英、戴琼英、由秀英、钱玉英、田舜英、井尧春、左融春、廖熙春、郏芳春、郦锦春、邹婉春、陶秀春、潘丽春、施艳春、柳瑞春、缁瑶钗四十六位才女到了。宝云方才迎接进内，接着史幽探、哀萃芳、纪沉鱼、言锦心、谢文锦、师兰言、陈淑媛、白丽娟、国瑞徵、周庆覃、米兰芬、窦耕烟、印巧文、祝题花、锺绣田、苏亚兰、花再芳、宰银蟾、宰玉蟾、闵兰荪、毕全贞二十一位才女也都到了。大家见礼，都命丫环到成氏夫人跟前请安道谢。

宝云把众人让到花园，走了几层庭院，众人啧啧赞美。进了凝翠馆随便散坐。茶罢，略叙寒温；又上了两道杏酪冰燕汤之类。

宝云命人调摆桌椅，因向众才女道："今日是便饭，不过奉请过来大家聚聚，我们就把早饭用了，也好园中各处走走，说说闲话。"

只见丫鬟向宝云道："刚才卞兴来禀：外面有两个女子自称殿试四等才女，——虽系四等，却是博学。他因众才女在此聚会，执意要来谈谈。"

不多时，两女子携手而来。一个年长的穿着青衫，年幼的穿着白衫。都是娇艳无比，绰约异常。众人见他器宇不凡，都不敢轻视，见礼让坐。问了姓氏：青衣女子姓封，白衣女子姓越。宝云命人当中另设一席。

二人归坐，一一请问名姓。及至问到唐闺臣，白衣女子道："闻得前者殿试，才女有一篇《天女散花赋》可冠通场，可惜仍存大内，传抄不广，未睹全豹，甚觉耿耿。昨虽看见几联警句，却自平平，恐系传写之误，抑或假托冒名，均未可知。今日难得幸遇，意欲以本题五字为韵，请

两个四等才女要进来与众人谈谈，故事情节充满悬念。众才女齐聚一堂靓丽多姿，作者为我们描绘了一幅美丽的图画。

教再做一赋，可肯赐教？"闺臣道："当日只想求取功名，不顾颜厚，只管乱写，今日岂可又来现丑？断断不敢从命！"青衣女子道："他既谆谆求教，才女若不赏光，不独负他一片美意，岂不把众才女素日英名全付流水么？"亭亭道："闺臣姐姐此番应试，原是迫于严命，无可奈何，勉强而来。此时一心注意伯伯远隔外洋，时刻牵挂，急欲寻亲，现在团聚业已勉强，那有闲情又做诗赋。既承二位执意见委，我虽不才，尚可涂鸦勉强应命。就烦主人预备笔砚，我好现丑。"白衣女子道："才女高才，久已拜服，何必再劳大笔。至唐才女乃众朝臣曾推第一之选，与众不同，因此才敢冒昧求教，意谓借此可以开开茅塞，那知竟是如此吝教！但既兴致不佳，何敢过劳费心，只求略略见赐一二短句，也就如获球璧了。"闺臣仍要推辞，无奈众人已将笔砚另设一座，推他坐了。闺臣只得告坐，濡毫构思。白衣女子道："素闻才女有七步之才，果能文不起草，走笔立就，那才算得名下无虚哩。"闺臣听了，把神凝了一凝，只得打起精神，举起笔来，刷、刷、刷，如龙蛇飞舞一般，一连写了几句。众才女在旁看着，莫不暗暗称赞，都道："如此佳作，少时给白衣女子看了，不怕他不肝脑涂地！"闺臣一面写着，众人只管点头称"妙"。

白衣女子见这赋上处处嘲着风月，登时怒形于色。原来此女正是月姊。他因当年受了百花仙子讥讽，以为谪下凡尘，可消此恨；谁知他倒联捷直上，名重一时，太后公主均极隆重。因此颇为不平，特邀风姨，假扮白衣、青衣两个女子来此搅闹一场，正要借着此赋，吹毛求疵，羞辱几句，那知倒被闺臣先替群芳占了身分。不觉大怒道："此是'天女散花赋'，并非'散风散月赋'。你只言花，何必节外生枝？况花根柢极微，只知献媚求荣，何能竟要轻视风月！如此措词失当，当日殿试诗赋之谬，可想而知。太后移置十名后，可见妍媸难逃圣鉴，得能不致名落

球璧是指珍宝。两位女子不肯就此罢休，要继续谈论学问，看来"醉翁之意不在酒"，故事情节向前推进。

此前的一段仇怨，在月姊心头至今未消，今日来报复，却没得逞。由此可知读书人应该宽宏大量少计较，脚下的路才开阔。

孙山，乃太后格外姑容。今自不知愧，仍复随笔混写，竟是信口乱言了！"风姨道："他句句总不畏风，要知这些花卉又非铜枝铁蕊，何能不怕风吹？莫讲粗风暴雨，不能招架；就是小小一阵凉飕，只怕也难支持了！"言还未毕，只听四面呼呼乱响，陡然起了一阵大风，把众才女吹的个个清寒透体，冷气钻心，战兢兢只管发抖。

正在惊慌，忽见半空中现出万道红光，照的凝翠馆霞彩四射，一片通红。红光之内，猛然撺下一个美女。那风已被红光冲散。众才女只觉眼花撩乱，更觉胆怯。紫绡、紫琼、紫菱、紫樱、丽蓉、玉蟾六位才女早已掣出宝剑，立在一旁。那个美女两手执着斗笔，指着风姨、嫦娥道："尔等职掌风月，各有专司，为何无故越俎，搅乱文教？且妍媸莫辨，品论乖张，逞风狂以肆其威，借月旦①以泄其忿，岂是堂堂上界星君所为！我职司闺秀，执掌女试大典，岂容殴辱斯文！特兴问罪之师：如果知罪，亟宜各归，以免饶舌；设仍不悟，弹章一上，后悔无及！"嫦娥道："我泄私忿，与尔何干？"风姨道："我正怪你点额失当，意存偏袒，你反出言责备，岂不自羞？"那美女听了，气的暴跳如雷。正在厉声分辩，只见丫环来报："又有一位道姑要来求见。"言还未毕，道姑业已走来，同美女执手相见。众才女上前见礼。

道姑向嫦娥、风姨道："星君请了：此时群芳尘缘将及期满，吾辈欢聚谅亦不远。当日彼此语言虽小有芒角，但事隔多年，何必介意？若再参商②，哓哓不休，岂非前因未了，又启后世萌芽？且仙凡路隔，尤不应以违心之言，释

话音刚落，风就到了。这更让众仙子齐聚的场面显得神乎其神。作者的神来之笔，总是给人出乎意料的惊艳。

妍媸，美和丑。妍，指美丽；媸，指相貌丑陋。宋代苏轼《影答形》诗："妍媸本在君，我岂相媚悦。"

---

① 月旦：指对人物的评论。汉许劭、许靖等，每月要聚会一次，评论乡里人物，人称为"月旦评"。

② 参（shēn）商：指彼此之间的不和睦。传说高辛氏有两个儿子，时常互相争斗，高辛氏就把一个儿子放在东方，一个儿子放在西方，让他们彼此不见面。

当日之恨。况彼既俯首无词，毫无较量，亦可略消气恼。从此倘能欢好如初，不惟从前是非一概瓦解，亦足见大度汪洋，有容人之量。如其不然，何妨俟其返本还原，再明斥其非？今忽急急冒然而来，第恐举止孟浪，物议沸腾，于二位大有不利，窃为星君不取。拙见如此，尚望尊裁。"风姨连连点首道："高论极是，敢不凛遵！况我向无芥蒂，无非为他相招而来。既承见教，自应即退，以副尊命。"嫦娥道："当日无故受他讥讽，以为被谪历受劫磨，可消此忿；谁知他倒名重一时，优游乐土。心中颇为不平，因此特来一会。仙姑既正言规劝，所有前事，自当谨领尊命，一概尽释，决不挂怀。倘有后言，皇天可证，永堕尘凡！"说着，同了青衣女子出了凝翠馆，飘然而去。那个执笔女子，仍化一道红光，不知去向。

道姑正要告别。众人听他刚才那一片话，知他道行非常，必是一位仙姑，再三挽留，另设素席坐了。把赋看了一遍，连连点头道："前因不昧，足见宿慧非凡。"宝云道："请教仙姑法号？"道姑伸出两手道："贫道以此为名。"宝云道："仙姑指爪如此之长，莫非'长指仙姑'么？"道姑道："贫道乃长指山人。"若花道："那个执笔美女，当日我在海外同闺臣阿妹见过一面，后来曾在尼庵仿照塑了一像，看其光景，自然是女魁星了。请教那白衣、青衣两个女子是何星君？"道姑道："诸位才女日后在他两个姓上细细着想，少不得自能领会。"闺臣上前恭恭敬敬斟了一杯素酒，又奉了几样果品。

紫芝趁空同众人商议："这位仙姑来历不凡，必知过去未来之事，我们大家何不问问休咎，将来到底是何结局，岂不放心？"众人都道"甚好"。于是七言八语，都要请教道姑讲讲休咎。道姑道："贫道素于卜筮命相虽略知一二，但众才女有百人之多，一生穷通寿夭，一时何能说得完结。且今日之聚，也非偶然，此中因果，更非顷刻所能言的。"闺臣道："仙姑何不略将大概说说呢？"道姑道："当日我在海外曾见一首长句，细揣大略，内中因果，颇有几分仿佛诸位才女光景，如不嫌絮烦，倒可口诵一遍。"闺臣道："如此极妙。设有不明之处，尚望明白指示。"道姑道："此诗义甚精微，词多秘奥。或以数语历指一事，或以一言包括数人。其中离合悲欢，吉凶休咎，或隐或现，或露或藏，虚虚实实，渺渺茫茫，贫道见识短浅，何能知其端倪。必须诸位才女互相参详，或可得其梗概。"闺臣道："据仙姑之言，此诗定非数句所能完的，若一总念去，我们何能得其详细？必须分个段落，才好细细请教。"道姑点头道："此诗随处皆可点断。待贫道先念几句，大家不妨各就所知，互相评论。设有错误，贫道不知则已，若有所知，无不尽言。"因向题花道："才女尊名莫非'题花'二字？闻得当日此诗因题群花而作，难得尊名恰恰相合，何不就请大笔一挥？"众人听了，莫不吐舌称异。紫芝道："仙姑可知我的名字么？"道姑道："才女大名何能知道。但荷池犬儿最劣，昨日已被伤了一口，此后仍要留神才好。"星辉听了，不觉拍掌大笑。道姑道："才女休要笑人，那绣鞋里面也非藏身之所。"话未说完，紫芝早已笑的连声称快。众人不懂，个个发癡。纪沉鱼把昨日钓鱼各话说了，大家这才明白，不觉大笑。

众人因天色不早，当即出席，再三致谢而散。

次日，蒋、董、掌、吕四家小姐彼此知会，都禀知父亲，就借卞府邀请众才女聚了一日。闺臣、若花同史幽探诸人也借凝翠馆还席。接着大家又替若花、兰音、红红、亭亭分着饯行。一连聚了几天。那"长安送别图"诗词竟有数千首，恰恰抄成四本，极尽一时之盛。登时四处轰传，连太后、公主也都赋诗颁赐。

这日钦限已到，若花同兰音、红红、亭亭前去叩别老师。方才回寓，礼部早有官员把敕命赍来，并催急速起

道姑的话虽不多，但却字字中肯。作者借此描述来启发人们，生活里的吉凶祸福不是一成不变的，全看自己能否走正道，好好把握。

夸张的描写，文字风趣幽默，表现力极强。透过道姑的妙语，才女的学识修养一目了然。

民间手工绣花鞋

乘酒意醉誦淒涼
句警芳心驚聞
慘澹詞

身，以便覆旨。四人忙备香案接了御旨，上朝叩谢。适值国舅也因接了敕命上朝谢恩，一同回到红文馆。那九十六位才女也都会齐等候送行。众人因国舅虽系男装，并非男子，都来相见。闺臣预备酒饭。大家都是恋恋不舍，略略坐了一坐，当即出席。国舅家人已将三辆飞车陆续搭放院中，都向西方按次摆了。众人看时，那车只有半人之高，长不满四尺，宽约二尺有余；系用柳木如窗棂式做成，极其轻巧；周围俱用鲛绡为幔；车内四面安着指南针；车后拖一小木如船柁一般；车下尽是铜轮，大小不等，有大如面盆的，有小如酒杯的，横竖排列，约有数百之多，虽都如同纸薄，却极坚刚。当时议定：国舅、若花坐前车，红红、亭亭坐中车，兰音与仆人坐后车。国舅把钥匙付给仆人，又取三把钥匙递给红红道："一是起匙，一是行匙，一是落匙，上面都有名目，用时不可错误。如要车头向左，将柁朝右推去；向右，朝左推去：紧随我车，自无舛错。车之正面有一鲛绡小帆，如遇顺风，将小帆扯起，尤其迅速。"并引红红、亭亭将车内如何运动钥匙之处交代明白，道声慢在，轻轻上了前面飞车。仆人上了后车。国舅道："就请贤甥同三位学士及早登车，以便趱路。"

　　若花、兰音、红红、亭亭望着众才女不觉一阵心酸，那眼泪那里忍得住，如雨点一般直朝下滚，个个哽咽不止；众人无不滴泪。亭亭向闺臣泣道："前寄家书，不知何时方到。贤妹回到岭南，千万叮嘱我母不可焦心。俟到彼国，自必即托若花妹妹遣人伴我前来迎接；设或此去不能安身，亦必星夜仍回岭南。我无着己之亲，只得寡母一人，今忽远隔外洋，不能侍奉，惟望妹妹俯念当日结拜之情，替我早晚照应，善为排解，使无倚闾之望，永感不忘。妹妹！你今受我一拜！"不觉放声大哭，跪了下去，只管磕头道："妹妹！你同我不啻嫡亲手足，这个千斤担子要放在你身上了！"霎时哭倒在地。闺臣正因姊妹离别伤

岭南山色

感，适听亭亭嘱托堂上甘旨，猛然想起父亲流落天涯之苦，跪在地下，也是大放悲声，同亭亭抱头恸哭。众人看着，无不心酸。国舅在车内催了数遍。婉如、小春一面哭着，把亭亭、闺臣搀起。亭亭哭的如醉如痴，晕过几次。礼部官员又差人前来相催。亭亭那里舍得上车，只管望着闺臣恸哭。多九公惟恐误了钦限，暗暗分付众丫环，硬把亭亭搀着，同红红上了当中飞车。若花、兰音也只得含悲上车。国舅同红红、仆人都将钥匙上了，运动机关，只见那些铜轮，横的竖的，莫不一齐乱动：有如磨盘的，有如辘轳的，好像风车一般，个个旋转起来。转眼间离地数尺，直朝上升，约有十余丈高，直向西方去了。大家望眼连天，凄然各散。

隔了几日，红文馆众才女纷纷请假回籍：闺臣仍同林婉如、秦小春、田凤翾、骆红蕖、廉锦枫、宋良箴、颜紫绡姊妹八人同回岭南；余丽蓉、司徒妩儿同林书香、阳墨香、崔小莺也回淮南；尹红萸、魏紫樱、薛蘅香、姚芷馨各自回家；其余众才女也就四散。

闺臣因明日就要起身，这晚正在楼上收拾，忽听嗖的一声，撺进一片红光，仔细一看，原来是颜紫绡。连忙见礼让坐道："妹子闻得姐姐扶柩回籍安葬，屡次遣人到府问信，总无消息，那知姐姐却已回来。为何夤夜至此？"颜紫绡道："咱自京师归家，适值咱哥哥颜崖也中武举回来。因父母灵柩久在异乡，心甚不安，同哥哥商量，把灵柩扶归故土，葬在祖茔，才同哥哥回来。到了家中，闻得贤妹就要远行，因此夤夜赶来，一者送行，二者还有一事相商：咱家中现在一无牵挂，贤妹此时迢迢数万里前去寻亲，婉如妹妹闻已婚配，此次谅不能同去，贤妹一人未免过于寂寞，咱情愿伴你同去。你意下如何？"闺臣听了，虽觉欢喜，奈自己别有心事，又不好直言。踌躇半晌，只得说道："虽承姐姐美意，但妹子此去，倘寻得父亲回来，

岭南风光

夸张的描写，让离别更显悲凉。欢聚转瞬即逝，一别各奔天涯。作者把众人在红尘散去的场景描写得凄美宏阔。

叙述了颜紫绡的行程安排。也借此说明闺臣对自己已有安排，内心十分坚定。

那就不必说了；设或父亲看破红尘竟自不归，抑或寻不着父亲，妹子自然在彼另寻一个修炼之计，归期甚觉渺茫。尚望姐姐详察。"紫绡道："若以人情事务而论：贤妹自应把伯伯寻来，夫妻父子团圆，天伦乐聚，方了人生一件正事。但据咱想来：团圆之后，又将如何？乐聚之后，又将如何？再过几十年，无非终归于尽，临期谁又逃过那座荒丘？咱此番同你前去却另有痴想，惟愿伯伯不肯回来，不独贤妹可脱红尘，连咱也可逃出苦海了。"

不知不觉过了新春，于四月下旬到了小蓬莱。闺臣同紫绡别了众人，上山去了。

却说那个白猿本是百花仙子洞中多年得道的仙猿。他因百花仙子谪入红尘，也跟着来到凡间，原想等候尘缘期满，一同回山。那知百花仙子忽然命他把那泣红亭的碑记付给文人墨士去做稗官野史；他捧了这碑记日日寻访，何能凑巧？转眼唐朝三百年过去，到了五代晋朝，那时有一位姓刘的① 可以承当此事，仙猿把碑记交付他，并将来意说了。他道："你这猴子好不晓事，也不看看外面光景！此时四处兵荒马乱，朝秦暮楚，我勉强做了一部《旧唐书》，那里还有闲情逸志弄这笔墨！"仙猿只得唯唯而退。及至到了宋朝，访着一位复姓欧阳的② ，还有一位姓宋的③ ，都是当时才子，也把碑记送给他们看了。二人道："我们被这一部《新唐书》闹了十七年，累的心血殆尽，手腕发酸，那里还有精神弄这野史！"

这仙猿访来访去，一直访到圣朝太平之世，有个老子

从百花仙子到唐小山，再到如今的闺臣，作者刻画的人物来了又去，去了又来，如梦如幻。但镜花水月中的事了了分明，作者笔下的人生百态无不真实。读过故事，启发颇多，什么该珍视，哪些应看淡？确实要好好思量，才不枉费作者一片苦心，才不枉费一段镜花之缘，才不虚度自己的人生。

---

① 姓刘的：刘昫，五代时期历史学家，后晋政治家，负责编纂《旧唐书》。
② 复姓欧阳的：欧阳修，北宋政治家、文学家，且在政治上负有盛名，"唐宋八大家"之一。他曾主修《新唐书》，并独撰《新五代史》。
③ 姓宋的：宋祁，北宋文学家、史学家、词人。曾与欧阳修等合修《新唐书》，《新唐书》大部分为宋祁所作。

《四库全书》内页

《四库全书》是清代乾隆时期编修的大型丛书。分经、史、子、集四部

的后裔①，略略有点文名；那仙猿因访的不耐烦了，没奈何，将碑记付给此人，径自回山。此人见上面事迹纷纭，补叙不易。恰喜欣逢圣世，喜戴尧天，官无催科之扰，家无徭役之劳，玉烛长调，金瓯永奠；读了些四库奇书，享了些半生清福。心有余闲，涉笔成趣，每于长夏余冬，灯前月夕，以文为戏，年复一年，编出这《镜花缘》一百回，而仅得其事之半。其友方抱幽忧之疾，读之而解颐、而喷饭，宿疾顿愈。因说道："子之性既懒而笔又迟，欲脱全稿，不卜何时；何不以此一百回先付梨枣，再撰续编，使四海知音以先睹其半为快耶？"

嗟乎！小说家言，何关轻重！消磨了三十多年层层心血，算不得大千世界小小文章。自家做来做去，原觉得口吻生花；他人看了又看，也必定拈花微笑：是亦缘也。正是：

> 镜光能照真才子，花样全翻旧稗官。

若要晓得这镜中全影，且待后缘。

 赏析 ▶

　　书至结尾，作者感慨万千，"长夏余冬，灯前月夕，以文为戏，年复一年"。这种勤奋精神，实在令人敬佩。

---

① 有个老子的后裔：本书作者李汝珍的自指。